算什麼大師

3

文創風 1126

懿珊 著

風 文創
1126

目錄

第四十一章

世上沒有不透風的牆，張母和張明傑剛進派出所沒多久，事情就已經傳遍齊城。張父得到消息後，一邊打點撈人一邊還想將自己撇乾淨。

知道這事的人都對張父的所作所為嗤之以鼻，很多缺德的事確實是張母做的，但是身為她的丈夫，一輩子生活在一起的人會不知道自己的妻子是怎麼樣的人？別的不說，當初張母拿假借條騙大伯哥的賠償金買車這件事，張父他敢說自己不知情？自己家有沒有錢買車還會不知道嗎？

張家在齊城的口碑本來就普通，再加上劉父對張家害自己兒子的事厭惡至極，另外還有很多小大師有錢的客戶在後面推波助瀾，很快這事發酵得越來越大，甚至有人專門將這事告訴了張家大嫂。

靠著打兩份工將一雙兒女拉拔大的張家大嫂知道了當年的真相，頓時氣得嚎啕大哭。如果那筆錢不被騙走，她和兩個孩子這些年就不會這麼苦了。

看著母親因為勞累而過於蒼老的臉，已經長大成人的兩個孩子從派出所拿到證據後，將自己的叔叔嬸嬸告上了法庭。

當年那筆堪稱巨款的賠償金，時至今日已經不算什麼，甚至還抵不過姪子姪女現在兩個月的薪水，但是他們要為這麼多年來含辛茹苦撫養他們的母親討一個公道，除了還錢和利息以外，還要求公開道歉。

這樣一個合理合法的要求在張父耳朵裡簡直是晴天霹靂，讓他難以接受。

張家母子兩個被拘留已經讓張父覺得很難堪了，若是還要公開在報紙和網路媒體上道歉承認自己當初騙走了孤兒寡母的賠償金，他這輩子就沒什麼臉見人了。到時候別說是普通老百姓，就是商業夥伴都會看不起他。

張父無奈之下只能厚著臉皮去找十幾年沒聯繫的姪子、姪女，請求他們撤回訴狀，說會給他們每人五十萬的補償。

五十萬對於一切都得靠自己打拚的年輕人來說確實不算少，可是兩個人都毫不猶豫的拒絕了。他們要的是公開道歉，面對全社會對他們說對不起。

張父說不動姪子、姪女，便想去和嫂子打親情牌，可惜他還沒開口就直接被他嫂子拿著大掃帚連打帶罵的把他趕出來。聽到動靜的鄰居都出來看熱鬧，好面子的張父丟不起臉，捂著被掃帚打到的額頭匆匆忙忙的跑了。

這一樁樁的事忙得張父焦頭爛額，甚至因為兒子被拘留的緣故，已經退休好幾年的他還必須回到公司去處理公事，累得心臟都不怎麼好了。可即便是張父忙成這個樣子，張雅琪也沒說幫忙分擔，整天只顧待在自己屋裡看劇聊天，一點也不關心家裡的事，讓張父又生氣又心寒。

俗話說人倒楣的時候喝涼水都塞牙，張父覺得張家就是這種狀態，他想打點一下派出所讓他們早點把人放出來，誰知他什麼禮都沒能送出去，還收穫不少義正辭嚴的警告，張父這麼多年第一次有挫敗的感覺。

他以為自家現在這樣已經很倒楣了，沒想到讓他更驚慌的事情接踵而來。張家即將完工的一個工程突然出現了倒塌事故，好在倒塌的時間是晚上，沒有人受傷，但是工程存在重大品質問題的事情卻暴露在公眾面前。

這件事就像導火線一樣引爆出張氏企業一個又一個問題，同時也被人檢舉不少違法犯罪的事情。

焦頭爛額的張父此時連拘留所裡的妻兒都顧不上了，到處求爺爺告奶奶的找門路。可以前關係最好的劉家現在和他結了死仇，其他有能力的人一部分看不上張家的人品，另一部分則是小大師的忠實粉絲。

張家對小大師大放厥詞的事已經傳開了，在小大師那裡算過卦的人都真心信服小大師、喜歡小大師，他們聽說張家的人居然雇傭殺人犯去砸小大師的卦室，氣得他們一個個都使出渾身解數來落井下石，恨不得他家早點破產。

幫助什麼的，根本就不可能！

建築坍塌，資金鏈斷裂，銀行開始瘋狂催張家還債，張家的大廈已經開始傾塌。房產和轎車被查封、凍結，多半撐不了幾個月就得破產了。

王胖子看著張家轉眼間從雲端掉進了塵埃裡，樂得直叫好。不過他依然不明白，怎麼這種品行的人也能發跡，老天爺簡直太不開眼了。

對於這種事，小大師倒是不覺得稀奇。「你看張母的面相，五官緊湊聚在一起，這說明她為人錙銖必較、心胸狹隘，就算是富貴中人也是靠卑鄙貪婪起家的，根本就沒有長遠的財運。至於張明傑的父親，我雖然沒見過他，但是從張明傑和他母親的面相上也能看出一二，他生性狠毒、行事果斷，這種人能發橫財，但通常下場也很淒慘。」

王胖子聽了心裡特別舒爽。「等他破產以後，我到他家門口放鞭炮，就是不知道他們到時會搬到哪個鳥不生蛋的地方去。」

林清音抿嘴一笑。「搬哪兒都不要緊，我到時候可以幫你算一卦。」

每天張明傑家都以不同的倒楣方式開啟新的一天，這讓吃瓜群眾王胖子覺得日子過得特別充實。而林清音也沒閒著，她連續幾天都沒上晚自習，下午一上完課就被張易開車接到了金達集團，給住宅區的設計圖提意見。

事關自己未來住所，林清音非常重視，她先到張易買的地看了風水和周邊的情況，心裡對這裡如何布陣法有了成算後便回到金達的會議室開始指揮設計師修改設計圖。

林清音對於住宅區的想法是按照旺運旺財的陣法來布局，其中要套一個天然的聚靈陣法，和以往常規的布局完全不同。設計師對林清音將自己的設計改得一塌糊塗十分不滿，可他不敢說一個不字，因為張易就在旁邊盯著，根本就不允許他提反對意見。

做好規劃，戶型的設計也很重要，好的戶型不但住著舒坦也能旺主人的財運。林清音翻看了一張又一張樓房的設計圖、戶型的設計圖，將不好的地方一一去掉，略微差一些的地方幫他們添補上。

林清音設計好陣法的時候就想好自己要選哪間房子了，又替張易的親生父母選了靈氣最足的地方。有靈氣洗刷身軀，兩位老人身體肯定棒棒的，長命百歲不是問題。

風水這麼好的住宅區可不是什麼人都能住，林清音特意叮囑了張易，品行不好、心思不正的人不能買這個住宅區，否則浪費了這麼好的風水，林清音也不想這種人因自己的陣法發財。

張易也是這麼想的，但是賣房子的時候他又不能讓小大師來這裡看相，不由得有些為難。林清音笑了笑。「沒事，等你開賣的時候就讓他們搖號。到時候我設一個陣法，品行越好的人號碼越在前面，不符合我標準的人，我讓他連買的機會都沒有。」

張易一聽樂壞了，連忙誇讚小大師出的主意簡直太好了。

張易的這個住宅區是進駐內地北方市場的第一步，他想用這個住宅區把自家企業的口碑和聲名傳播出去，要不然也不會費這麼大的心力和財力，甚至特意請了小大師來布陣。這麼好的住宅區要是品行低劣的人住進來，簡直有損風水和門面。

至於條件這麼高、要求這麼多，房子還能不能賣出去的問題，張易從來就沒擔心過。有小大師的風水陣，別說賣出去，只怕不夠賣的，小大師可是響噹噹的金字招牌！

改設計圖不是一、兩天就完事的，為了方便小大師在宿舍接收郵件，張易送給林清音一臺最貴的蘋果筆記型電腦，又送給她一部新手機，據說照相功能堪比單眼。

林清音的手機還是用當初第一次算卦賺的一千塊錢買的，雖然只用了幾個月，但已經卡到不行了。但是單純的小大師根本就沒有換手機的想法，每天堅持的刪聊天記錄和圖片，要不然手機就會不停的顯示儲存空間不足。

收到新手機的小大師，很難得拍了張美美的自拍照發到朋友圈裡。能成為小大師好友的人，除了爸爸媽媽以外，就是關係比較好的同學老師，還有一些和小大師來往密切的大客戶。大家看到小大師居然發了自拍，紛紛點讚並且奉上好聽的彩虹屁，逗得林清音咯咯直笑。

而小大師那張照片上的手機型號水印，也讓這些腦筋靈活的大客戶領悟到了拍小大師馬屁的新途徑，第二天五花八門的電子產品送到了王胖子手裡，全都是委託他轉交給小大師的。

王胖子看著各種最新款的遊戲機、平板、單眼相機，還有一堆五花八門的電子遊戲頓時覺得有些擔心。要是小大師玩上癮了還能好好學習嗎？

王胖子總覺得小大師的自制力不太好，他還記得第一次見到小大師時請她吃飯，當時小大師還說不愛吃。可瞅瞅現在，食堂的八大菜系都不夠她吃，還要加上海鮮，新東方廚藝學校的食堂都沒那麼講究。

吃飯都這樣，要是玩遊戲上癮，不會連算卦都嫌浪費時間了吧？是該把這些禮物替小大師送到家裡讓她父母保管？還是直接交給小大師？

正在王胖子有些發愁的時候，和小大師約好了在卦室見面的劉宇宸和他的父親帶著禮物來了。別的東西王胖子沒注意，只注意到十幾箱的習題，那比當初姜維送的還多。

劉父十分得意自己送的禮物，拍了拍其中一個箱子。「這是我讓我辦公室幾個剛畢業的大學生、研究生選的，對學習特別有幫助。」他拍了拍劉宇宸的肩膀，十分自豪的說道：「當初我兒子上高中，我就這樣給他買習題，每年都一車一車的往家送，他高考成績可好了。」

劉宇宸一臉無奈的看著劉父，都不知道該說什麼，只要是他爸認為好的事，他是勸都勸不住。

王胖子佩服的朝劉父拱了拱手。「您可真是一位勇士啊！」

林清音下了課搭計程車來到了卦室，看到劉父送的奇葩禮物後小大師差點調頭就走，不過就在她一轉身的時候看到好幾大箱堅果，小大師又硬生生的將身體轉回來了。

怪不得現在人都說年輕人腦子靈活，劉宇宸送的禮物比他爸爸送的貼心多了。

卦室的幻陣已經撤了，又改回了以前的陣法。

劉宇宸父子兩人跟著林清音走進卦室，看到一眼望不到邊的竹林後暗自驚奇，對林清音的態度更恭敬了，早就聽說小大師的卦室有陣法，百聞不如一見。

劉父忍不住伸手摸了摸一根竹子，堅硬的質感、微涼的溫度、淡淡的竹葉清香無一不表明這竹子是真實存在，並非幻覺，也不知道是怎麼辦到的。

燒水煮茶，用的是劉宇宸上次送的茶葉。林清音前世就愛喝茶，只是那時候她喝的都是最好的靈茶。現在的茶葉基本上入不了她的眼，只有上次劉宇宸送的茶葉勉強還可以，林清音便拿了一些放到卦室來喝。

看到眼熟的盒子，劉宇宸便猜到了小大師喜歡喝茶，決定改天找一些真正的極品好茶來給小大師嚐嚐。

喝了兩杯茶，劉父覺得心情比剛才放鬆了不少，他先鄭重的向小大師道謝。要不是小大師那天叫住了劉宇宸，只怕自己一家人現在還一直被蒙在鼓裡，甚至會受到張家的牽連。

林清音擺了擺手。「我叫住他也是因為他人品正，讓我看得順眼。這件事過去了就不用再提了，你們這次來還有別的事嗎？」

劉父見小大師這麼平易近人，激動到不知道該說什麼。「這次來主要是感謝小大師，另外聽說小大師的玉符很靈驗，我想給我和內人一人請一塊。」說著劉父從手提包裡掏出一個盒子，裡面放了好幾個絲絨袋子，每袋裝著一塊打磨好的美玉，只是沒有進一步雕刻。前些年玉石生意最好的時候，劉母閒著沒事也跟著參了一腳，還小賺了一筆。後來玉石市場不景氣，她就撤了回來，不過家裡存有很多不錯的原玉沒捨得賣，打算自己把玩或者送人，現在正好派上用場。

劉父拿來的六塊原玉都是他們精心挑選過的，也是品相最好的。不過在林清音眼裡，品相不是重點，重點是裡面的靈氣，不過這六塊玉確實也靈氣充足，不但雕出來的玉符效果好，就是用來修煉也比她手裡的原玉要強。

問了劉母的八字，林清音掐算後微微皺起眉頭。「她身體是不是不太好？」

劉父連忙說道：「有些體虛的毛病，可去醫院又檢查不出來有什麼問題，我也挺發愁的。」

林清音沈吟了一下。「還是看一下她的面相再刻玉符比較穩妥，中醫講究對症下藥，我們這個也差不多。」

劉父聞言十分的懊惱。「早知道應該帶她一起來的，耽誤小大師學習的時間了。」

東方私立高中的晚自習一般是讓學生寫作業的，只有考完試要檢討的時候老師們才會占用晚自習的時間。林清音和其他學生不同，做作業的速度太快，只要是她會的內容，寫的時候根本不用思考，因為算題的過程在一瞬間就已經完成了。

林清音上輩子鑽研了上千年的術數，腦筋的活躍程度和算術的能力根本就不是普通人能比擬的。同樣的作業別人要寫到晚上十一、二點才能寫完，林清音只需要一、兩個小時就能完成，並不會耽誤學習進度。

但是劉父不這麼想，他覺得小大師為了應自己的邀約特意沒上晚自習趕了過來，又是感激又是愧疚，總覺得自己影響了小大師的學習。

耽誤高中生學習可是大事，劉父趕緊奉上自己精心準備的禮物。「小大師，我今天特意開越野車來的，就是為了給您送習題集。回頭我都給妳裝車上，晚上幫妳送宿舍。」

林清音看著劉父真摯的眼神，有口難言。她想到姜維送給自己的一轎車後車廂的習題集還沒做完，現在又來了一個用越野車載習題集的人，她都有點絕望了，這麼多她還要不要出去算卦了！

經歷過高考折磨的劉宇宸十分理解那是什麼滋味，當年他在父親的摧殘下，做過的習題比這些還要多。看到小大師的眼神開始恍惚，劉宇宸試圖安慰同病相憐的小大師。「其實習題集多一點沒關係的，反正也沒人監督妳做，妳可以把這些送給妳的同學朋友。」

林清音看劉宇宸的眼神都不一樣了。「你這主意真不錯，看來經驗豐富啊！」

劉父有些狐疑的看著劉宇宸，若不是在小大師面前要給他留面子，他非得好好審問，當年自己買給他的那些習題到底有多少是他自己做的。

劉宇宸有些心虛的避開了父親的視線，十分積極的將箱子搬到推車上。

雖然劉宇宸算是熟面孔，小大師的自保能力也非常強，但是王胖子依然跟著一起去了劉家。

畢竟小大師本事再高也還是一個未成年的少女，況且自家人知道自家事，別看小大師算卦這麼厲害，可是在生活中小大師像一張白紙，還做過不少蠢萌的事。

王胖子覺得自己還沒有當爹，就已經開始操老父親的心了。

把好不容易搬上來的習題集和好幾箱堅果再一次搬回越野車的後車廂裡，王胖子乘機把別的客戶送來的東西給林清音過目。「是一些老客戶送來的玩物喪志的東西，您看怎麼處理？」

「玩物喪志嗎？」林清音看著一個比一個漂亮的包裝眼睛發亮。「都搬到車裡，我要回去研究研究這些東西是怎麼讓人玩物喪志的。」

王胖子腿一軟，扶著桌子險些摔倒。「小大師，您明年就要高考了，習題集才是屬於妳的溫暖港灣。」

林清音看著王胖子呵呵了兩聲。「你上高中的時候有做過這麼多練習題嗎？」

在小大師面前，王胖子根本就不敢撒謊，老老實實的搖了搖頭。「沒有，我玩物喪志來著。」

林清音斜眼瞅了他一眼。「那你還來勸我。」

王胖子不怕死的昂起了頭。「我有六間房！」

林清音瞪大了眼，冷哼一聲。

拆遷戶什麼的太討厭了！

劉家在齊城的高級住宅區有獨棟別墅，劉宇宸離婚後將新房賣掉，也搬回了家裡。他倒不是缺房子，而是經過這次婚變後，他格外珍惜和家人之間的感情，也喜歡這種讓人感到舒適溫暖的家人之愛，這種感情和愛讓他明白什麼才是正常的家庭。

他和張雅琪的婚姻純粹是將就，以前他覺得家世合適也彼此認識就可以，可這次的婚姻讓他徹底明白一件事，那就是什麼都能將就唯獨婚姻不能。如果找不到自己真心喜歡的人，那寧願單身也不能隨便找人結婚，否則感到痛苦煎熬的不只夫妻兩人，還有最無辜的孩子。

把小大師和王胖子請進客廳，劉父洗了手後親自泡茶，提前接到通知的劉母則準備了豐盛的宵夜以及蛋糕、水果之類的點心，這讓剛吃完飯沒兩個小時的林清音瞬間對劉母的好感倍增。

因為劉母做的甜點實在太好吃了！

小大師在吃的面前完全不在意形象，腮幫子被蛋糕塞得鼓鼓的，像一隻急著偷吃食物的小倉鼠一樣可愛。

一直想要女兒卻只有一個兒子的劉母看到林清音的模樣頓時母愛爆發，什麼大師的身分都忘了，恨不得把家裡所有好吃的都拿出來餵這個可愛的小姑娘。

林清音的食量很大，也不知道她瘦瘦小小的身體到底是怎麼把這些東西吃進去的。關鍵是王胖子認識小大師也有幾個月了，可現在她頂多比剛認識的時候臉蛋圓潤一些，皮膚看著更加晶瑩剔透，除此之外就沒有什麼其他變化。身高也沒長、體重也沒增，他都忍不住為那些美食叫屈，那些熱量都浪費了。

吃飽喝足，林清音擦了擦嘴唇，又變回有模有樣的小大師。

喝了一杯茶，林清音選了一塊和劉母體質相合的玉石，一邊雕刻著陣法，一邊說道：

「妳的身體沒什麼太大的毛病，就是當年生產時候留下一些病根，再加上八字偏陰，所以這些年身體一直小病不斷，手腳冰涼，屬於畏寒的體質。」

劉母溫溫柔柔的笑了。「小大師說得是，我這些年不知道吃了多少中藥調養，可是也就幾個月的效果，一停藥又恢復了。雖然是沒什麼大病，但也和藥罐子差不多。」

林清音說話間已經把玉符雕好了，她用靈氣打了個孔穿上編好的紅繩遞給了劉母。「隨身戴著，沐浴的時候也不用摘，我的玉符不怕洗。玉養人人養玉，這塊玉的靈氣很足，妳只要天天戴著，我保證妳的身體健健康康。」

劉母道了謝後將脖子上的鑽石項鏈摘下，換上小大師遞給自己的玉石吊墜。剛調整好玉石的位置，劉母就感覺到一股暖流從胸口的位置朝全身散去，溫暖了她發冷的軀體。

對於畏寒的人來說，深秋和立春是最讓他們難受的季節，這個時候天氣偏涼，又沒到地熱供暖季節，開暖氣會覺得熱，不開又覺得冷，實在難熬。

劉母也是如此，此時才剛到十一月，她就在身上披了一件羊毛外套，可這樣她的手腳依然發涼，身上也沒有什麼熱氣。

第四十二章

感覺自己的手指逐漸回溫，劉母驚喜的握住胸口的玉石。「早就聽說小大師的玉符靈驗，果然是名不虛傳，就這一下我便覺得舒服多了。」說著她把手伸到了丈夫的手心裡。「你摸我的手，是不是暖起來了？」

摸著妻子暖和的手，劉父喜笑顏開的直點頭。「小大師小小年紀就聲名在外，自然是有真本事的高人。以前人家誇算命靈驗的人是半仙，我看小大師都能趕上真仙了。」

林清音十分謙遜地擺了擺手。「離仙人還差一步之遙，等我渡劫後才算真仙呢。」

林清音說的是實情，可大家聽起來卻和玩笑話一樣，都哈哈大笑起來，直誇小大師幽默。給劉母刻完了符，該給劉父做玉符了。

劉父看著身體壯實的，但是早年白手起家的時候吃了不少的苦，身體有無數的暗傷和隱疾。從面相上看，劉父屬於那種講義氣、重感情的人，而且為人正直正派，她實在是想不明白這樣的人怎麼會和張家的人成為好朋友，而且一來往就是這麼多年。

小大師心思單純，不懂就問，臉上寫滿了好奇。

劉父聽小大師提到張家神色有些複雜。「我二十來歲時正值改革開放，心裡滿腔熱血想做一番事業，可是手頭上一分錢都沒有。我就去一個工地上打工賺錢，那時工地給的錢也不少，就是又髒又累，安全措施也不如現在有規範。那時候為了多掙錢，我仗著年輕氣盛一人幹兩人的活。有一次我實在是太累了，覺得腦子都有些迷糊，幹活魂不守舍的。那個時候一輛吊車吊起來的一根鋼筋沒綁穩搖搖欲墜。張德凱伸手拽了我一把，我回過神來趕緊後退了幾步，這才沒出事，所以這些年我一直很感激他。」

劉父喝了口茶，微微嘆了口氣。「我就是因為那件事和張德凱熟悉起來的，後來我攢夠了本錢出去做買賣，之後也拉了張家一把。張德凱這人其實我很了解他的品格，他有心計有野心、為達目的不擇手段，別看他表面人模狗樣的，這些年被他坑過的人可真不算少。但也許一直以來我的生意都比張德凱做得大，他有仰仗我的地方，所以這些年他對我還算仁義。我還覺得自己在他心裡算是自己人，沒想到他憋了個大招，直接把我兒子給坑進去。」

提起這件事，劉父依然憤憤不平。「哪怕他搶走了我的生意、霸占了我的公司我都不會這麼生氣，可那是我唯一的兒子，他張德凱怎麼好意思！」

劉宇宸臉有些發紅。「爸，是我太蠢了。」

劉父瞪了劉宇宸一眼。「你是夠蠢的。」

林清音仔細的看了看劉父的面相，然後拿出龜殼開始搖卦。手掌大小的金色龜殼在林清音白嫩的小手裡發出清脆的聲響，三枚帶著歲月痕跡的古錢被龜殼拋了出來落到茶几上，林清音看一眼卦象，又用龜殼將古錢抄起來。

連搖六次，林清音嗤笑了一聲。「當年那鋼筋是張德凱綁的吧？你那時候是不是已經快湊齊做生意的錢，還和他說了自己日後的打算？」

劉父腦袋有些迷糊，那根鋼筋是不是張德凱綁的他實在是記不清，但是他當年在快攢夠本錢的時候因為太興奮了，忍不住和幾個同僚分享了自己的快樂，當時一群人還買啤酒祝賀他一番。

林清音伸手在劉父的額頭上一點，輸入一絲靈氣進去，劉父的大腦逐漸清明起來，當年工地上的畫面在他腦海中逐漸成型。

兩分鐘後，劉父眼睛大紅，怒吼了一聲。「張德凱，我操你祖宗！」

林清音搖了搖頭。「他就看中了你重情義、有義氣、知恩圖報的性格，他當年做生意的本錢還是你給的吧。」

劉父抹了把臉，聲音裡帶著毫不掩飾的恨意。「原本我看在當年那一拽的情分上沒好意思對他家落井下石，現在既然情分是假的，那我也沒什麼好顧忌，只能新仇舊帳一起算了。」

林清音微微一笑，挑了一塊原玉出來。「你身體本就有舊疾暗傷，偏偏陽氣又太足，反而讓暗傷不容易痊癒。」她抬頭看看劉父和劉母兩人，笑著說道：「你們兩個八字相合，倒是最合適的姻緣。」

這句話讓劉父滿肚子的怒火瞬間煙消雲散，伸手握住自己妻子的手傻樂。「我老婆可好了。」

看著父母恩愛的模樣，劉宇宸羨慕壞了，覺得自己腦子被驢踢才會走進那樣的一場婚姻，還好自己幸運遇到了小大師，還有重新開始的機會。

看著父親也將玉符戴上了，劉宇宸殷勤的將盒子捧了過去。「小大師幫我也挑一枚。」

劉宇宸年紀輕、身體也好，林清音給他刻了一個護身符，出入保平安。

三枚玉符，雖然是劉家自己出的原玉，但是劉父依然按照原價付了錢，還把盒子裡剩下的三枚玉石送給了林清音。劉宇宸把家裡新的好茶葉一盒一盒往後車廂搬，劉母則把家裡新做的蛋糕和甜點全部打包送到了林清音的手裡。

林清音拎著蛋糕笑靨如花。她覺得劉母這個人實在是太好了！

林清音很有效率，跑了兩個地方還吃了頓宵夜，可回到學校的時候離晚自習下課還有十來分鐘。

她拿出手機給于承澤打了個電話，說自己帶回來很多習題集要送給同學，請老師幫忙叫幾名男生把書搬到教室裡去。

于承澤答應了，讓林清音把車開到教學樓下，然後掛掉手機站在講臺上說道：「林清音同學帶來了很多禮物送給大家，去幾個有力氣的男生把東西抬回來，回頭分禮物的時候多給你們分一份。」

瞬間十幾個身強力壯的男生從座位上跳了起來朝門口衝去。

于承澤跟在幾個男生走出教室，看著他們像傻子似的雀躍忍不住笑了。還是太年輕啊。

這些男生從後車廂往下搬東西的時候聞到了香香甜甜的奶油味道，還以為林清音讓他們搬的是好吃的，一個個都興致高昂。

東西抬到了教室裡，在明亮的燈光下幾個人看著箱子越瞧越不對，心裡湧出了不好的預感。林清音用裁紙刀在其中一個紙箱的封口上一劃，箱子的蓋子朝兩邊彈開，露出了裝得滿滿的習題集。

林清音笑得十分開心。「這些書都是送給同學們的，就放到教室後面，誰需要就自己從箱子裡拿。」

于承澤抱出一疊書分別遞給幾個搬書的男同學，和顏悅色的說道：「你們出力最多，來，先給你們每人五本。」

幾個男同學抱著堪比磚頭一樣厚的習題集欲哭無淚。

剛才明明聞的是奶油的味道，怎麼一眨眼就變成書了？

于承澤看著這幾個男生一臉絕望的表情，不禁呵呵了一聲。「你們是不想做這數學的習題集，還是覺得五本太少不夠做，想多要幾本啊？」

幾個男生腿都軟了，于老師也太坑了，擺明挖坑讓他們跳，選哪個都是死路一條啊！

林清音難得體驗捉弄人的感受，看著男生們哀怨的眼神咯咯直樂，笑著笑著她心頭湧起一股強烈不安的感覺，這種感覺讓她霎時想逃離教室。

可惜還沒跑出教室，于承澤就拽住林清音的領子把她捉回來，從箱子裡挑了十幾本難度最高的數學題集塞到了她的懷裡。「林清音同學，我看妳最近比較閒，既然那麼有空的話不如多做題。有不會的可以問我，我教妳，做完以後記得交給我，我幫妳批改。」

頓時，開心得哈哈大笑的換成了那幾個搬書的男生，林清音懷裡的書比他們多了一倍不止，最重要的是于老師還要給她批改，這是想偷懶都不行啊！

林清音感覺到胳膊上的重量，表情險些扭曲了，總覺得這有點像俗話裡的「搬起石頭砸自己的腳」。

于承澤看著林清音生無可戀的表情輕哼一聲，別以為他沒看到後車廂裡放著任天堂最新款的掌上遊戲機，這是高中生能碰的東西嗎？

放學鈴響起，有的學生上前來挑習題集，有的則頭也不回的跑出去，生怕班導師也拎著他們的領子把他們抓回來。于承澤倒是不急，笑呵呵的看著逃跑的學生，但心裡默默的記住了他們的名字。

十來分鐘，學生們全都離開了教室，于承澤關上燈鎖上教室的門，一邊哼著歌，一邊從袋子裡摸出了和林清音同款的遊戲機。

玩遊戲是他們成年人的事，小屁孩們都好好寫習題吧！

王胖子和劉宇宸都來過林清音的宿舍，在舍監的陪同下，幾人將其餘的禮物全都送到宿舍裡。

林清音和她的兩個隨身掛飾一起回到宿舍的時候，王胖子他們已經走了，餐桌上擺著漂亮的蛋糕和甜點，客廳的地板上堆滿了各式各樣的箱子。張思淼驚喜的叫了一聲撲到了餐桌前面，每個甜點看了一遍，歡快的衝到冰箱前拿了幾盒牛奶出來。「我去煮牛奶，妳們要煮開的還是要微熱的。」

「我要煮開的！」林清音十分認真的說道：「不煮開沒有奶皮就不香甜了。」

很快，一碗帶著厚厚奶皮的牛奶端到了林清音面前，於是剛吃完宵夜沒一個小時的林清音又陪著兩個室友吃了一頓宵夜。

林清音和她的室友用一天時間消滅了劉母送的蛋糕和甜品，也到了週六離校的時間。

新東方的英語老師楊大帥和他的老友周子豪先開車去接了王胖子，然後一起到學校門口等林清音。

這個周子豪是楊大師的好朋友，從小是被爺爺、奶奶帶大的，等到他上國中以後開始住校，兩位老人覺得在城裡沒意思便回了老家生活。周子豪對爺爺、奶奶感情非常深，覺得他們倆年紀大了，在老家沒人照顧，若是生病要去醫院都不方便，想把他們接到自己家來生活。但是兩位老人脾氣拗，死活不同意，別說周子豪沒辦法，就是老人的幾個子女都拿他們沒轍。

周子豪上大學時就自己創業、炒股，畢業的時候已經小有資產。他起初以為爺爺、奶奶是覺得住在自己家裡不習慣，便提出給他們在自己住宅區裡買一間房子，但是爺爺奶奶一點都不動心，甚至發話說寧死也不願意離開老家半步。

周子豪勸不動兩位老人，乾脆用這筆錢在老家給爺爺、奶奶蓋了一棟三層小樓的別墅，暖氣、煤氣都通上了，家裡也裝修得舒適溫馨。

周子豪的老家是齊城下面的一個縣城，離市區五十多里，開車回去一個多小時就到了。既然老人不願意到城裡來住，幾個子女便輪流回去伺候老人，誰有空誰就陪著多住幾天。周子豪開了一間小公司特別忙碌，別墅入住了半年多他才有空回去住兩天，可頭一次在裡面住他就覺得渾身難受，像是誰在暗中偷窺。

第一天他還以為換地方才睡不安穩，可第二天晚上他剛朦朦朧朧睡著，就覺得有什麼東西從他耳邊呼嘯而過鑽進了身後的牆裡，頓時嚇得他汗毛都豎起來了，睏意也消失得無影無蹤，整個晚上都沒再睡著。

他覺得老房子有些不太對勁，早上起來後問爺爺、奶奶晚上睡得怎麼樣，兩人都笑呵呵的說一覺到天亮，睡得特別好。兩人還說農村夜晚安靜，不像城裡那裡吵鬧，在這種地方怎麼睡都香甜。

周子豪一肚子的疑惑不敢和老人說，等回來以後問去過的家人，大家晚上多多少少都有睡不安穩的感覺。周子豪越想越擔心，生怕別墅裡真有什麼東西，可這種事他又不知道該怎麼辦才好。

楊大帥和周子豪關係最好，心裡有事自然會和兄弟說說，當時還是純唯物主義的楊大帥毫不客氣的嘲笑了周子豪疑神疑鬼。可沒多久他就被啪啪打臉了，他遇到的事比周子豪經歷的還可怕。

小大師林清音救了楊大帥，楊大帥在平穩了心神後立刻想到了周子豪和他說過的事，這回他不但相信周子豪老家的別墅有古怪，甚至腦補出一系列的恐怖故事，連忙替自己兄弟約了小大師。

當時林清音告訴他這事不用急，等陰曆十五的時候再去。於是周子豪在忐忑不安中過了大半個月，終於到約定好的日子，趕緊催楊大帥來接人。他怕拖久了爺爺、奶奶會出什麼意外。

林清音揹了滿滿一袋零食從學校裡出來坐到後座，副駕駛上的周子豪轉頭和林清音自我介紹了一番，然後說道：「知道小大師喜歡美食，我昨天特意回去買了一些自家養的山雞、兔子。這幾天正好我叔叔在老家照顧我爺爺奶奶，他以前在新東方待過幾年，做菜手藝一流，尤其烹飪肉食那是一絕。」

林清音眼睛亮了，臉上滿滿的都是崇拜。「新東方畢業的呀，不是學英語的那個新東方吧？」

周子豪聞言忍不住笑了起來。「他是做廚師的，當然是學廚藝的那個新東方啊！」

林清音驚嘆了一聲，一臉羨慕。「我以前還以為學英語的新東方和學廚藝的新東方是一家呢，後來才知道不是。」

正在開車的楊大帥默默從鏡子裡看了林清音一眼，他似乎明白了為什麼每次林清音學英語的時候總是一臉怨念了。

您就是為了吃來的，學英語只是附帶的吧？

因為有對美食的期待，林清音一路上都很開心，等車開到周家老宅的別墅門口，幾個人一推開車門就聞到了半掩著的門裡傳出來的肉香，她的口水差點流出來。

周子豪的叔叔周文生已經將晚飯準備的差不多，兩位老人吃飯早，周文生提前盛出一些軟和好吞嚥的肉先讓他們吃了回房間看電視。其他的幾種肉類都在不同的鍋裡溫著，不會影響風味。

除此之外還有幾道周文生的拿手菜，前置準備已經做好了，等人來了，十幾分鐘就能把那幾道菜做完，一點也不會耽誤吃飯。

聽到大門口傳來姪子說話的聲音，周文生拿起毛巾擦了擦手迎了出去。「林小姐和王先生來了，你們好、你們好，快請進來。」

周子豪早就和叔叔提過自己請來的這個小大師年紀小，所以周文生看到林清音並不覺得驚訝。

這次請大師來看宅子的事，一家人商量了以後決定先瞞著兩位老人，免得讓他們胡思亂想，所以林清音幾人是以周子豪朋友身分來的。

林清音看到出來迎接自己的周文生，先朝他臉上打量了一圈。「年少時貧窮、青年時辛苦、中年後發跡，先生現在也小有資產了吧？」

周文生笑得合不攏嘴的朝林清音拱了拱手。「您慧眼如炬，說得一點不差。飯菜已經準備好，也不知道合不合小大師的口味。」

林清音本來就餓了，一聽這話肚子咕嚕咕嚕的叫了起來。

周子豪的老家在山博縣，和之前那個鬼迷心竅拿自家祖墳布陣的張蕪是老鄉。張蕪已經破產好幾個月了，好在他把家人都安排好了。現在張蕪一家三口住在父母的房子裡，父母有大額保險不用擔心養老問題，女兒已經做完了骨髓移植手術，現在正在康復階段。

原本張蕪靠著自己努力也能過上好日子，可他卻歪了心思走了邪路，雖然一時暴富，但最後險些家破人亡。

林清音想起張蕪的事情剛有些感嘆，等一道道美味的菜端上桌後，林清音立刻把他忘到了腦後，眼睛裡只剩下這些美味佳餚。

周文生是按照招待貴客的標準準備晚飯的，都是他這些年最拿手的菜。山博縣有山又挨著黃河，不僅山珍豐富，還有鮮甜肉嫩的河鮮，這些食材足夠讓周文生大顯身手。

周文生為了晚上這頓飯準備了將近一天的時間，鴨肉不但酥香軟爛，擺盤也十分精美。林清音伸出筷子迫不及待的挾了一塊紅亮噴香的滷鴨子，用牙齒輕輕一撕，滷汁裹著軟嫩的鴨肉就滑到了嘴裡，既不會太柴也不會太膩，瞬間征服了她的味蕾。

一大塊鴨肉進了肚，林清音又嚐了一口黃河鯉魚做的番茄松鼠魚，湯汁酸甜、魚肉鮮嫩，林清音幸福得眼淚都要掉下來了，特別真誠的誇讚道：「不愧是新東方畢業的，做的菜就是好吃！」

周文生將最後一道魚丸湯端上桌，在林清音的對面坐了下來，笑呵呵地說道：「我在谷雨街開了一家黃河鯉魚樓，您嚐著哪道菜好吃，下回就到店裡吃，我請您。」

一頓飯足足吃了一個多小時，滿滿一大桌子菜到最後盆乾碗淨，至少一半是被小大師消滅的。吃飽喝足的小大師眼睛都比以往亮了許多，瞧著就像夜晚的星辰，亮得讓人挪不開眼。

把桌子收拾完已經快到晚上十點了，周子豪的爺爺、奶奶早就在二樓睡下了，也沒下樓和這些小輩打招呼。周子豪怕林清音和王胖子見怪，還替他爺爺、奶奶解釋。「老人家都八十多歲了，脾氣比較古怪，兩位大師千萬別在意。」

林清音和王胖子都不是傲慢的人，自然不會在意這些小事。眼看著時間已經不早，周子豪朝自己兄弟楊大師使了個眼色，讓他幫自己問問小大師，接下來的事要怎麼安排。

還沒等楊大師開口，林清音就說道：「這事要等到半夜十二點，你們若是睏了可以先休息，留一個周家的人在這裡就行。」

周子豪不敢去睡，周文生有些不放心，於是兩人都留了下來。楊大師是夜貓子，他很少在前半夜睡覺，熬夜對他來說是最平常不過的事，而王胖子跟著林清音本來就是為了長見識的，自然不會錯過這種稀奇古怪的事。

問了一圈都沒有要去睡覺的，四個人索性坐在客廳裡喝茶聊天，打發剩餘的時間。在周子豪不知道第幾次給茶壺續水的時候，他一抬頭看了眼牆上掛著的時鐘，還有十分鐘就到半夜十二點了。周子豪打了個哆嗦，剛剛升起的睏意頓時煙消雲散了。

「小大師，時間快到了。」他壓低聲音說，忍不住用手搓了搓胳膊上的雞皮疙瘩，有些忐忑不安地問道：「我們家不會鬧鬼吧？」

林清音沒有正面回答他，只是朝他微微一笑。「一會兒你就知道了。」

林清音不說還好，一說周子豪更害怕了，伸手抓住旁邊楊大師的胳膊抱在懷裡發抖。

林清音從口袋裡掏出一把石子看似隨意的丟在客廳的幾個位置，然後走到樓梯上一直丟到頂樓才又回來，這時已經到十一點五十五分了。林清音從口袋裡掏出龜殼抱在手裡，把鞋一脫，盤腿坐在沙發上。

周子豪有些緊張地問道：「小大師，我們要怎麼辦啊？」

「你們可以回房間躺在床上，無論看到什麼東西都別出聲……」

林清音的話還沒說完，周子豪就把腦袋搖得如波浪鼓似的。「不行不行我害怕，有沒有別的選擇？」

林清音笑了。「別的選擇就是坐在這裡，也是看到什麼都不能出聲。」

雖然都不能出聲，但是一群人在一起總比自己孤零零的在房間裡好，萬一出來一個嚇人的女鬼可怎麼辦？好歹小大師有在旁邊。

周子豪第一個舉手說願意在客廳待著，膀大腰圓一直沒有吭聲的周文生也哆哆嗦嗦的舉起了自己的小胖手，完全沒有剛才那種淡定的模樣。「我也在樓下待著。」

見他倆都不願意上樓，其他人也甭問了。

林清音從口袋裡掏出一些符紙逐一發給他們，仔細地叮囑道：「這張符紙是遮掩人的氣息和動靜，你們把符紙放進口袋裡，無論是什麼精魂鬼怪的都發現不了你們。」

周子豪一聽到「精魂鬼怪」這四個字險些哭出來，趕緊接過一張符紙放到口袋裡，等裝好以後又不放心，渾身上下摸了個遍，在上衣內側找到了個口袋後，他趕緊把符紙塞進了裡面，頓時覺得安心多了。

第四十三章

看著幾個人都放好了符紙，林清音看了眼時間，離十二點還差一分鐘，她朝周子豪抬了抬下巴。「去把所有的燈都關上。」

為了方便老人進出，大門的門口有一個控制室內所有燈光的總開關，周子豪跑過去把燈關上，靠手機裡的光亮一路跑回到沙發上，緊緊地挨著他的叔叔坐下。

農村裡沒有路燈，周子豪把手機關上以後屋裡陷入了一片黑暗之中，誰也瞧不見誰。大約過了半分鐘後，窗外的月光忽然明亮了起來，原本還覺得屋裡太黑的幾個人現在也能看清楚彼此了。

客廳裡非常的寧靜，除了強忍著的呼吸聲以外，只有掛鐘的指針咯噠咯噠的聲音在屋裡響。周子豪看不清鐘上的時間，也不知道過去了多久，就在他忍不住想摸手機的時候，忽然聽到了呼嘯聲從大門傳進來。

周子豪為了老人家的居住安全，特意給別墅選了豪華真銅子母門，光那扇門就要將近四萬塊錢，不但防火、防盜還隔音，他怎麼也想不明白這麼好的門怎麼突然響起這麼大的動靜。

還沒等他想明白，就見一道透明的影子從大門裡鑽了出來，周子豪被這一幕嚇得險些尖叫出來，好在他還記得不能出聲，及時捂住嘴將尖叫憋了回去。

那透明的影子不是人型也不是鬼怪，而是一條散發著淡淡銀光的蛇，只是那條蛇看起來也不是實體，更像是魂體。

看著那條比自己大腿還要粗的巨蛇在客廳裡遊走，除了林清音以外，其他的人都露出了不敢置信的表情。在這種出乎意料的情況下，就連已算是見多識廣的王胖子都睜大了眼睛，不知該如何是好。

巨蛇在客廳裡盤旋了一圈，朝樓梯上爬去，林清音站起來跟在巨蛇的身後，走了幾步才發現後面的那幾個人沒跟上來，有些不解的一揮手。「來呀！」

王胖子險些給她跪下。我說小祖宗您快別說話了，萬一那蛇聽見了怎麼辦？

也不知道是蛇的聽覺不敏感還是林清音的符紙太管用，幾個人在從沙發上起來的時候因為腿軟，多多少少都弄出了一點聲音，可巨蛇卻完全沒有察覺到，依然拖著巨大的身軀往二樓爬。

周子豪的爺爺奶奶住在二樓的主臥，平時周子豪在別墅留宿的時候會住在主臥旁邊的次臥，三樓也有幾間相通的臥室。

那條蛇看起來似乎對別墅的布局非常熟悉，在走廊裡穿行的時候小心翼翼的避開了牆角的花盆。也不知道是不是湊巧，林清音扔在走廊裡和樓梯間的鵝卵石都恰到好處的避開了巨蛇前行的路線，沒有一顆石子被巨蛇碰到。

來到二樓，巨蛇沒有進主臥，而是依次去了兩個次臥。看到這一幕的周子豪和周文生都不禁嚇出了一身冷汗。平時他們住在別墅的時候，為了照顧老人方便，通常都是睡二樓的次臥。現在周文生就是睡在離主臥最近的房間，另一個房間是留給周子豪的，只有二樓睡不下的時候他們才會到三樓去睡。

大蛇很快從房間裡出來，似乎在找什麼，來回在兩個房間裡轉了好幾圈，周文生覺得自己好像在大蛇的臉上看到了疑惑的神情。

很快其他人也發現了這一點，因為大蛇直著身體歪著腦袋的樣子好像是在想什麼事情，看起來有些困惑還有些不解，十分的人性化。

楊大帥周子豪他們誰也沒敢吭聲，若是這一幕在公園的爬行館看到，他們可能還會誇兩句「好聰明」、「好萌」之類的話。可現在他們大半夜在家裡對著一條大蛇的魂魄，別說誇了，他們一個個嚇得連屁都不敢放。

也不知道巨蛇想到什麼，忽然有些生氣的樣子，昂起頭朝三樓衝去。林清音站在原地沒動，後面的四個人見狀也不敢挪位置，大約過了五、六分鐘，就見那條巨蛇耷拉著腦袋從樓梯上滑了下來，在主臥門口將身體盤起來，碩大的腦袋擱在身體上，閉著眼睛似乎在打瞌睡。

分外明亮的月光透過走廊裡的大窗戶灑在巨蛇的身上，巨蛇就像是得到了滋養，身體明顯的凝實了一些，身上的光芒也更亮了。

林清音打了個哈欠朝身後的幾個人說道：「行了，沒事了，都去睡覺吧。我在哪個房間休息啊？」

房間倒是都提前安排好了，可眼前這條像魂體一樣的蛇還盤在這裡，周子豪和周文生根本就沒有睡覺的膽子，他們甚至連房間都不敢回去。

乾脆四個人都去了三樓。

三樓也只有三間臥室，床單都提前洗曬得乾乾淨淨，林清音拎著自帶的洗漱用品去清潔了一番，回到給自己準備的房間倒頭就睡。王胖子雖然也怕那條蛇，不過相比之下他更信任小大師和她的陣法，他見小大師絲毫沒有緊張害怕，他也一顆心放在了肚子裡，直接回房間睡覺。

睡不著的只有楊大帥、周子豪和周文生三個人，楊大帥覺得今晚這一幕比他面對李思雨還嚇人。李思雨雖然那個時候看著也像鬼，可自己和她撕破臉的時候是大白天，從心理上來說並沒有太多的恐懼。但現在的情況就不一樣了，大半夜的一條會發光、身體透明的蛇，怎麼看都像恐怖片。

三個大男人全擠在一張床上蓋了兩床被，他們沒敢脫衣服也沒敢開燈，都把頭埋在了被窩裡。本來覺得挺有精神的，可頭一沾枕頭幾個人才感覺出睏倦來，很快眼皮就有些睜不開了。

躺在最外面的周子豪剛要睡著的時候，熟悉的呼嘯聲出現了，剛才那條盤在二樓的巨蛇似乎發現了什麼不對，穿過緊閉的房門鑽進了房間裡。

周子豪嚇得身體都僵硬了，緊緊地貼著楊大帥一動也不敢動。巨蛇直起身體足足有將近兩公尺高，腦袋都頂到天花板上，它居高臨下的用兩個像車燈一樣的眼睛緊緊地盯著床鋪，可是盯了半天也沒發現什麼不對。它嗚嗷一聲躍了起來，從床頭的那面牆鑽了出去。

周子豪聽到耳邊熟悉的呼嘯聲音，不確定是否該鬆口氣，他在別墅裡陸陸續續的總共住了十來天，就沒有一天晚上睡安穩的，但以前那條蛇都沒有傷害過他，想必今天也沒事吧。

這麼安慰著自己，周子豪的心漸漸平靜了下來，聽著耳邊一輕一重的鼾聲，他的睏意也漸漸的湧了上來，很快的睡著了。

一夜無夢，周子豪醒來的時候同睡一張床的楊大帥和周文生已經起來了，周子豪掀開被子看看外面明媚的陽光，心情比昨天晚上好許多。

周文生把做好的早飯端到餐桌上，兩個白髮蒼蒼的老人一邊吃著軟糯的豆腐雞蛋羹和甜軟的豆沙包，一邊絮絮叨叨地念叨周文生。「你們這麼大的人了，怎麼都擠到三樓去睡啊？」

周文生把噴香的肉醬舀到豆腐雞蛋羹上，十分有耐心地解釋。「家裡來朋友了，我們在上面說話。」

「別太晚睡，對身體不好。」周爺爺舀了一口雞蛋羹放在嘴裡，轉頭叮囑老伴。「妳也吃這個，好吃。」

楊大師坐在周爺爺旁邊呼嚕呼嚕吃著肉醬麵，周爺爺把裝在瓦罐裡的雞爪拽到了楊大師面前，生怕他搆不著。周爺爺、周奶奶在齊城照顧周子豪的時候就住在楊大師家隔壁，楊大師和他們熟悉得像是自家人，一點也不見外。

周子豪洗漱之後碰到了林清音和王胖子，他迫不及待的將昨晚發生的事講了出來，還有些糾結的抓了抓頭髮。「我昨晚帶了小大師的符紙，那條蛇看不到我，可是不知道為什麼以前它能看到我的時候也沒傷害我，就是鬧得我有些神經衰弱。」

林清音笑了笑。「其實這件事你不用問別人，問問你爺爺、奶奶就知道。」

周子豪想起那條巨蛇的模樣，臉上露出了糾結的表情。「難道我爺爺和許仙一樣也遇到了一條報恩的白蛇？」他想了想那白蛇的模樣，有些不確定的問道：「然後他把白蛇給燉了？」

林清音一愣，思緒頓時被周子豪帶歪了。「蛇也能吃嗎？身體裡沒寄生蟲嗎？」

「我是沒吃過。」周子豪下意識回答。「我看到蛇就害怕，更別說吃了。不過南方有些城市似乎愛吃這玩意兒，什麼燉湯、乾煸什麼的，也不知道是什麼味道。」

周文生把兩份做好的早餐都端上桌以後上樓叫他們下來吃飯，一上三樓就看到三個人站在樓梯上不知道聊什麼，小大師看起來還一臉嚴肅的樣子。

「小大師、王大師早飯好了。」周文生打過招呼，順嘴又問：「你們聊什麼呢？」

周子豪訕笑著摸了摸後腦杓。「我在和小大師說蛇肉的事呢。」

林清音聽周子豪說了半天的蛇，看到周文生下意識問：「你會做蛇肉嗎？」

「昨晚那條蛇嗎？」周文生險些哭了出來。「這個我真不會！不瞞您說，我都沒那麼大的鍋！」

看著周文生有些崩潰的模樣，林清音無語的看著他。「你想什麼呢？你以為我讓你煮昨晚那條蛇嗎？」

周文生一個四十來歲的老爺們委屈巴拉的看著林清音，那表情明擺著就是這麼懷疑的。剛剛他分明看到小大師揉肚子嚥口水來著，身為一個廚師，他非常了解這個動作代表著什麼……那分明就是饞了！

看著周文生的眼神，林清音忍不住摸了摸自己的臉。

這才認識了幾個小時啊！怎麼對她誤解這麼深呢？她看起來像是什麼都吃的人嗎？她在上輩子也不吃蛇好嗎？她只是睡了一個晚上肚子餓了而已。

「你放心吧，那條蛇不能吃的。」林清音努力給自己洗刷冤屈。「再說昨晚出現的那條蛇也不是實體，你就是有鍋也煮不了啊！」

「就是就是。」周文生鬆了口氣連忙附和道：「我還真沒這個技術。不過小大師那條蛇是怎麼回事啊？它到底對我們家有沒有惡意啊？」

林清音摸著飢腸轆轆的肚子，覺得自己連回答問題的力氣都沒有了，她轉身朝樓下走去。「等吃完早飯我再揭曉答案吧。」

周文生趕緊跟了上去，他十分慶幸自己早餐準備的比較豐盛，可以暫時讓小大師忘掉吃蛇肉的事。

林清音和周子豪下去的時候周爺爺和周奶奶已經吃完早飯了，老倆口坐在窗戶給窗邊的花草澆水，看到林清音笑呵呵的打了聲招呼。「小丫頭從城裡過來玩的？」

林清音外表雖然是高中生，但是對於外人她還是叫不出爺爺、奶奶這種稱呼，只能比較客氣的笑了笑。「兩位老人家好，昨晚休息得好嗎？」

「非常好！」周爺爺精神抖擻的說道：「一覺到天亮，我們這裡安靜，睡覺特別香。妳昨晚睡得好不好？」

林清音點了點頭，她昨晚睡覺前在自己房間布了陣法，那條蛇根本就進不去，一點都沒打擾到她。

「農村比城市安靜，晚上也沒那些燈光汽車，睡得自然會更好一些。」周奶奶和善的笑著。「在城裡照顧子豪那幾年，我晚上睡覺總是不安穩，即便是睡著了也很淺眠，一點動靜就能把我吵醒。後來終於等到子豪可以自己上學了，我們老倆口就趕緊搬回來了，當時我們還住在旁邊這棟老房子呢，一進屋就覺得心裡無比的安穩，用你們年輕人的話來說就是特別有安全感。」

周爺爺也笑著附和。「那是，別看當時老房子破破爛爛的，可我覺得比城市裡的高樓大廈住起來還舒坦。」說完這話，周老爺子看到孫子的眉毛翹了起來，趕緊又解釋。「當然，我孫子給我蓋的別墅也舒坦，所以我直接就搬進來了。」

幾個人都被老爺子的話給逗笑了。

周爺爺拿著小鏟子給花鬆土，頭也不抬地說道：「你們以為我們是說玩笑話呢，其實我們說的是實話。我們家是有守護神的，只要你們時常回家住住，保證你們在外面平平安安的。」

以前周老爺子也常說這話，但是家裡人都以為是老人怕孤單寂寞，所以才拿這話哄騙他們。幾個子女私底下都半開玩笑說老爺子越老越像小孩，說話讓人啼笑皆非。好在周文生幾個兄弟都比較孝敬老人，大家都會輪流回來陪他們，生怕兩位老人覺得孤單。

周文生和周子豪兩人之前也是這麼認為的，可是看到了昨晚那一幕，兩人這才發現老爺子說的那句像是玩笑的話可能是真的，那條有點嚇人的白蛇說不定真有可能是他們家的守護神。

那條白蛇在他們還看不到它的情況下就經常進出他們房間，除了有點影響他們睡覺以外，絲毫沒有傷害他們。更讓人無奈的是，回想起來那條白蛇出入他們的房間，說不定是在檢查他們有沒有好好睡覺。

周子豪想到這裡就忍不住要哭，這條白蛇是不是母愛太泛濫了一點？他們都這麼大了。

雖然是這樣想的，但是兩人不敢貿然開口問，有點忐忑不安的等小大師吃完飯好趕緊揭曉這個謎底，周子豪抓心撓肝的都覺得有些迫不及待了。

小大師美滋滋的吃著早飯，被小大師敬仰的大廚周文生卻沒有心思吃東西，一個灌湯包咬來咬去的嚥不下去，眼巴巴的看著小大師吃得滿嘴流油。

林清音吃完一籠又來一籠，吃完第二籠又拌了一碗炸醬麵，周文生都有點想問小大師昨晚吃了半桌子肉都到哪裡了？這消化得也太快了。

終於小大師放下了筷子，同樣眼巴巴等著的周子豪歡呼了一聲，趕緊將濕紙巾遞過去，殷勤地起身問道：「您想喝點什麼嗎？」

林清音看了看窗戶外面，用濕紙巾擦了擦手指。「今天陽光不錯，你泡壺茶，我們到院子裡和兩位老人聊聊天吧。」

自家蓋的別墅，光院子就足足有一畝地的大小，老倆口在院子裡種了不少的花草和蔬菜。現在已經是深秋了，很多花都枯萎了，可石榴樹上墜著的一個個大紅石榴看起來卻特別的誘人。此外，園子的一側半懸著十來顆南瓜，一顆顆都有小盆那麼大，黃燦燦看著就讓人喜歡。

老人家沒有什麼景物的佈置概念，他們講究的是實用，可出錢蓋這座別墅的是年輕的周子豪，他多少有些文青。兩者一結合，就是南瓜下面擺著一組實木的桌椅，可以坐著喝茶曬太陽順便看一看不遠處的高山，也可以看看院子裡豐收的景象。

周子豪聽到林清音的吩咐後，趕緊把成套的茶盤茶具搬到院子裡，乖覺地坐在凳子上燒水烹茶。林清音背著手站在院子中間打量著旁邊周家的老房子，一副興致勃勃的樣子，王胖子站在林清音的側後方似乎小聲的在詢問些什麼。

周爺爺偷偷摸摸的朝自己兒子招了招手，周文生見狀趕緊湊過來，配合老頭的動作低聲問道：「爸，您什麼事啊？」

「我們家小豪是不是喜歡那個小女孩啊？」周爺爺朝林清音的方向努了努嘴，有些糾結的皺起了眉頭。「我看那小姑娘年紀不大，該不會未成年吧？」

周文生還真不知道林清音的年齡，不過他聽自己姪子說過這位小大師還是一個高中生，算一算可能還真不滿十八歲。

「爸，您打聽人家女孩子年齡幹麼？現在的小姑娘都不愛說這個。」周文生伸手扶著他的胳膊。「要不我們到外面喝喝茶曬曬太陽去吧，現在這幾天天氣好，您一定要在外面待一會兒，這樣骨頭才結實。」

周爺爺伸手將兒子的手拍下去，看起來有些生氣。「你怎麼這麼不長心眼呢？你看看小豪那獻殷勤的樣子，是不是喜歡上那個小姑娘了？我和你說可不行啊，人家還沒長大呢，你告訴小豪可不能幹這種事，這可是犯罪。」

周文生沒想到自家老爺子的想像力這麼豐富，有些哭笑不得的說道：「您想多了，小豪對那個女生絕對沒有非分之想，他也沒那膽子去想。」

周老爺子聽到這話才放下心，看著周子豪的白茶煮得差不多了，便伸手拍了拍老伴的手。「走，出去喝茶曬太陽去。」

兩位老人互相攙手慢悠悠的往外面走去，出了房門以後周奶奶還到窗戶邊上的水泥地上抓了一捧葵花籽放在桌上，十分有耐心的一顆一顆剝著。

周子豪倒好了茶，朝林清音喊了一聲。「小大師，茶好了。」

周老爺子剛端起茶杯被這句話驚得手抖，滾燙的茶水從茶杯裡濺了出來灑到了手背上，疼得他下意識鬆開了手，瞬間紫砂茶杯掉在地上摔成粉碎。

周子豪顧不得心疼他花大筆錢買回來的茶具少了一個杯子，趕緊伸手抓住了周爺爺的手。「爺爺快去水龍頭那沖沖冷水，要不然該起水泡了。」

周文生一邊去扶老爺子，一邊忍不住直念叨。「您說您都這麼大歲數了，怎麼還毛毛躁躁的，您看這手背都紅了。哎呀！我說您趕緊起來呀！坐著想什麼呢？」

周爺爺坐在椅子上沒動，眼睛盯著林清音的方向嘴裡卻問周子豪。「你剛才管那個小姑娘叫什麼？」

周子豪聽到這句話懊惱自己說話沒過腦子，有些不安的朝林清音看了一眼，手足無措的樣子看起來十分的可憐。林清音揹著手走了過來，低頭看了眼周老爺子手背上紅紅的燙傷痕跡，伸手將自己的手覆蓋了上去。

周子豪和周文生只看到林清音握住了周爺爺的手，可被林清音覆住手背的周爺爺心裡卻宛如驚濤駭浪，眼睛直勾勾的盯著林清音，驚得一句話都說不出來。

大約過了半分鐘，林清音將手收回，再看老爺子的手背燙紅的位置已經恢復成原本的膚色，一點痕跡也看不出來。

周子豪有些疑惑地瞅了瞅周爺爺的手背，不太確定的問道：「爺爺，您要不要上藥膏啊？」

「不用。」周爺爺推開了周子豪的手，臉上多了幾分鄭重的神色，起身朝林清音做了一個恭敬的手勢。「大師請坐。」

「老爺子不用這麼客氣。」林清音笑咪咪坐到周奶奶旁邊，順手從桌子上捏起了一顆葵花籽放在手裡捏開，將略有些潮濕的瓜子仁放進了嘴裡。

剛從向日葵裡剝出來的瓜子水分多，口感不脆，但是卻有一種獨特的清香和甜味。林清音吃了一顆覺得味道不錯，忍不住伸手從老太太前面又捏了一顆過來。

老太太看著林清音像小松鼠一樣一顆一顆的拿瓜子，連忙伸手抓了一大把放到她面前，笑呵呵地說道：「喜歡吃就多吃點，都是我自己種的，沒有農藥。」

周奶奶很喜歡林清音，可周爺爺看著林清音的神色卻十分複雜。桌子上的白茶是五年分的，要足足煮七分鐘才能出色出味。煮得滾燙的茶水剛倒杯子裡就被他全部灑在了手背上，他頓時就感覺到一股火燎燎的疼痛感。但林清音手往他燙傷的地方一蓋，一股冰涼的氣息從疼痛的皮膚裡鑽了出來，快速在皮膚裡遊走，很快就將那股火辣辣的疼給壓了下去。

剛才那一幕別人看不出什麼異常來，可周爺爺心裡明明白白的，自己是遇到了高人，而這個高人可能就是為了自己隱藏了一輩子的秘密來的。

周爺爺伸手將周子豪前面的茶杯拿過來，哆哆嗦嗦的將裡面的茶水一飲而盡，等心情略微平靜下來才問道：「妳到底是什麼人？」

「我是你孫子請來的大師。」林清音剝著瓜子仁，用閒聊的語氣說道：「他們說總是在別墅裡睡不安穩，想請我來看看到底是怎麼回事。」

第四十四章

周爺爺臉上露出生氣的神色，他抬頭狠狠的瞪了周子豪一眼，飛快地說道：「我家一點事都沒有，要不然我和我老伴怎麼能睡得這麼踏實？」

想到剛才林清音為自己治療了燙傷，老爺子緩和一下語氣，可聲音裡卻帶了幾分哀求。「可能是他們習慣城市的熱鬧了，所以回來才睡不好的，我保證以後絕對不會再有這件事了。您是大師，不值得為這種小事浪費時間。」

看著爺爺極力辯解，周子豪小聲地說道：「爺爺，我們都看到了。」

周爺爺猛然將頭轉過去，聲音有些發顫。「你看到什麼了？我都說我們家什麼都沒有。」

「看到了一條蛇！」周子豪看了一眼林清音，還是將事實說了出來。「小大師布了陣法，我們在半夜的時候看到一條發光透明的蛇從大門鑽進來，它每個房間檢查了一遍，最後盤臥在您的臥室門口睡。」

看到爺爺蒼白的臉色和不住顫抖的四肢，周子豪一把握住了爺爺的手。「爺爺，你不用害怕。」

周爺爺猛然將周子豪的手給甩開，看著他的眼神是前所未有的厲色。「你們把那條蛇怎麼了？是不是把它殺了？」

「那個蛇又沒有實體我們殺它幹麼？」周子豪一臉無辜的說道：「看到它趴到你門口後，我們就回房間睡覺了，不過我剛要睡著的時候那條蛇又鑽進來了。」周子豪說到這裡有些抱怨的嘟囔。「怪不得我以前在這睡覺的時候就感覺有什麼東西在看我，原來是這條祖宗。」

周爺爺聽到大蛇沒有受傷明顯的鬆一口氣，他靠在椅背上沈默的喝完一杯茶，這才轉頭看著林清音。「妳沒有傷害它吧？」

普通人拿沒有實體的蛇沒輒，可是像這種有本事的大師就不一樣了。

「沒有啊！」林清音用平常的語氣說道：「昨天帶著他們欣賞了一下巨蛇的英姿後我就回房間睡覺了，連碰都沒碰它。」

看出來爺爺十分重視那條蛇，周子豪連忙點頭證實了林清音的話，周爺爺這才放鬆。見家人似乎不太反感那條蛇，周爺爺終於開口了。

「其實我是知道那條蛇的存在的，但是我沒想到它現在依然在守護著我們家。」

聽到這句話，就連老太太都扭頭去看周爺爺。「怎麼回事？」

「我們家在明清兩代的時候都出過大官，培養的學生子弟族人不知有多少，也算是齊城有名的書香世家了。也不知道從什麼時候起，祖上多了一個習慣，就是每一代的子孫都要記錄族裡發生的大事、奇事，然後將這筆記一代代的傳下去，也是讓後代了解祖宗生活的一個途徑。

「老祖宗留下來的筆記傳到我這裡足足有好幾大箱子，現在我手裡的也不是全部的筆記。從明清到現在好幾百年時間，留存下來的不過是十分之一而已，可就是這十分之一讓我知道了很多從來都不敢想像的事情。

「每一代記錄筆記的先人性格不一樣，他們記錄的重點也各不相同，有的記錄族裡敏而好學的弟子多，有的則喜歡偷偷摸摸的議論朝政，也有些喜歡寫一些奇聞異事。這些奇聞異事有的是族裡發生的，也有的是道聽塗說，因為實在是太有趣也被寫了下來。」

提起自己曾經看過的筆記，周爺爺臉上不禁露出了懷念的笑容。

「我小時候正逢戰亂，那時雖然我也在村裡上私塾，但是先生也只教一些字和一些詩詞。那時候不像現在的孩子有這麼多書可以看，我們那會兒連課本都沒有，先生往板子上寫什麼我們就學什麼，特別無趣，課外書更是想都不敢想的事。等我認識的字多了，我就不滿足於每天跟先生背詩詞論語，總想找些新鮮的東西看，我爹被我鬧得沒辦法，便給了我一把黃銅鑰匙。

「當年我家房子是祖上傳下來的，雖然不如鼎盛時期十分之一大，但也是村裡最好的房子，前後院加起來足足有十來個的房間，只有一間房子是常年鎖著，上面掛著的就是一把黃銅鎖。我和我哥哥弟弟小時候最喜歡做的事就是扒在那屋子的門縫往裡面瞅，互相打賭猜測裡面放的是什麼東西。」

周爺爺回憶起當年忍不住笑了一下。「我沒想到我爹會把鑰匙給我。」說到這周爺爺端起杯子喝茶，雖然周子豪聽得心急難耐，但是他看爺爺回憶起當年的事情時臉上帶著滿滿的幸福笑容，他便壓制住自己的好奇，耐著性子聽周爺爺講他小時候的事情。

「我拿到鑰匙後迫不及待的打開了那扇門，推開門以後我發現裡面是一個又一個的大箱子，窗邊的位置還有一套桌椅，看著都挺乾淨的，應該是經常有人打掃。我打開箱子，看著裡面放著滿滿的書頓時興奮起來，迫不及待的拿起一本坐在窗邊的椅子上看。我當年看的第一個故事就是關於蛇的。

「記錄那個故事的祖宗是道光年間的一位先人，他叫周同和。周同和三十歲那年赴京趕考，結果剛剛走出齊城沒多久天就黑了，眼看著就要來一場暴雨。周同和以前去丈母娘家的時候就走這條路，他知道旁邊山上有個山洞可以避雨。那時候的人樸實心善，經常有人在上山砍柴打獵的時候往山洞裡放一些柴火以備不時之需。別看那些柴火不值什麼錢，可萬一哪天有人遇到了不好的天氣躲進山洞裡，這柴火就能派上大用場。

「周同和在暴雨來臨的時候跑進了山洞裡，他把行囊放到鋪了稻草的地上，從裡面抽了一些柴火點了個火堆烤身上的衣服。就在這時，周同和聽到外面傳來一陣奇怪的鳥叫聲，緊接著一道巨雷響起，有一隻被雷劈焦了翅膀的老鷹從天上掉了下來，正好摔在山洞前面，而那隻老鷹的爪子裡緊緊抓住一條白色的大蛇。

「那條白蛇似乎和老鷹搏鬥過，看起來傷痕累累，再加上剛才多少受到了雷電的波及也受了一些傷，有些奄奄一息。那時候《白蛇傳》在民間挺盛行的，再加上那條白蛇並沒有死，所以周同和冒雨用刀將鷹爪剝開，把那條白蛇救了出來。周同和把那條巨大的白蛇連拖帶抱的拽進山洞裡以後衣服都濕透了，而白蛇看起來也更沒精神了。

「周同和沒有給蛇看病的經驗，但是也不想放任不管，他便給蛇撒了一些金瘡藥，然後撕了一條中衣幫蛇包紮，還把架子上熱著的燒雞分給白蛇一大半。雨下了三天三夜，一人一蛇兩個齊心協力把周同和隨身帶著的燻雞、醬肉滷鴨吃完了，雨也停了下來。周同和最後一次幫白蛇換了藥後沒有再幫它包紮，而是伸手摸了摸它的頭，半開玩笑地說道：『我要去進京趕考了，你自己照顧自己吧。要是以後你成仙得道了，記得來找我報恩啊。』

「周同和不過是開了個玩笑，等出山洞後他就把這事拋到了腦後。那一年他考上了進士，只是名次普通，給家裡報喜後就去了外地做官。」看著兒孫和幾個外人聽得津津有味的，周爺爺越講越帶勁。「周同和為人處世十分周全，官運雖然不旺，但是一輩子安安穩穩的。等他在任上過了五十大壽後便告老還鄉了。

「周家子孫不少，周同和又不是長子，回家以後住在老宅裡很不方便，他便決定自己蓋一座宅子搬出去。我們山博縣樹多、地多，蓋房子不缺木材速度就快，不到半年周同和的宅子就蓋得差不多了。在上梁這天，周同和按照規矩擺供品祭神，等那根大梁抬上去以後，大家把糖果、花生、饅頭、銅錢往梁上拋，正在這時不知道從哪裡來了一條粗壯的白蛇爬到了梁上，它掛在梁上往下看了看，又將巨大的身體縮了回去，很快的消失了。

「女人、孩子們看到那麼大的白蛇都有些害怕，而上了年紀的老人說家裡出現蛇是好徵兆，那是保護家裡平平安安的家蛇，千萬不能傷害。周同和對這種事很不以為然，但上梁這天必須得說吉祥如意的話，他也沒說什麼掃興的言論。

「新屋落成，早已訂做好的家具往裡一放，略微曬了幾天，周同和一家就搬了進來。周同和當時蓋的房子不小，又是當了一輩子官的，平時人們議論起來都說他不知道賺了多少錢財，這句話讓一夥歹人聽了去就動了心思，晚上提了刀跳進院子想謀財害命，結果剛吹了迷香進了屋子，白蛇就出現了……」

周爺爺的話沒說完，周子豪就忍不住插嘴問道：「爺爺，不是說人都迷昏過去了嗎？怎麼知道這時候白蛇出來了？」

周爺爺瞥了他一眼。「周同和第二天早上醒來以後發現，屋裡倒著五、六個死人，這些人面容扭曲，而身上的骨頭都被硬生生擠碎了。周同和做了一輩子的官，判的案子不知道多少，很多屍體他一瞧就知道是怎麼回事。檢查了一下屍體，當時他就想起了上梁那天出現的白蛇了。

「這些匪徒在縣裡都有凶名在外的，沒少做過殺人搶劫的事，本縣的縣太爺對他們也頭疼。現在匪徒都死了，全縣人們皆大歡喜，對於他們奇異的死法也眾說紛紜，不過周同和的鄰居們都相信那些人是被家蛇給絞死的。畢竟上梁那天大家都看過那條蛇的樣子，那麼粗大的身體纏死一個人根本不費事。這時候有好奇的人問周同和是不是曾經救過這條白蛇，覺得這條白蛇像是來報恩。

「被他這句話提醒，周同和終於想起來自己年輕的時候救過的那條蛇一命。他當時只不過說了一句玩笑話，沒想到白蛇真的回來了。周同和連忙叫人在家裡供奉起白蛇的牌位，每到初一十五都擺上雞鴨之類的供品，然後將那間屋子關上，等到第二天再開門，那些供品就不見了。」

周爺爺輕輕嘆了一下。「就這樣一個月供奉兩次，周同和足足供奉了大蛇二十年，大蛇雖然收下了所有的供品，但是一次也沒出來過。周同和七十歲的時候感染了風寒久治不癒，在他最後幾天，鮮少露面的白蛇出現在他的房間裡，一直盤臥在床頭陪著他。周同和嚥了氣後，白蛇直著上身對著屍體彎了三次腰，這才爬上房梁消失了。

「從那以後周家人沒有再看到那條白蛇，但初一十五擺上的供品依然會第二天消失，這讓周家人的心裡十分踏實。可惜只過了三代，供奉家蛇的事就慢慢鬆懈，新鮮的雞鴨也變成了應付了事的饅頭水果，從那時候起，供品就再也沒有消失過。又過了幾十年，連應付了事的供品也沒了。」

周爺爺端起茶杯，輕輕地說道：「當時年少的我看到這裡覺得非常的可惜，在那個月的十五，我偷了家裡的錢買了燒雞和大肥鴨子，按照書上說的步驟，擺了供桌和香案，祭拜了家蛇。」

周子豪覺得自己的膽子已夠大的了，沒想到他爺爺小時候居然比他膽子更肥，居然靠一本類似小說的筆記，就膽大包天的擺起了供臺，難道他就不怕來的不是家蛇而是亂七八糟的東西嗎？

「爺爺，那條白蛇來了嗎？」

周爺爺點了點頭，露出一抹溫暖的笑容。「那天子時的時候，它來了！」

聽到「它來了」這三個字，所有人都屏住呼吸看著周老爺子。

周爺爺臉上露出了回憶的神情。「我那時候年紀小貪睡，等了一會兒就迷迷糊糊的睡著了，半夜我被窸窸窣窣聲音吵醒，抬起頭正好看到房梁上掛著一條巨大的白蛇。它大半個身體纏在房梁上，上半身垂下來緊緊的盯著我。」

想起那一幕，老爺子笑了起來。「說實話，我當時完全沒有害怕的感覺，反而有種見了親人一樣的親切，因為我知道那是守護了我們家幾百年的家蛇。我從床上爬起來朝它拜了一拜，又把供桌上的食物遞過去。白蛇看了我一眼，湊過來從我手上一口把那隻燒雞吞了進去。」

聽到這麼有畫面感的話，周文生和周子豪都不由自主的抱住了自己的胳膊，雖然知道那條白蛇是自己家的家蛇，但是他們依然沒有那個膽子和那條巨蛇那麼親近，老爺子的膽子實在是有些大過頭了。

周爺爺看出兩人的想法，輕輕的笑了笑。「都說初生牛犢不怕虎，我那時候還真不覺得害怕，其實更讓我害怕的是我媽的雞毛撢子。當我媽發現我偷了家裡半個月的生活費以後，拿著雞毛撢子追我跑了半條街。從家裡拿不出錢來，我只能自己上山找供品，好在我們家出門都是山，我設陷阱拿彈弓，有時候能打到野雞，有時候也能套到野兔。打到獵物以後我就在河邊把野物收拾了烤熟，自己一口捨不得吃都供奉給白蛇。」

周子豪聽到這忍不住打斷了。「爺爺，蛇不是可以吃生的嗎？你還烤幹麼？」

周爺爺不滿的瞪了周子豪一眼。「祖宗供奉白蛇的時候都是用熟的，我用生的供奉多不尊重。」

周子豪老老實實的閉上了嘴不敢吭聲，老爺子心虛的輕咳了兩聲。他才不會說自己那時候根本就沒想到蛇可以生吞的這件事。

「家裡人都不知道白蛇的存在，我偷偷的供奉它，它默默的保護我們家裡。那個年代戰火紛飛，白蛇一次又一次的保護了我們，它殺死過漢奸、絞死過趁火打劫的土匪，我還親眼目睹過它一口吞下去了幾個跑到我們家的鬼子兵。

「在白蛇的庇護下，我們家平安無事的躲過了戰亂。後來戰爭平息，我長大成人了，但是活了幾百年的白蛇卻變得無比的虛弱，只能待在它自己的山洞裡，那時候我不是初一十五才供奉了，我得天天去逮野雞野兔餵它，怕外面打的不夠，家裡養的雞鴨我捨不得讓孩子吃，全都留給了白蛇。

「最初的時候還好，雖然我沒和你奶奶明說，但是當時村裡人都說我家供奉了可以救命的蛇仙，所以她就揣著明白當糊塗，無論我從家裡拿多少隻雞鴨去她都不聞不問。」

周奶奶聽到這話抬頭和周爺爺相視一笑，一輩子的理解和支持都在這笑容裡體現了。

「後來又開始什麼破四舊了，有一個當年被白蛇絞死的土匪的兒子叫王高的領著一群年輕人來我家打砸，說我供養蛇仙，讓我把白蛇交出來。我矢口否認，王高不甘心，把我家砸了個底朝天，打傷了我的額頭和胳膊，還推倒了我的老伴，踢了她的肚子。」

周爺爺伸手覆在周奶奶的手上，眼裡露出了內疚的神色。「我沒保護好她，她懷了才三個月的孩子就那麼掉了。」

那時候周文生已經出生了，不過因為他最小的緣故，對那時候的事記得不太清楚，只隱約想著母親有一年在床上躺了七、八個月才能下炕。

「當時我老伴出了很多血，那些人嚇得一哄而散，我趕緊用推車把她送進醫院，等情況穩定下來才回家給她燉了雞湯送去。」周爺爺放在桌上的手握成了拳頭，聲音有些哽咽。「熬雞湯的時候我用了兩隻雞，一隻是給我老伴吃的，另一隻是給白蛇吃的。

「王高一直對白蛇的事耿耿於懷，便偷偷摸摸跟在我後面上了山。其實他以前也跟蹤過我，但是都被我甩掉了，那天我因為被打砸的事耽擱了一天，上山的時候沒注意到後面，被他一直尾隨進了白蛇洞。」

看見自己孫子緊張的直吸氣的模樣，周爺爺的眼眶紅了。「那天我到那就發現一直在裡面很少出來的白蛇居然來到了洞口，我以為它餓了，趕緊把煮好的雞餵給它。它吃了雞後用頭蹭了蹭我的腦袋，然後從洞口呼嘯而出，我這才發現王高居然就在我身後，手裡還拎著一把鋒利的斧頭。正在我不知所措的時候白蛇高高躍了起來，衝到了王高身前張開嘴把他活生生的吞了。

「我知道白蛇生吞了王高是為了保護我，也是為了給我那沒能生下來的孩子報仇。也許是為了不連累我，白蛇在回頭看了我幾眼後，飛一樣的朝山上滑去，我在後面拚命的追，可到最後還是眼睜睜的看著它從懸崖上躍了下去。」

周爺爺用手掌抹了抹眼淚。「那個懸崖很高，底下是一個深潭，我在下面找了好多年一直沒有看到白蛇的身影，我不知道它是死了還是僥倖逃過一劫。」他看了看不遠處的老房子，臉上露出了留戀。「子豪給我蓋完別墅說要把老房子拆了，我沒讓。那房子雖然看起來又破又舊也不完整了，但那是我和白蛇一起住過的家。」

周爺爺說完這段話淚流滿面，周文生和周子豪也拿手背直擦眼淚。看著一家人哭得這麼難受，楊大帥忍不住替他們把心裡話問了出來。「小大師，那白蛇最後為什麼非要跳崖呀？」

一直沒有說話的林清音輕嘆了口氣。「它雖然口不能言也不能變成人型，但它已經是開了靈智，也就是成精了。白蛇渡雷劫時受了重傷險些被禿鷹吃掉，你的祖先把它從鷹爪裡救了出來又給它療傷治病，已經和它產生了因果。偏偏那時你的祖先又說了來報恩的話，雖然他是開玩笑，可在靈蛇的心裡這是一種它必須完成的承諾。但是……」

林清音話鋒一轉，讓人心裡忍不住咯噔一下。「人修仙尚且是逆天而行，更何況動物。它們就算僥倖開了靈智，後面的路也格外的艱辛漫長，要經歷一次一次的天雷不說，更受到了天地法則的制約。」

林清音掏出龜殼輕輕的撫摸著它，曾經她的金龜也是靈物，可惜最後還是倒在了九天雷劫之下。慶幸的是它神魂未滅、龜殼完整，它不願意轉世投胎，便用最後一點氣力苦苦的懇請她將自己煉為法器，而它僅剩的那一絲神魂自願成為器靈。雖然投胎轉世可能會有不一樣的新生，但是這些對它來說沒有絲毫的誘惑力，它只想永遠的守護著自己的主人。

看到白蛇，林清音就彷彿看到了自己養的靈龜。

「開了靈智的靈物要面對的第一條天地法則就是不能傷人，更不能殺人。當年它為了保護你的祖先殺了一夥歹人，那時它就受了嚴重的反噬。這兩百來年下來，它的修為不但沒有進益反而一直在後退。等後來它在你身邊的時候再一次犯了殺戒，那時候它的修為已經承受不住天譴了。」

林清音的話像一把小錘子一樣一下一下的砸在周爺爺的心窩。

白蛇活了不知道多少年，它一直苦苦的修煉，或許也期冀有一天可以褪去蛇身變成人，或許它還有可能羽化成仙。可在看到自己守護的人即將有性命之憂的時候，它毅然把一切都放棄了。

它渡過了天雷這一劫，卻沒有渡過感情這一關。

周爺爺嚎啕大哭，林清音垂下頭輕輕的撫摸著龜殼。「這是它的選擇，它希望可以保護你。」

「都是我的錯！」周爺爺一邊哭，一邊捶著自己的胸膛。「如果我當年沒有好奇的去供奉白蛇，它這個時候還會好好地在山裡修煉呢！是我硬把它叫回到俗世，耽誤了它的修行還害了它的性命。」

周文生和周子豪雖然也為白蛇傷心，但是此時他們更擔心的是老爺子的身體，連忙上去按住了他的手。

第四十五章

「但它並沒有走啊。」林清音抬頭朝舊房子望了一眼，臉上帶著溫暖的笑容。「它還一直守護著你呢。」

「對對對！」周子豪連忙說道：「昨晚小大師布了陣法，我們親眼看到那條白蛇從大門進來了，它還每個屋裡轉了一圈……」他撓了撓頭，有些尷尬地說道：「就是它沒看到我們好像挺生氣的。」

周爺爺趕緊擦了擦眼淚，他想問白蛇的事，又怕林清音怪他一開始的態度不好，趕緊解釋道：「其實這些年我一直偷偷供奉白蛇。以前在子豪家的時候，子豪父母忙，我在房間裡供奉他們根本就注意不到這件事。等我回到村子裡供奉起來就更方便了，除了初一十五在家擺供品，平時我也會到那個山洞給白蛇燒香。就是自從蓋了這個別墅，我這些兒女、孫子、孫女不放心我們老倆口自己住，非要輪流回來陪我們，倒讓我束手束腳了。」

周文生想起老爺子時常讓自己做燒雞、烤兔、滷鴨，每回做好都得給他端到房間裡去，為此自己沒少絮叨他，頓時有些心虛的摸了摸鼻子沒敢吭聲。

「剛才子豪管妳叫大師，我以為他們發現我供奉祭拜白蛇的事了，所以反應大了一些。

我也不想有人做法打擾它，那是對它的不恭敬。」

老爺子輕輕的嘆了口氣。「其實他們小時候我說過幾件白蛇的事，但是他們那時候都當故事聽，等他們大一些就不愛聽這種故事了。既然這樣我也就不說了，也不想和他們解釋太多，只要我自己記著白蛇就行，旁人我也不強求。過中秋的時候我還說過，等我死了以後就把我的骨灰撒在懸崖下面，說不定那時候我就能見到白蛇了，我這些子孫也很孝敬，燒的紙錢祭品什麼的肯定很多，夠我和白蛇吃了。」

沒等老爺子說完周奶奶就不樂意了，伸手掐了他一把。「不給我吃嗎？」

周爺爺趕緊拉住她的手安慰道：「我自然想妳和我一起的，就怕妳不樂意。畢竟骨灰撒下去就沒有墓地了，我也不知道能不能給妳找到遮風擋雨的地方。」

「沒什麼不樂意的。」周奶奶低頭剝了個瓜子塞入周爺爺的嘴裡。「要是我不樂意，當年那麼困難的時候能讓你從家裡拿出去那麼多隻雞？我自己都捨不得吃呢。」

聽到老倆口的話題都跑歪到後事上去了，周文生覺得不吉利，趕緊把話題拉回來。「小大師，昨晚我們見到的是白蛇的魂魄嗎？」

林清音朝那座老房子看去。「它就在那裡，你們想見它嗎？」

周老爺子猛然站起來，動作大得將椅子帶翻了過去，咣啷一聲摔在了地上，激動得兩隻手直哆嗦。「真的能見到嗎？」

林清音朝周子豪抬了下下巴。「扶好你爺爺，我們去見白蛇。」

當初在建別墅時本來想再單獨蓋一個院子，但是老爺子不願意，非要把院子圈進來。家裡人不願意因為這點小事惹老爺子不痛快，就遂了他的心思。

雖然現在老倆口在別墅住，但每天都會回老房子打掃清潔，開窗通風，所以裡面和過去沒什麼區別。

林清音進去以後直接到了最東面的一間房間，她讓周子豪把窗戶關上，然後布上陣法。在最後一顆石子放好以後，原本還算明亮的屋子忽然暗了下來，一條盤在房梁上的巨蛇漸漸的現出了身形。

周爺爺看著閉眼昏睡的白蛇眼淚頓時落了下來，可是他緊緊地捂住嘴，生怕吵醒了它。

林清音低聲解釋道：「當年白蛇確實是死於山崖之下，但是它的神識未滅，你的供奉、信仰和香火讓它的神識在這世間存活下來，甚至從一開始的星星點點到現在已經能看出完整的身軀。只不過它現在畢竟沒有身體，白天的陽氣對它來說是一種傷害，所以只有子時到寅時這段時間它才能離開房間。」

林清音伸手一揮將靈氣打入白蛇的靈體，白蛇得到了最純正的靈氣滋養，緩緩的睜開了眼睛。

剛剛醒過來的白蛇還沒弄清楚發生了什麼事就看到了紅著眼落淚的周爺爺，它直接從房梁上躍了下來，用蛇尾撫摸了兩下周爺爺的腦袋，又氣沖沖地朝周文生和周子豪衝去，用蛇尾打著他們的屁股。

雖然白蛇的身體是由靈氣和信仰組成，被蛇尾抽中也不疼，但是周文生和周子豪兩個依然羞紅了臉，不知所措的捂住屁股。

看到兩人的動作，白蛇有些疑惑的停下了抽打，歪著腦袋看了看他們，然後像是明白了什麼，猛然轉頭看向周爺爺。

周爺爺淚流滿面的看著白蛇，用與年齡不相符的速度朝白蛇衝了過去，伸手想和它擁抱。白蛇連忙用蛇尾抵住了周爺爺的胸膛，用大腦袋親暱的蹭了蹭周爺爺的頭。

看著一人一蛇親熱的互動，別說周子豪和周文生了，就連王胖子和楊大帥兩人都看得淚眼滂沱的。

好不容易穩定住情緒，周子豪想起了昨晚的事，有些好奇地問道：「白蛇大仙為什麼每天晚上都到我房間去啊？我還以為家裡鬧鬼了呢！」

白蛇大大的眼睛生氣的瞪著周子豪，一直拿尾巴抽他。

林清音看到白蛇就想起自己的靈龜，所以忍不住也想對它好一點。她掏出一枚上等美玉放在手心裡，右手用手指勾動靈氣在空氣裡畫了一道符打入白蛇的喉部。

動物喉嚨間有橫骨，要想口吐人言必須把這根骨頭打碎煉化。而蛇類因為身體特殊，喉嚨間並沒有真實的骨頭，只有當它們修煉到一定境界，讓體內的靈氣全部擠壓到喉嚨裡，那根阻礙它口吐人言的骨頭才會出現，又更困難。

林清音上輩子畢竟是修真界最頂層的存在，這種道法對她來說並不難，只是能讓她願意做這件事的動物卻寥寥無幾。金龜是第一個，白蛇則是因為和周爺爺之間的感情太暖讓林清音想起了自己的靈寵，破例給它幫忙。

屋裡設了陣法，眾人能看到靈蛇自然也能看到林清音打出去的那一團靈氣，只見那團金色的靈氣在白蛇的喉間快速的翻動，很快一根白色的骨頭在金色的靈氣中若隱若現。白蛇臉上閃過了一絲痛苦的神色。

就在眾人急得汗都要出來的時候，只見金色的靈氣越來越濃郁，範圍也越縮越小，厚重得簡直看不清裡面的骨頭，就像一個金色的球。

隨著金球的逐漸縮小，橫骨被擠壓得粉身碎骨，化成了一道道白色的靈氣和金球融為了一體，又一起消失在白蛇的靈體了。

白蛇驚喜的用蛇尾觸碰了下喉嚨的部位，開心得像個小朋友一樣原地轉了幾圈後又輕輕的發出了一聲咳嗽的聲音，聽起來和人類的聲音差別無二。

「周子豪。」白蛇的口吐人言，聽音調雖然有些彆扭，但是每個字都很清晰。

周子豪聽到白蛇叫自己，樂顛顛的跑上前。「白蛇大仙您會說話了？」

「哼哼！」白蛇輕哼了一聲，忽然抬起尾巴瘋狂的抽周子豪。「我讓你半夜不睡覺光看那亮匣子，我讓你十天、半個月的不回來陪你爺爺。」

「還有你！」白蛇轉身又抽了周文生一尾巴。「昨晚你帶著你姪子上哪兒去了？我都找了好幾遍都沒看見你們，是不是沒回家睡覺？」

「居然夜不歸宿，哼！」白蛇直著身軀居高臨下的看著他們，一副操碎了心的老父親模樣。「真讓蛇生氣。」

周爺爺聽到白蛇說的話忍不住開心的笑了起來，連忙朝它招手。「行了行了，快別說他們了，現在的年輕人都喜歡玩手機，不愛早睡，和過去不一樣了。」

白蛇低頭瞅了瞅周爺爺，那粗壯的蛇尾在他頭上也拍了一下。「你以為你就挺好的？小時候就挺鬧騰的，年紀大了也不消停，一點都不聽話。在你八歲那年的時候……」

白蛇憋了幾十年，現在終於會說話了，頓時說個不停。周子豪看著爺爺被訓得灰頭土臉的趕緊捂住嘴，生怕笑出聲讓白蛇聽見，一轉頭炮火對準著他。

好在白蛇活了幾百年調整情緒倒是很快的，等它冷靜下來終於想起了自己的大恩人，趕緊朝著林清音恭恭敬敬的垂下頭。「多謝大師幫我煉化橫骨。」

「無妨。」林清音將那塊已經化為粉末的玉石丟到一邊，拍了拍手上碎屑問道：「以後你有什麼打算嗎？」

白蛇用蛇尾指了指周爺爺。「既然我受了他的供奉，就陪伴到他老吧。等他沒了以後我再去山裡修煉，希望有朝一日能重塑身體。」

林清音點了點頭。「這也是個主意，不過現在靈氣稀薄，你的願望太難實現，到時你可以來找我。」

白蛇認真地點了點頭，它在這座山上待了幾百年，最了解這座山的變化，現在的靈氣確實比幾百年前稀薄許多，若是光靠山裡的靈氣修煉，可能還不等修煉出身體它就會消散了。投靠這位心善的大師確實是最好的選擇。

林清音看了看屋裡的陣法說道：「這個陣法可以助你修煉，也能幫助讓你和周家人見面，回頭你自己把陣法夯實，免得被碰亂了。好了，這裡也沒我什麼事，我該回去了。」

周文生連忙說道：「大師您再多待一會兒，吃了午飯再走成嗎？」

聽到新東方大廚的邀請，林清音的腳步遲疑了。「中午吃什麼呀？」

「做滷鴨！」白蛇開心的甩了甩尾巴。「這小子滷鴨做得最好吃啦，可是每次他做供品的時候都是做燒雞！燒雞根本就沒有滷鴨那麼好吃！」

周文生縮了下脖子，可憐巴巴的瞅著周爺爺，明明每次做的東西都由老爺子安排的，他根本就沒往別處想。

周爺爺連忙將頭轉過去，假裝這事和自己沒關係。其實這事也不能怪他，他祖宗就是供燒雞，誰知道他家白蛇居然更喜歡吃滷鴨呀！

看著白蛇激動得直晃尾巴的樣子，林清音終於鬆了口。「那好吧，我吃完飯再走，不過你中午千萬要多做幾隻鴨子，要不然我怕搶不過你家白蛇。」

家裡的食材原本是夠一家人吃的，但是加上一條這麼大的蛇祖宗就很難說了。好在村裡有不少人家裡都有養雞、養鴨、養鵝，周子豪一口氣買了好幾十隻，讓賣家幫著殺。楊大帥也沒閒著，開車去縣城的大超市又買了兩口鍋回來，生怕一會兒不夠用。就連八十來歲的周爺爺都忙起來了，他指揮著王胖子從舊房子屋後搬一些磚頭和水泥出來，憑著年輕時練出來的手藝直接搭了兩個土灶出來。

所有人都忙得團團轉，林清音卻被白蛇纏住了腳被迫和它聊天。說是聊天，其實更像是白蛇自己念叨，它話多得讓林清音完全插不上嘴，聽得林清音兩眼都有些恍神。她都有些後悔幫白蛇化橫骨了，沒想到這樣一條幾百年的蛇居然會這麼長舌。當年她的金龜也沒這樣啊。

聞著院子裡燉大鵝的香氣越來越濃，林清音有些坐不住了，站起來想出去看看。但白蛇現在是靈體狀態，根本就出不去，只能眼淚汪汪的看著林清音，要不是它的身軀太過龐大了，林清音差點把它當成小寶寶。

行吧行吧，誰教自己看著它順眼呢。

林清音從包包裡又取出一枚玉石，一邊雕刻一邊也忍不住開始絮叨起來。「頭一次見面就花了我兩塊原玉，你知道現在掙錢多不容易嗎？要不是看你還算可愛，我才捨不得把玉浪費在你身上呢。」

白蛇聽了以後使勁把自己的靈體縮得小一點努力的把腦袋往林清音肩膀上靠，做出一副嬌羞的模樣，林清音差點被它的動作生出一身的雞皮疙瘩來。也幸好白蛇是那種雌雄莫辨的少年聲音，要是換個大男人的粗嗓門，她抬腿就能把它給踢出去。

林清音不再理它，頭也不抬的刻著陣法。和給平常人做的玉符不同，她在玉石上疊加了三個陣法。

最基礎的是空間陣法，外表看起來是小小的一塊玉，但是裡面的空間極大，足夠白蛇在裡面遊走；第二個是聚陰陣，白蛇現在畢竟沒有肉身，只剩下了靈體，刻上聚陰陣以後它白天躲在玉石裡，靈體不會受到侵害；第三個是聚靈陣，若是光靠玉石的靈氣，裡頭的靈氣不出十日就會消耗乾淨。可有聚靈陣以後，天地間的靈氣可以源源不斷的為玉石補充，形成一個小循環，只要白蛇不做什麼特別損耗靈力的事，這玉石最少可以用幾十年。

刻好符陣，林清音在上面穿了個孔拿根紅繩繫上，把玉石放在手心裡朝白蛇說道：「你進來吧？」

白蛇歡快的將身體一扭，鑽進了玉石裡來。

林清音出去後把玉石遞給了周爺爺，告訴他白蛇就藏身在這塊玉裡。周爺爺激動的接過林清音遞給自己的墨玉，透過光線可以隱隱約約看到有一條小小的白蛇在裡面遊走。

周爺爺珍惜的把墨玉捧在胸前。「現在，該輪到我守護你了。」

那頭周文生忙碌了一上午，做出滿滿一大桌子的美味佳餚。林清音覺得周文生的滷鴨確實是做得非常美味，難怪白蛇念念不忘。

吃完了飯，周子豪開車把林清音送到卦室後，打開手機轉帳頁面十分誠懇地說道：「小大師今天在白蛇身上用了兩塊玉石，我知道您的玉石都價值不菲。我先轉給您五十萬，不夠的部分我讓家人轉給我後，再付給您。」

林清音難得大方的擺了擺手。「我和這白蛇也算有緣，兩塊玉石就算是我給它的見面禮了，你只要付一萬元上門費就行了。」

周子豪聞言有些不知所措，趕緊到門外給周文生打個電話，叔姪兩人商議了一番，覺得白蛇畢竟是他們家的救命恩人，總不能讓小大師一個人把玉石的錢承擔了。

最後周子豪給小大師轉了二十萬，周文生打算回來以後送一張儲值會員卡給林清音，把剩下的款項存到卡裡，以後小大師到他店裡吃飯直接刷卡就行，不用再掏錢了。

送走了周文生，林清音在卦室盤腿打坐了半個小時，又恢復神采奕奕的狀態。王胖子跟著林清音學了一些修煉的基礎，雖然還沒有引氣入體，但有玉符的滋養，已經能靠打坐來恢復體力和精神了。

週日下午林清音還有一個上門看風水的工作。來請林清音的人叫吳國通，是一家上市公司齊城分公司的副經理。最近兩、三個月，他的家人接二連三的生了重病，雖然沒有癌症那麼嚴重，但也不算是小病。

起初是懷疑家裡甲醛超標，可請來檢測機構檢查，各種數據都在正常範圍內。家裡的污染排除了，吳國通更加不解，若說一個生病是正常，兩個生病是趕巧，但老婆、孩子加父母都進醫院了，怎麼想覺得不正常。誰家的生活會倒楣成這樣啊，也太不順了。

吳國通薪水豐厚，家裡人也有保險，並不愁錢，但是吳國通公司醫院兩頭跑實在是耗損精力。再加上掛心家人的病情，吳國通上班的時候總有些走神，最近已經出了兩個不大不小的錯誤了。

吳國通在公司業務能力高，凡事都為手下的員工著想，所以在員工的心目裡吳國通比另一個副經理要有人緣得多。

有個員工看到吳國通失魂落魄的樣子，藉著中午吃飯的時候遞給了吳國通一張紙條，小聲的告訴他這是一個很靈驗的大師的電話，不如請大師上門看看風水，說不定就發現什麼問題了。

吳國通對風水一說倒是很理解的，畢竟國內很多大佬都十分迷信風水，蓋公司、建大廈、租用辦公室的時候都會先找風水大師來看一看。

但那畢竟是大佬，吳國通不認為齊城這個地方有什麼靈驗的大師，更何況他家的房子已經住了五、六年，若是風水不好早就出事了，也不用等到現在。

吳國通道了謝後把紙條隨手往口袋裡一放就忘了，可沒等兩天住院的四口人病情同時加重，吳國通在醫院裡守了一天一夜後疲憊不堪走出醫院想掏根菸抽，那張紙條跟著菸盒從口袋裡掉了出來。

吳國通撿起紙條沈吟了片刻後撥通了電話，他現在實在是沒有別的方法了，病急亂投醫也好、封建迷信也好，那個員工說得對，萬一有用呢？總比現在手足無措要好。

電話那頭是一個男人的聲音，聲音聽起來不急不慢的十分沈穩，倒讓吳國通安心許多。

到了約好的週日下午，吳國通每個病房轉了一圈，囑咐好看護以後開車回到家。

吳國通的家住的是新式洋樓住宅。住宅一共有六層，吳國通住的是一樓二樓連在一起的複式，一樓花園和起居室給父母住，吳國通一家三口住在二樓。洋樓樓頂是一個開放式花園，除了花草綠植以外還有桌椅和鞦韆。在陽光好、天氣又不是很熱的時候，很多業主都喜歡上來喝茶聊天。

吳國通到家剛泡上茶，門鈴響了。他急忙跑去打開門，一個體態略微有些發胖的男人和一位漂亮的少女站在門外，他連忙伸出手去，有些緊張的問道：「是王大師嗎？」

王胖子握了握手後向他介紹林清音。「這是小大師，她來幫你看家裡的風水問題。」

吳國通有些遲疑的看著林清音，不知道要不要生氣，自己家人生病已經夠著急，這個大師居然把他家當成帶徒弟的場所了。

吳國通臉色剛剛變化還沒開口說話，王胖子就笑呵呵地說道：「吳先生別誤會，我們大師年紀雖然小但是本事卻很厲害。比起大師來，我只是跟在她身邊的學徒。」

吳國通畢竟在企業裡當高級主管，一看王胖子說話的語氣和表情確實不像是假話。另外他多少也了解一些這種大師的傲氣，他們是不會為了帶徒弟而自降身分的。看來真正的大師還真是這個小女孩。

把人請進來，吳國通把家裡的情況說了一遍，有些愁眉苦臉的嘆了口氣。「現在一家五口人，四口住進醫院，若說沒點什麼我自己都不信，只能請大師來瞧瞧了。」

林清音站在客廳裡四處看了一下。「你先帶我把每個房間都轉一轉吧。」

吳國通帶著林清音把二樓的所有房間看了一遍，又帶她看了一樓。若說二樓客廳寬大，房間舒適功能齊全的話，一樓更像是休閒的地方，客廳裡擺著各種樂器和棋類，推開玻璃門出去就是一個占地面積不小的花園。

現在天氣冷了，再加上最近家人都住院，花園沒人打理，只剩下一派凋零的景象。

林清音揹著手打量了花園一番，忽然轉頭問吳國通。「你三個月前是不是請外人來家裡做客了？」

吳國通往前推算了一下時間，連連點頭說道：「是有這麼回事。那時候花園裡花開得好，家裡又有院子，我邀請過幾次親戚朋友來家裡烤肉，對了，我們公司的同事也來過。」

林清音嗯了一聲。「你心挺大的，那時候你沒有發現自己犯小人嗎？」

「犯小人？」吳國通仔細回想了一下，那個時候他在公司確實有一點小不順，公司上層時常拿話來敲打他，一看就知道有人進讒言了。

不過吳國通業務能力強，管理能力也是有目共睹，他並不怎麼在乎這種上不得檯面的手段。在那之後沒多久，他就接連談下來兩個大項目，領導的敲打頓時變成了嘉獎。

吳國通覺得，在實力面前，一切在背後使的手段都是上不了檯面的紙老虎。

雖然吳國通想得也沒錯，實力絕對能碾壓只會告狀找事的小人，只可惜吳國通遇到的小人比常人多了些手段。

第四十六章

林清音走到花園的一個角落，用腳尖點了點。「把這裡挖開一尺半。」

吳國通不太理解林清音想幹麼，不過他還是拿起放在花園裡的鐵鍬，老老實實的挖了起來。

花園的角落沒有種東西，按理說這裡的土地應該比較硬，可是吳國通剛挖了兩下就覺得泥土鬆軟，看樣子好像是被人用鐵鍬翻過。

不過吳國通也沒在意，老倆口平時在家沒事的時候一天到晚都待在花園裡，說不定想在角落裡種什麼東西呢。

連續挖了十幾下，一張黃色的紙摻雜在泥土裡被挖出來。吳國通剛想彎腰撿，林清音好意地提醒道：「不要用手碰那個東西，戴上手套。」

王胖子看著花園角落裡放工具的地方有棉紗手套，拿了一副遞給吳國通。吳國通戴上手套在土裡摸了兩下，把那張黃紙抖乾淨，這才看清楚這紙似乎是祭奠死人的黃表紙，上面用紅色的筆跡畫了一個小人，小人的四周圍滿了夜叉、鬼怪。

吳國通頓時渾身雞皮疙瘩，十分嫌棄的捏著黃紙的一角。「這是什麼東西？」

「先放在這裡。」林清音點了點一邊的水泥地面，走到花園的另一角。「現在挖這裡，二十公分。」

知道自家花園裡埋了東西，吳國通幹起活來十分賣力，三下就將黃紙挖了出來。這張黃紙和剛才那張很像，可等他甩掉土後發現黃紙居然寫著他兒子的生日。

吳國通臉都綠了，把黃紙丟到剛才的位置上，又拿起第一張黃紙翻到後頭，果然從上面看到妻子的生日。

這一刻，吳國通又是憤怒又是慶幸，他憤怒有人居然用這種手段對付他的家人。幸運的是他真的請到一個可靠的大師，看一眼就知道院子裡埋了東西。

很快吳國通在林清音的指示下找到了另外兩張黃紙，上面分別用紅筆畫著小人還寫了生辰八字。家裡四個生病的人，從花園裡挖出了四張黃紙，吳國通不用問也知道自己家人生病的原因了。

「大師，把這些紙燒了是不是我家人的病就會好了？」

林清音走到花園最中間的位置點了點腳尖。「你先把這裡挖開。」

吳國通心裡一沈，家裡才五個人，想必剩下的就是自己了。

一鍬、兩鍬、三鍬、四鍬……

在吳國通累得手有些無力的時候終於挖出了一個手掌大小的娃娃，娃娃的胸前寫著一串數字，正是他的生日。

吳國通見狀忍不住冷笑。「我是不是得感謝那個人對我的厚愛啊？居然還給我做了個娃娃。」將娃娃揑在手裡，吳國通的眉心緊緊的擰在了一起。「大師，這個算計我的人到底是打什麼主意？我家人不過是一張黃紙就重病不起，寫著我八字的是一個娃娃，難道他想置我於死地？」

「那倒不至於，不過是藉著血煞的陣法想把你壓到人生的谷底。」林清音說道：「這是一個詛咒的陣法，那黃紙上紅色的小人和八字其實都是拿血水寫的，如果我沒猜錯的話應該是你的血液。」

「我的血？」吳國通吞了口水飛快的回憶著。「我想起來了，我們單位八月的時候讓全體員工健檢，我那天上午還要去區裡開會，抽血做了幾項檢查就先走了。後來等我開完會再回去，護理師通知我說，我上午採集的血液沒了，讓我第二天一早空腹再去一趟。當時我就急了，我記得當時抽走了七、八管血，那麼大的一個正規健檢中心，怎麼會出這種錯呢？」

吳國通一想到對方的手段這麼周全，心裡就有些慌。「大師，為什麼那人非要用我的血去寫那黃紙呢？」

「從你的面相上來推斷，這上頭的八字時辰應該並不是十分準確，他大概只知道你家人大致的出生時間，但並不精確。這種施咒做法靠的就是生辰八字，若是差一點都有可能失效。這人為了能準確的詛咒你，所以特意用你的鮮血為引畫符。」林清音說道：「你和你的親人血脈相連，和妻子夫妻同體，你的血液可以完全彌補八字不準確的問題。」

看著吳國通的臉色，林清音搖了搖頭。「看起來這人真的特別的恨你啊。」

「大師，那現在該怎麼辦啊？」吳國通看著一地的東西恨得牙癢癢。「燒掉可以嗎？」

林清音點了點頭。「燒掉倒是可以，不過用普通的火不行，凡火是燒不掉這上面的詛咒的。」

「普通的火不行？」吳國通聽到這話絕望的想哭，除了打火機、火柴和瓦斯爐，他完全想不到還有什麼方法可以點火，更想不出來什麼樣的火不叫凡火。

林清音從書包裡取出一張黃紙，食指勾住一絲靈氣飛快的在黃紙上描繪著符咒。其實以她現在的修為，一揮手就能燃起靈火。但是她現在已經名聲在外了，不想弄出太過驚世駭俗的手法，免得惹上不必要的麻煩。

她倒不是怕，只不過是嫌煩，她現在很忙，實在是沒有空應付那些亂七八糟的人。

用靈氣畫好了熾火符，林清音讓吳國通把手裡的娃娃放在那四張黃紙上，然後將熾火符丟了下去。

一簇紅紅的火苗猛然躥起，火焰很快蔓延開來，娃娃和黃紙在火苗中蜷縮著，隱隱約約似乎能聽到一絲痛苦的呻吟，隨之而來的是一股刺鼻的惡臭。

娃娃和黃紙在火苗中堅持了十幾秒鐘就化為灰燼，但紅色的火苗並沒有停止，它從泥土裡鑽進去，整個花園的土都燃燒了起來。

吳國通見狀頭都大了，趕緊跑到客廳把家用滅火器拿了出來，剛要拔下安全插梢，林清音一把拽住他的手腕。「一會兒火就停了。」

看著吳國通有些著急，林清音不由得解釋。「這符紙和娃娃在你家的花園裡埋了三個多月，現在你家花園裡的土都帶著晦氣，若是不把晦氣燒乾淨了，以後你的家人會小病不斷的。」

吳國通一聽對自己家人還有影響，趕緊把滅火器放到了一邊。好在火苗只在地面上遊走，除了他們三人以外，路過的行人並沒有看出端倪。

五、六分鐘後，靈火熄滅了，土地看起來黑黝黝的，原本上面的枯草乾花全都燒掉了。吳國通拿著鐵鍬趕緊四處翻了翻，見火苗真的熄滅了才鬆一口氣。

「大師，我的晦氣都燒完了，我的家人是不是沒事了？」

林清音指了指頭頂。「解決了腳下還有頭頂，你們家樓上是不是也有花園？」

吳國通瞪大了眼睛。「大師，難道樓頂上也有？」看到林清音點頭，吳國通恨不得拿鐵鍬把那個缺德的傢伙敲死。他覺得自己為人正派，親戚、朋友、同事能幫就幫，從來不害人，也不和人結仇。那人到底為什麼要這麼害他呀？

三個人坐著電梯來到樓頂，比起夏天的花團錦簇來，此時只剩下一些普通抗寒的綠植了，自然也不會有人願意上來喝茶。

頂樓花園是整片樓頂都連在一起，因此占地面積很大。林清音直接帶他們來到中間偏右的位置，吳國通一看就知道這裡正好是自己家的樓頂。

頂樓有的地方是泥土種花，有的則是擺了盆栽。林清音用腳踢了踢一個一公尺高的大花盆，朝吳國通努了努嘴。「在這裡頭呢，挖出來吧。」

這麼大的花盆不好使力，還不能弄壞花盆裡的發財樹，吳國通沒挖幾下就累出一頭汗。想想對方埋東西的時間應該是在八月最熱的時候，吳國通都有些佩服那人，為了害自己，他可真是賣力啊！

吳國通眼看著快沒力氣了，這時鐵鍬似乎碰到了什麼東西，發出「咣噹」的一聲。他頓時恢復精神，迅速將那個東西挖出來，居然是一個拳頭大小的石頭。

吳國通把石頭遞給了林清音。「大師，這個是幹麼用的？」

林清音點了點石頭的一側。「你看到這裡的符咒了嗎？」

看到吳國通點頭，林清音憐憫的看著他。「這石頭寓意著高山，你被高山壓在頭頂，那人想永遠壓著你翻不了身。」

吳國通將石頭惡狠狠的摔在地上。「到底是誰這麼缺德?!」

林清音丟過去一張符紙，質地十分堅硬的石頭居然在一瞬間就點燃了。在石頭被燒成了灰燼的瞬間，吳國通覺得心裡一鬆，好像一直壓在胸口的大石頭不見了，背部的痠痛和近來一直困擾他的頭疼也瞬間消失了。

吳國通一直覺得自己最近渾身不舒服是公司、醫院兩頭跑太過勞累導致，卻沒想到也和這件事有關。

頂樓的風很大，林清音處理好石頭後幾人剛回到吳國通家裡，吳國通就連續接到了醫院看護的電話。就在剛剛，吳國通的父母已經從昏迷中甦醒過來，他的妻子和兒子也明顯有好轉的跡象。

掛上電話後，吳國通突然捂著臉嚎啕大哭起來，這段日子家人生病和公司裡的勾心鬥角讓他耗盡了心神，他都有些承受不住了。

還好，一切的苦難都結束了。

痛痛快快的哭了一場，吳國通到洗手間去洗了臉，出來以後眼睛和鼻子雖然都很通紅，但是整個人看起來神清氣爽的，絲毫沒有見面時的頹廢和沮喪。

吳國通重新燒水換了熱茶，發自肺腑的向林清音道謝。「真的是太感謝大師了。不瞞您說，我手下員工把您的電話號碼給我的時候，我還猶豫，覺得我們齊城不可能有好的風水大師。幸好我後來想通把您給請來了，要不然我的家人和自己真的很難說會變成什麼樣。」

王胖子在旁邊笑著說道：「很多人第一次看到小大師時都覺得她太年輕了，不信服，等跟小大師算了一卦後就沒有不豎大拇指的。說我們齊城沒有好的大師，那絕對是因為不認識我們小大師的緣故，就連香港來的房產商張易也是我們小大師的忠實擁護者。」

吳國通連忙說道：「我知道那個香港的房產商，他最近拿到一個非常好的地段，升值潛力很大。我正猶豫要不要在那個住宅區買一間房，估計價格不會太便宜。」

「我建議你還是買一間那裡的房子！」王胖子指了指林清音。「那個住宅區可是我們小大師親自設計的風水，還利用五行八卦布了風水陣法，裡面空氣清新、靈氣濃郁，住在裡面的人別的不說，身體絕對沒問題。」

看著吳國通驚喜的眼神，王胖子笑著說道：「而且小大師在裡面也有一間房子，我也和張總預訂了一間。」

「那必須買！」吳國通說道。

小大師自己住的地方肯定風水好。而且他經過這次全家人住院的事情發現，什麼東西都沒有健康重要。只要人的身體好，就是最大的財富了。

聊了會閒話，吳國通的情緒平緩下來，再一次請林清音算到底是誰做出這種缺德事。

林清音說道：「從面相看，你最近犯小人，這個人和你爭名奪利，積怨已久了。」

吳國通聽完這話，腦海浮現出一個人，那就是公司的另一個副經理柴金。

柴金和吳國通同為副經理，兩人各負責公司一部分業務。在工作能力上，吳國通要勝過柴金，在人緣上吳國通也比柴金更得人心。在公司裡，柴金和吳國通雖然彼此笑臉相迎，但是兩人都心知肚明，對方是自己最大的競爭對手，根本就不可能真的和睦相處。

原本上面有總經理坐鎮，兩人雖然互別苗頭，但是還能保持一個客氣的風度，如今總經理還有半年就退休了，聽公司總部的意思，空降總經理的可能性不大，若是這樣的話齊城分公司的總經理肯定會在吳國通和柴金中間選出。

吳國通是有心想爭取一下總經理的職位的，柴金肯定也有這種想法，但是相比之下吳國通更有可能擔任，柴金肯定會心有不甘。所以吳國通覺得幹這種事的除了柴金不會有別人。只是柴金並沒有來過他家，他還真不知道柴金是怎麼把東西埋到他家的花園裡的。

吳國通把自己和柴金的關係說了，又提出自己的疑問。

林清音輕笑一聲。「你想得太簡單了，你犯的可不只是一個小人，另一個和你親密相間，互稱兄弟，你對他有知遇之恩。」

吳國通猛然愣住，不敢置信的看著林清音，符合這種條件的只有一個人，那就是他從小到大的朋友。可是他怎麼也不相信對方會這麼背叛他。

林清音掏出龜殼搖了一卦。「從卦象上看，這件事是兩人聯手做的，謀劃出錢的是第一個人，埋東西的是第二個人。」

王胖子接觸了幾個月的陣法，對這種最淺顯的陣法已經能看得懂了，也插嘴為吳國通解釋。「這個陣法對布陣人要求並不高，只要方位對了，埋入符紙的尺寸和深度對陣法都沒有太大的影響。這個人應該對你家很熟，而且是能幫你家幹活又不會讓人覺得意外的人。」

林清音不慌不忙的又補充。「你和他還有同窗之誼。」

每補充一句，吳國通的心就涼一分，等聽到「同窗之誼」四個字的時候，他緊握的拳頭重重砸在紅木茶几上，發出「砰」的一聲巨響。「魏大海，你個忘恩負義的白眼狼。」

「魏大海是我小學和國中的同學，我們兩家住得近，上學放學我們都一起走。後來我們高中在一個學校，來往漸漸就少了。我研究所畢業後進了這家公司，一開始在總部工作了三年，等站穩了腳跟後又申請調到了齊城。

「我當時是業務部的主管，有一次和客戶吃飯，我發現負責停車的飯店保全是魏大海。他大學沒考上，一直在外面打工，這些年來房沒買一套、車沒買一輛，和老婆一起住在父母家啃老。」吳國通咬了咬後牙，強忍著怒氣。「我不忍心看著他一輩子當保全，便想讓他到我們公司上班。其實我們公司用人的門檻很高，就是業務員也要大學學歷，我為了他親自和總部申請破格求來了一個面試機會，給他買西裝，又教了他一堆業務相關的知識他才通過了面試。

「一開始的時候他跑不出業務來，我為了他不被開除，私下把老客戶介紹給他，我手把手教了一年讓他在公司站穩了腳跟。要是沒有我當初對他的盡心，他絕對沒有現在這麼好的日子。他背叛我就算了！」吳國通眼睛發紅。「他居然用這麼陰險的招數對付我的家人，他就是一個王八蛋！」

林清音這段時間見過的人不少，聽的故事也很多。這裡面忘恩負義的人不是沒有，但是像這麼缺德的也算是罕見了。

「你有魏大海的照片嗎？」林清音說道：「我看看他的面相。」

吳國通在公司和魏大海是上下屬關係，在生活裡是好兄弟，魏大海常來吳家做客，兩人的合影照片真的不少。

吳國通從手機裡找了一張最清晰的照片遞給林清音，林清音一看就皺起了眉頭。「這人七竅狹小，說明他氣量小不能容人；顴高筋現，代表他特別記仇；再看他面皮青薄而且沒有太多的肉，這個人內心刻薄殘酷，根本就不是良善之輩。」

吳國通的心跌到了谷底，原來他以為魏大海性格爽朗、知恩圖報，沒想到一切都是假象。

「大師，雖然我家人沒事了，但是我嚥不下這口氣！」吳國通咬牙切齒地說道：「這種事要是報警的話，警察都不會信，可是看著這兩個人害了人又逍遙法外，我實在是不甘心。」

林清音笑了。「是會逍遙法外沒錯，但是卻跑不出天道之外。你放心，他們布的陣法被破了，只要參與的人都會遭到反噬，尤其是親自埋符咒的人，他受到的反噬最大。」

王胖子拿手指點了點桌子，有些好奇地問道：「吳經理，這魏大海在你家埋東西的時候，你們都沒人注意到嗎？」

吳國通苦笑。「按照時間推算，他埋東西的時候應該是八月我請同事們來我家烤肉那次。我們那天是晚上烤肉，同事們下午就來幫忙醃肉、串肉串，魏大海陪我家老爺子聊了會天，就說要幫老爺子把園子裡的野草拔了。當時我們家老爺子還說外面這時候正熱容易中暑，不讓他忙。可魏大海說他想出出汗，曬得健康一點，老爺子才由他去了。」

王胖子聞言不禁有些咂舌。「八月的下午？魏大海為了害你可真是豁得出去啊！」

「可不是？他翻完地又出去了一趟，回來的時候就說中暑了，連烤肉都沒吃就走了。」吳國通怒罵。「我當時還覺得愧疚，第二天送了他兩箱好茶葉和一箱海鮮，我可真他媽的缺心眼！」

吳國通氣憤的捶了下桌子。「大師，這魏大海會有什麼報應啊？」

「我沒看到他真人說不準，不過之前有一個坑朋友一家的被雷劈了。」林清音一頓，有些遺憾的搖了搖頭。「只可惜現在這月分沒有雷了。」

把兩位大師送走，吳國通開車去醫院看望家人，剛到醫院門口就見兩輛救護車一前一後停在急診室門口。吳國通以前不愛看熱鬧，可這次他鬼使神差的走了過去，正好看到兩個醫護人員抬下一副擔架來，上面躺著一個血肉模糊的人。雖然那人臉上血淋淋的，但他還是認出來了，那人是魏大海。

魏大海剛被抬進去，後面救護車上的兩個人也被抬了出來，耷拉著一條腿的是柴金，另外一個人吳國通不認識，不過看到他兩隻胳膊都斷了，吳國通猜他應該就是柴金請來施咒的大師。

吳國通轉身去住院處看望家人，這才一個多小時，他妻兒看起來像是好了一大半，兩位老人也精神不少，各種儀器都撤了，看護正在餵流食。

雖然家人的情況全都有了好轉，但是吳國通暫時不打算把這事告訴他們，怕影響他們的心情。在住院處待了一個多小時，吳國通在走的時候又來到急診室打聽，知道三個人都被送到二樓的手術室去了。

吳國通手揣在口袋裡來到二樓，魏大海的母親認出了他，一看到吳國通就哭了起來。

「國通啊，我們家大海進手術室了。」

吳國通看到魏母的樣子絲毫不覺得心軟，畢竟魏大海害他家人的時候可沒有絲毫憐憫之心。

「到底是怎麼回事啊？我聽說挺嚴重。」

魏大海的母親哽咽的抹了把眼淚。「大海和柴經理還有柴經理的朋友出去釣魚，回來的時候車速太快，連人帶車摔進了一個兩公尺高的溝裡，大海坐在副駕駛座，受傷最嚴重，都發出病危通知書了。」

吳國通轉頭看向旁邊幾個哭泣的人，公司出去旅遊的時候他見過他們，都是柴金的親屬。

「大海和柴金經常出去釣魚嗎？」吳國通放在口袋裡的手握成了拳頭。「我還不知道他和柴經理這麼投緣呢！」

魏母不知道公司那些勾心鬥角的事，自然也不知道柴金和吳國通兩人關係不和，因此一點也沒有隱瞞全都說了出來。「兩人關係挺好的，今年春天開始柴經理就經常叫大海出去釣魚爬山，我聽大海說柴經理要提他當業務部主任呢。」

第四十七章

聽到業務部主任這幾個字，吳國通全明白了。前年他升副經理的時候業務部這個職位空了出來，當時魏大海就私下找他說想當這個主任。吳國通在工作上雖然十分幫襯魏大海，但他那是想拉朋友一把，讓他擺脫之前窮困的生活而已，但並不代表自己沒有原則。

對於魏大海的這個想法，吳國通當時就罵了回去，那時的魏大海工作能力就是一般，論資歷也比不上其他員工，無論怎麼算都輪不到他。當時吳國通讓魏大海先踏踏實實的做業務跑市場，別光動歪腦筋，升職這種事向來是有能力的人上位，他要想當這個主任自己靠能力爭取，自己絕對不會在這個方面偏幫他。

吳國通記得魏大海當時老老實實的認錯，還保證了一番，從那以後工作確實比以前踏實，業績也漸漸好起來，他還想若是成績能再上去，到時拉一把也就合情合理了。

吳國通一直以為魏大海有把自己的話聽進去，卻沒想到他一直懷恨在心，甚至別人一個許諾就把他給拉攏了。

吳國通冷笑了一聲。「呵，就因為一個業務部主任的職缺嗎？魏大海你真是好樣的。」

魏母不解的看著吳國通，似乎不太明白他為什麼是這種譏諷的表情，剛要追問，就見手術室的門打開了。「誰是魏大海的家人？」

魏母連忙迎上去。

「這是病危通知書……」

吳國通搖頭，大笑了兩聲，轉身離開醫院。

一個星期後，吳國通的家人陸陸續續的出院了，魏大海還在加護病房裡待著。三人裡面他傷勢最重，五臟六腑都有損傷，臉部被碎玻璃劃得血肉模糊，即便是修復也難以恢復正常人的面容。

柴金這種喜歡躲在背後射暗箭的人也沒能逃脫一劫，他的腳筋被割斷了，以後走路都是一瘸一拐，這讓素來重視面子的柴金很難接受這件事。不過更讓他難以接受的是他被公司開除了，出車禍那天是柴金開車，他血液含量裡酒精超標，屬於酒駕。

柴金請的「大師」也沒好哪去，這個人花了幾萬塊錢學本事，剛學會這一個害人的「陣法」就迫不及待出來賺錢。他在車子裡是坐在魏大海的後座，現在兩隻手都折了，手筋也被玻璃劃斷，以後甭想再害人。

現在魏大海在加護病房裡一天兩、三萬塊錢，魏家存款不多，也就這幾年魏大海跟著吳國通掙了些錢。魏家本來準備用這些錢付頭期款讓魏大海買間房子，可現在全都花在了醫院裡。

一聽說車禍的原因是柴金酒駕，魏母向柴家要醫藥費。柴金也不是好心腸的人，他指控出車禍是因為魏大海搶方向盤導致的，反而要魏家賠他車子毀損的錢。

聽到他們狗咬狗一嘴毛的事，吳國通的心情已經毫無起伏了。

善有善報惡有惡報，報應可能會來的晚點，但是永遠不會缺席。

天氣一天天的變冷，林清音現在的修為還沒有到寒暑不侵的地步，她的衣服隨著天氣的變化穿得越來越厚，現在已經套上厚厚的羽絨外套。

東方國際私立高中比其他高中的寒假略微長一些，林清音在參加完期末考之後收拾書包回到家裡。

經過幾個月的發展，家裡超市的生意越來越好，林母把旁邊一家倒閉的小賣鋪也租下來，擴大了超市的占地面積，而且現在因為他家生意好，供應商已經願意上門送貨，林父就不用開車去進貨了。

林父和林母還模仿大超市的管理模式建立了制度，現在超市井井有條，兩人也從忙碌中脫身，不用一天到晚守在超市裡。

林清音放假了，林母提出要帶她去外婆家看看。林清音有兩個姨、兩個舅，因為兄妹幾個都不在同個區，平時要上班伺候孩子上學，只有過年才能聚一聚。

林母的兄弟姊妹都是領薪水的普通人，雖然薪資不高，但是因為沒有債務，所以比林清音家要好過。前些年林清音家日子過得艱難，每到過年，林清音的兩個舅舅和大姨、二姨都會塞五百、一千的壓歲錢給她，讓她買書、買衣服穿，因此無論是原主還是林清音的爸媽都和林母家的人十分親近。

相比之下，林清音的奶奶就比較偏心、勢利，她最喜歡能賺錢的大兒子和嫁了個好老公的小女兒，除此之外別人她都不在乎。

林奶奶和林清音伯伯、姑姑家都住在齊城本市，可即便如此，林旭一年到頭也不和他的兄弟姊妹聯絡。尤其是那兩年林旭做生意賠了錢、欠了債，林奶奶生怕他向自己借錢，就連林清音一家過年去吃年夜飯她都不開門。

有親媽帶頭，林旭的兄弟姊妹也恨不得和他家離得遠遠的，免得給他們丟人。林旭被自己的家人傷透了心，從那以後他再也沒回過家一步，除了每個月轉回去五百塊錢養老費外，林旭和那些人再也沒有一點聯繫。

林清音回想起腦海中的這些事，倒是挺願意跟著父母去看外婆。

林旭開著他的廂型車從超市裡拿了一堆禮物帶著老婆、孩子去岳母家。路上鄭光燕琢磨再三，和林清音商量。「等到妳姥姥家，別說妳在外面算卦的事。」

看著林清音不解的模樣，林母解釋道：「要是讓妳姥姥知道妳在外面算卦掙錢，她肯定絮叨完妳又要絮叨我，我們倆都會挨罵。」

一聽說會被絮叨還有可能挨罵，林清音鄭重的點了點頭。「我保證不說！」

林清音的姥姥住在齊城元龍縣泉村裡，這是齊城最偏遠的一個縣城了。鄭光燕提前給自己的兄弟姊妹們打電話，讓大家都回家聚一聚。

說起來，上次這全家人湊一起的時候還是清明節，這一晃大半年沒見，家裡人都有些激動。林清音的姥姥鄭老太早早的買了幾條從水庫裡釣出來的魚放在大盆裡養著，又讓林清音的大舅鄭光凱殺雞宰鵝。

鄭老太背著手在屋裡一遍又一遍轉圈，每轉一圈就抬頭問：「幾點了？怎麼還沒來？」

「沒那麼快！」鄭大姨笑著說道：「他們從市裡坐巴士過來要兩個小時，到縣裡還必須搭公車，怎麼也得中午才能到。」

「離得太遠有什麼好？我們家這麼些人就妳妹妹回一趟家不容易。當時都說嫁到市裡挺好，我看還不如待在我們縣城，起碼我還能幫她給清音做做飯，妳瞅她把孩子給餵的，瘦得和難民似的。」

鄭大姨想起自己妹妹家的情況心裡默默嘆了口氣，可是嘴上還得安慰鄭老太。「現在日子艱難點，等清音大學畢業就好了。我們家清音讀書好，人也聰明，以後肯定差不了。」

「那是。」鄭老太美滋滋的點點頭，揹著手轉了一圈後終於忍不住回屋穿上了棉襖。

「我在屋裡待著難受，我出去迎迎去。」

「哎，這還早……」鄭大姨的話還沒說完，就見老太太已經出了大門了。

林旭剛開車進了村子沒多遠，就見鄭老太走路帶風似的往村口走。林旭趕緊停下車子，打開車窗叫了聲。「媽！」

鄭老太聽到聲音有些耳熟，一回頭看到身後的廂型車愣住了。鄭光燕趕緊打開車門，拉著林清音下了車。

「媽，這麼冷的天妳怎麼出來了！」

鄭老太這才回過神來，原來開車回來的真的是自己的女兒、女婿，這才大半年，日子怎麼就過這麼好了？不過這些問題在看到林清音後瞬間被老太太拋到了腦後，她上前兩步拉住林清音的手樂得看不見眼睛。「哎喲，我家清音長高了，也更好看了，快讓姥姥瞅瞅。」

此時旁邊的一戶人家出來了五、六個人，聽到鄭老太說的話同時望了過來，看到林清音後驚喜的奔了過來。「小大師！」

林清音扭頭一看，跑在最前面的正是那個在人家墳頭撒尿撞到腦袋的白博安。

「小大師，我按照妳說的連泡了一個月的澡，現在身體好多了。」白博安興奮的把臉湊了過來。「小大師您幫我看看，我現在體內的陰陽兩氣平衡了嗎？」

白博安的姑姑白娟也湊了過來，緊緊的抓著林清音的手不鬆開。「小大師，您也太靈驗了，您布了陣法後果然連著一個月都是大太陽，天氣預報還說連著一週都是雨呢，一點都不準！」

白博安的父母也擠過來說：「小大師我們按照您說的也去醫院看病了，還好去得早不算什麼大毛病，醫保報銷以後沒花太多錢，我們現在已經痊癒了！這事還得多謝您的指點，要不然我們倆真不敢去醫院看病！」

一家人嘰嘰喳喳的把話說完，這才發現小大師的表情並不開心。

白博安有些不安的往後退了兩步，訕笑著點了點頭。「小大師，要不您先忙，等回頭我們再上門拜訪！」

看著白家人一溜煙跑了，林清音朝媽媽擠出一抹可憐兮兮的笑。「媽，我什麼也沒說啊……妳挨罵可不能怪我！」

鄭老太惡狠狠瞪了鄭光燕一眼，拿手用力點了點她的腦門。「鄭光燕妳有本事了啊？妳等著看我回家怎麼收拾妳！」

說完一轉頭，鄭老太看著林清音強裝鎮定的表情，趕緊握住了她的手，慈眉善目的問道：「清音冷不冷啊？趕緊回家坐著去，今年山上採的果子我給妳留了好多呢，家裡妳舅舅在殺雞，妳大姨在燉大鵝，都是好吃的。」

林清音鬆了口氣，怪不得她之前沒有什麼不好的預感，原來姥姥根本就不會罵她。

祖孫兩個手拉著手親親熱熱的往家走，鄭光燕灰溜溜的跟在後面，時不時的朝車裡望一眼，那是求救的眼神。

可惜面對厲害的丈母娘，林旭可沒膽子求情，老老實實的開著車龜速的跟在鄭老太後面回家。

鄭大姨在屋裡做午飯，聽到鄭老太高興的笑聲就知道自己妹妹一家回來了。她趕緊在圍裙上擦了下手，笑容滿面的迎了出來。「這麼早就到了，這是坐早上幾點的車回來的？」

鄭老太的臉立刻沈下來了，朝身後拎著一大堆禮物的林旭和鄭光燕瞪了一眼。「人家現在買車了，不用坐公車了。」

「買車了？這是好事啊！」鄭大姨笑呵呵的趕緊把妹妹、妹夫讓了進來。「媽，這說明妹妹家的日子過得越來越好了，妳怎麼不高興呢？」

「我會高興才怪！」鄭老太拉著林清音把她推到了熱呼呼的炕上，一下就在炕桌上擺滿了瓜子、花生、糖塊之類的零食，還有蘋果、橙子、大櫻桃等水果。

元龍縣是水果之鄉，這些水果都是鄭家自己種的，特意挑出最好的留下來給自家人吃，光那大櫻桃一個就有一元硬幣那麼大。

林清音盤腿坐在炕上一個接著一個的吃櫻桃，鄭老太坐在了炕邊上。「村頭白家大孫子撞邪的事妳聽說沒？」

「前天白家人回來不是剛說了。」鄭大姨坐在凳子一邊摘豆角，一邊說道：「說是那小子半夜去墳地摔到頭了，陰氣入體，從此以後晦氣纏身，一家人都生病，後來遇到個大師一眼就看出問題，給他布陣又給他刻了玉符，足足花了二十萬呢。」

鄭大舅平時不太聽村裡這些八卦，所以還是第一次聽到這樣的新鮮事。「二十萬嗎？那大師給白家人看好了？」

「看好了！」鄭大姨興致勃勃地說道：「我聽白娟說她姪子按照大師說的在陣法裡連續一個月每天中午泡兩個小時的澡，等出來以後工作也找到了，現在也交了新的女朋友，不再是以前那種倒楣樣了。」

「還有這種事啊！」鄭大舅聽了嘖嘖稱奇。「比隔壁村那個神婆厲害多了，不過也比神婆貴，神婆一次就要二十元，這輩子她也沒掙過二十萬啊！」

鄭大姨跟著笑了幾聲轉頭問鄭老太。「媽，妳怎麼提起他們家了呢？剛才碰到了？」

「嗯，可不是碰到了！」鄭老太朝正在吃櫻桃的林清音努了下嘴。「人家一家人見到我們家清音激動得都快哭了，都管她叫大師！」

林清音使勁縮了縮脖子，拿著櫻桃盤子默默轉一下身體，用後背對著鄭老太，假裝這事和自己沒關係。

鄭老太看到林清音肩膀一聳一聳的還以為她在哭呢，拿掃炕的掃帚不輕不重地打了鄭光燕屁股一下。「你們夫妻怎麼想的？怎麼還讓孩子出去賺錢呢！你們是不是用清音賺的錢買了車？那錢你們就不知道給孩子留著上學嗎？你們這兩個當爹當媽的一點心都沒有！」鄭老太越說越氣，一低頭看到了滿地的禮物。「都拿回去退了，把錢還給孩子。」

「還了還了都還了！」鄭光燕揉著屁股解釋道：「一開始我們是從清音那裡拿了二十萬開了間超市，現在本錢已經還給清音了。而且這禮物是我從我們開的超市裡拿的，都是家裡可以用上的，妳出去買不也要花錢嘛！」

「真的？」鄭老太懷疑的瞅了她一眼，伸脖子問炕上低頭聳肩的那位。「清音，妳媽媽說的是真的嗎？妳別怕，姥姥給妳做主！」

林清音回過頭，手裡的盤子除了零星的幾個櫻桃以外都剩核了。「是真的，就連當初那筆錢也是我強行借她的，您放心就行。」

鄭老太看到林清音沒哭心裡這才安心，不過依然有些不放心的囑咐她。「清音啊，雖然算卦賺錢多，但是妳還是要以讀書為主啊，我們還要考大學知道不？」

「知道，我學習可好了呢！」林清音笑咪咪的自吹自擂。「我每次月考都是第一名，我們數學老師還讓我出去參加數學競賽呢，我沒去，太耽誤事。」

鄭老太不懂什麼叫競賽，不過聽到外孫女說耽誤事，便點頭附和。「可不是嘛，耽誤我們清音學習，我們不去！」

林清音看了一眼炕上的掃帚，決定還是默認這個說法，萬一自己說耽誤吃飯，姥姥也給自己一掃帚怎麼辦？看起來很疼呢！

鄭大姨呆若木雞的聽著幾人說話，手裡的豆角都被折了好幾段。「我們家清音真的是算卦的大師？」

林清音把空盤子放在炕桌上，還是把自己的那套說辭搬出來。「可能我有這方面天分吧，我發現自己可以看到人的氣運，對算卦風水陣法這一類的東西一看就會，所以有空的時候才賺點小錢。」

村裡的老人都格外信這個，林清音一說鄭老太就連連點頭。「這種本事就是靠天分，學是學不來的，我家清音就是聰明！」

鄭大姨他們想法也單純，雖然知道了林清音算卦很準，但是並沒有特別誇張追問的舉動。在他們心裡，自家的孩子無論會什麼都是正常的，尤其林清音自小就聰明，沒什麼好多問的。再一點，在這個地方，通常都是家裡遇到了什麼事才會找人算一算看能不能破解，根本就沒有什麼透過風水改運的概念。

林清音剛進屋打招呼的時候把家人的面相都看了一遍，鄭老太五十歲喪夫，晚年本來是操心的命，但是現在已經開始往福壽康健的方面變化。

拿濕紙巾擦乾淨了手，林清音從口袋裡掏出了一個綁紅繩的玉石，笑咪咪的要給老太太戴上。

鄭家的生活一直普普通通，老太太一輩子就一對銀耳環，從來沒戴過金啊玉啊的。看到林清音拿出拴著紅繩的翡翠，老太太慌忙的擺手。「可使不得，這東西可貴著呢，我平時又得摘果子、又得給果樹剪枝條，戴不了這麼好的東西，妳自己留著吧。」

林清音站起來硬是把玉給鄭老太戴上了。「其實我倒不是為了送姥姥玉，而是我用玉給您做了護身符。」

鄭光燕在旁邊連忙說道：「媽，這是清音的一片孝心，證明您這麼多年沒白疼她。這玉確實是護身符，我和她都戴著呢。」

鄭老太覺得胸口的玉流出一股暖意在身體裡遊走，舒緩了常年勞動落下的肌肉痠痛的毛病。鄭老太驚喜的捶了捶腰，又挺了挺背。「好像真的很管用啊，我覺得我身上舒坦多了。」

鄭大姨聞言哈哈大笑，把摘好的豆角收拾起來，打趣道：「媽您可真逗，照妳這麼說，這玉比靈丹妙藥還好。」

鄭老太覺得自家外孫女送的肯定好，不服氣的說道：「就是比靈丹妙藥好，妳瞅著吧，等明年我肯定是村裡頭最年輕的老太太！」

玉符確實是管用，但是效果這麼好，還是和這裡山好水好有關，在齊城市區的靈氣可沒有那麼濃郁。

林清音從書包裡掏出一把圓滾滾的石頭說道：「我現在還沒有錢給大家都送玉石，其他人我只能送石頭刻的護身符了。」

「我們也有啊？」剛走到廚房的鄭大姨驚喜的又回來了。「石頭就很好了，說實話妳要是給大姨玉的，我還不敢戴呢！」

林清音問了鄭大姨的生辰八字後，便在石頭上刻陣法，鄭大姨站在旁邊好奇的看著，只見薄薄的刻刀在石頭上飛快的遊走，絲毫不見任何阻礙。大約三、五分鐘的時間，石頭上已經刻滿了紋路，林清音直接從炕桌上拿了一根牙籤綁著紅繩往石頭上一戳，牙籤居然帶著紅繩從石頭上穿了過去，林清音在繩子上打了個結遞給鄭大姨。

鄭大姨驚訝的接過來捏著鵝卵石左右看了半天，無論怎麼看、怎麼捏都是普通的石頭，也不知道林清音是怎麼穿透的。

鄭大姨喜氣洋洋的道了謝後把石頭戴在了脖子上。「清音，妳中午還想吃什麼和大姨說，大姨都做給妳。」

林清音笑彎了眼睛。「我都愛吃，不過我比較能吃，麻煩大姨多做一點。」

「沒問題！」鄭大姨捋起袖子。「今天大姨給妳做一桌子菜。」

說著話，二舅和二姨兩家也來了，打了招呼後都開始忙，林清音的幾個表姊、表哥都比她年紀大，有的已經上班了，有的放假在外面打工，還有和朋友出去逛街的，今天只回來了林清音一個孩子。

鄭老太和林清音盤腿坐在炕上一邊刻符一邊聊天，林清音一邊慢慢刻符、一邊挑了幾件好玩的事說給鄭老太聽，祖孫兩個看起來其樂融融。

中午吃完了飯，白家一家人拿著一堆禮物上門了。其實白家早就想拎著謝禮拜訪小大師，但是林清音一直忙忙碌碌的，連算卦都是抽空，根本就沒有時間見他們，今天在這裡碰到可算是意外之喜了。

林清音收下東西後看了看白博安的狀況。

「體內的陽氣已經回升到三分之一，有玉符調節不會有太大的影響，還是那句話，多曬曬太陽，一年半載的就好了。」

白博安連忙點頭應了一聲，林清音轉頭問白娟。「你們這次是回來上墳的？」

「是的！」白娟連忙說道：「我們每年過年的時候都會回老家住兩天，臨走前上墳，等過年的時候就不來了。」

林清音指了指白博安。「記得這兩年先別讓他去墳地，那裡陰氣重，多少還是會影響到他。」

白家人趕緊道了謝，白娟看著林清音臉色不錯，有些尷尬地說道：「小大師，我們不知道您是鄭家的外孫女，這次回來，我們嘴快把小大師的聲名傳出去了，現在村裡好多人向我們打聽，我也不知道是該說還是不該說。」

林清音摸起一個圓滾滾的石頭說道：「若是找我算卦也可以，但是兩千五一卦的價格不變。若是看風水、遷陰宅價格還要更高。」

第四十八章

白家人知道請林清音算卦的費用，畢竟他們家在小大師這裡足足花了二十萬，但是鄭家人聽到這個價格都有些瞠目結舌，在他們這個縣城，很多人的薪水一個月才兩千多塊錢而已。

正聊著天，村裡人就有閒著沒事過來了。剛才白家人拿那麼多禮物進了鄭家的門，村裡人都猜到了那個很靈驗的大師就在鄭家，一個個都過來看熱鬧，很快將屋子擠滿了。

「白娟，妳姪子到底是找哪個大師算的？我怎麼沒瞅見外人呢？」

一個在村裡輩分很高的女人進屋往炕上一坐就嚷嚷了起來，絲毫不把自己當外人。

白娟見自己招來了這麼多人，有些不安的看了林清音一眼，連忙畢恭畢敬的把林清音介紹給大家。「給我姪子消災的大師，就是鄭大娘的外孫女林清音林大師，在齊城林大師非常有名。因為她年齡小，大家都尊稱她是小大師。」

話音一落，就有人笑了起來。「白娟，妳不會是和鄭家人聯合起來想騙村裡人錢吧？妳說妳要騙錢也好，找誰不行非要找個小姑娘，妳覺得我們會信？」

白娟對林清音十分尊崇，聽見有人說話這麼不客氣當即冷了臉。「你愛信不信，誰求著你算了？呵，說起來你也未必算得起，小大師一卦是兩千五，先交錢後算卦，來看熱鬧的趁早回去，別耽誤人家休息。」

在農村，很多人遇到了解不開的事或者是孩子受驚招魂都喜歡請算卦的先生或者是神婆來看看，也有的就是無聊，見到算卦先生就往前湊，也不知道要算什麼，反正就是想算。通常這樣一卦才二、三十塊錢，對他們來說並不算太貴。

他們已經習慣了這個價格，一聽林清音算一卦要兩千五，登時七、八個人轉身就往外走，一邊走還一邊故意扯著嗓門冷嘲熱諷。林清音不以為意，一邊依舊盤腿坐在炕上吃櫻桃，一邊小聲的和鄭老太說話，絲毫不搭理旁邊的人。

有的想靠關係拉交情，見林清音不像是好說話的模樣，試探了幾句便沒趣的走了。轉眼間屋子裡空下來，只剩五、六個人還留在這裡，是真的有事想算卦的。

白娟看到屋裡終於靜了下來，也不由得鬆了口氣，連忙向林清音道歉。「小大師實在是對不起，我之前真是沒有預料到這種情況。」

「無妨！」林清音笑了一下。「妳也是為了替我揚名。」

站在白娟旁邊的女人三十來歲，名字叫馬芮，她容貌倒是挺秀麗的，只是看著臉上十分的憔悴。

林清音抬眸看了她一眼，神色有些凝重。「妳龍宮晦澀、奸門部分凹陷，妳是為妳女兒來的吧？」

馬芮心裡一凜，連忙點頭。「我確實是為我女兒來的，您真的是大師？」她有些不安的看著林清音，聲音裡帶著微微的顫抖。「我女兒最近一直有些奇怪，我帶她去縣裡、去市裡、去省裡的醫院都看過，附近幾個先生、神婆也都請過，各種法事、符咒不知用了多少，可沒一個管用的。」

她說著低頭抹了下眼睛。「我知道這樣不禮貌，但是仍然想冒昧的問一句，您真的是大師嗎？不瞞您說，我帶我家孩子看病已經花光家裡的積蓄，身上就只剩下昨天親戚借給我三千塊錢，您可千萬不能騙我啊！」

林清音看著她笑了。「放心，我不會騙妳。我看妳眼睛清明、額頭光亮，是一個心地善良的人。這次的卦算我送妳的，不收妳錢。」

馬芮有些不知所措的看了眼白娟，又驚喜又有些不安。「真的可以這樣嗎？是不是不太好？」

「無妨，我看卦算命都是隨心意而來。我是看妳心善又真的沒錢才免費送妳一卦，畢竟妳已經夭折一個男孩了，這個女孩是妳這輩子僅有的孩子了。」林清音拿出刻刀開始在手裡的石頭上刻陣符。「妳去把女兒帶來吧。」

馬芮眼睛裡頓時出現了淚光，當年她和丈夫在外面打工的時候確實有過一個孩子。那時馬芮一天十二個小時都在工作，無論是體力還是營養都不夠，懷孕才八個月的時候孩子就早產，沒兩天就夭折了。

因為孩子沒養活，家裡人也沒有聲張這件事，村裡人還真沒有人知道這件事的。馬芮經過這件事之後調養了兩年的身體又懷孕了，這次她吸取前車之鑒，一懷孕就辭職在家裡養胎。

馬芮的婆婆過去照顧她的時候對她管得很嚴，一天三頓除了魚就是肉，平時也不讓馬芮出門，生怕她跌倒。眼看著到了瓜熟蒂落的時候，馬芮的產檢報告不是很理想，醫生們覺得胎兒的頭太大了，建議剖腹產。

馬芮的婆婆不願意讓兒媳婦剖腹，覺得這樣影響第二胎，而且在她眼裡就沒有生不下來的孩子。馬芮的母親自然不願意，自己的女兒自己心疼，又不是老馬家的生育機器，憑什麼不讓剖腹產。

馬芮的丈夫李晨明在丈母娘和母親面前左右為難拿不定主意，就在這時馬芮突然破水，宮口也開了。馬芮的婆婆乘機說道：「先讓她生，實在為難再剖。」

李晨明覺得這樣也沒錯，便和他母親同個意見。結果因為馬芮肚子裡的孩子太大了，勉強生下女兒之後就大出血，搶救了一天後，馬芮被切掉了子宮。

馬芮的婆婆沒敢吭聲，灰溜溜的回家了，李晨明懊惱得大哭卻也沒有後悔藥可以吃。馬芮在醫院足足住了一個多月，沒能給孩子哺乳，也沒享受到孩子降臨的快樂。

在體力恢復之後，馬芮第一件事就是提出和李晨明離婚。她實在無法忍受自己最愛的人在那種時刻居然為了四、五千塊錢的手術費將她置於那種危險境地，甚至還害她失去了子宮。李晨明自然是捨不得，但是一直想要個孫子的婆婆自然不會願意讓兒子守著一個沒有子宮的女人，她使勁渾身解數說服了兒子，覺得隨便娶一個都比馬芮強。

馬芮的娘家就住在鄭老太前一排院子，她離婚後就帶著女兒回來住了，一晃三年過去，李晨明和他的家人從來沒有人來看過孩子，馬芮也當他們不存在，只想一個人守著女兒長大。

但是馬芮沒想到的是，清靜的日子才過了三、四年，女兒小敏就得了怪病。

起初小敏總是一個人嘟嘟囔囔的不知道說什麼，馬芮以為女兒是自己在講故事不以為意，直到這樣的情況過了兩個多月，馬芮無意間聽到女兒居然在和自己對話。讓她毛骨悚然的是，一個小小的孩子居然發出了兩種不同的聲音。

馬芮當時的汗毛都炸起來了，第一個反應就是鬼上身，大著膽子過去叫了小敏一聲，可小敏看她的眼神居然帶了一些敵意。

在馬芮還沒有反應過來的時候這種感覺很快就消失了，站在自己面前的依然是那個乖巧可愛的女兒用孺慕的眼神看著自己，眼裡滿是歡喜的笑。

馬芮帶小敏找神婆驅邪，小敏喝過符水、拜過大仙，能想到的方法都試過了，可是癥狀不但沒有減輕，反而越發嚴重起來。

馬芮很明顯的覺得自己的小敏變成了兩個不同的人。

這種感覺讓馬芮毛骨悚然，既然看神婆行不通，她便帶女兒去醫院，可是大大小小的檢查都做了卻沒有什麼結果。省裡醫院的一個專家懷疑是多重人格，但國內基本上沒有這種的醫學實例研究，只能不了了之。

來找林清音，是馬芮唯一的希望了。

把小敏從家裡帶到了鄭家，小敏大眼睛楚楚可憐的看了馬芮一眼，眼裡泛著恐懼的神色。「媽媽，又要跳大神了嗎？」

「不是的，小敏。」馬芮把女兒往林清音面前推了一下。「讓這個姊姊給妳看看，她會治病的。」

小敏緊緊的盯著林清音，嘴唇微微的揚起來。「姊姊看起來很厲害呢。」

林清音看著她也同樣勾起了嘴角。「肯定是比妳厲害的。」

感受到林清音釋放出來的威壓，小敏的眼裡閃過一絲驚懼的光芒，她轉過身撲到媽媽懷裡，使勁的把小臉往她懷裡埋。「媽媽，我怕，我們回家，我不要在這裡！」

馬芮趕緊摟住女兒，安撫的一下又一下的拍著她的後背。「小敏別害怕，姊姊不是壞人。」

聽到這句話，小敏突然掙脫馬芮的懷抱想往外衝，就在這時林清音手一揮用看不見的靈氣網將小敏攔住，小敏無論怎麼掙扎都逃不出去。

看到女兒更加怪異的舉動，馬芮忍不住哭了出來，趕緊過去把小敏抱在懷裡，一句又一句的叫她名字，想讓女兒冷靜下來。

可小敏在馬芮的懷裡顯得更瘋狂了，她拚命的推搡著馬芮的胸膛，想讓她放開自己。就在這時林清音過來在小敏額頭上一點，小敏的動作猛然僵住了。過了幾秒鐘她臉上露出了茫然的神色，四處張望一下看到了林清音，頓時臉上露出了羞澀的笑容。「姊姊好！」

看到女兒反差這麼大的表現，馬芮不由得想起縣醫院的醫生懷疑小敏有精神疾病的診斷，強忍著情緒才沒有嚎啕大哭。

林清音拿了一根棒棒糖遞給小敏，又在她的頭頂摸了摸，這才問馬芮。「妳生完第一胎的時候是不是吃胎盤了？誰給妳吃的？」

馬芮聽到林清音的問題也顧不得哭了，趕緊回憶起當年的事。「是我婆婆給我吃的，我記得很清楚，那天我早產的孩子因為心肺功能不全夭折了。我在病房裡足足哭了一天，晚上我婆婆送來一保溫桶的湯，說是給我補身體的，讓我必須喝完。」

馬芮回想起那碗湯的味道露出噁心的表情。「那碗湯有一股很濃的血腥味，我還沒喝就差點吐了。但是當時我婆婆的態度很強硬，說給我加了昂貴的中藥，一口都不許剩。」

想起當時的情景，馬芮露出屈辱的表情。「我那時候因為沒保住孩子懊惱自己的身體不爭氣，同時對我丈夫一家也感到愧疚，所以我硬著頭皮把那湯都喝完。等第二天我問起來那湯是什麼，我婆婆才告訴我是我的胎盤。」

鄭老太遞給馬芮一杯茶水，拍了拍她的手安慰道：「過去很多地方都有這個習俗，說是吃胎盤補身體，只是這兩年不流行。不過我聽很多人家都是拿胎盤包餃子，處理得乾乾淨淨的一點味道都沒有，產婦當做是豬肉就吃了，也不會多琢磨這事。拿去熬湯的話也不是不行，但是要拿料酒、蔥薑泡泡，要不然肯定會有腥氣的。」

馬芮苦笑了一下，她婆婆關心的只是她那個能生育的肚子，至於味道怎麼樣根本不在她考慮範圍之內。

聽到鄭老太和馬芮說胎盤的做法，林清音搖了搖頭，說道：「要是這麼簡單就好了。可惜她當初喝的不是單純的胎盤湯。」

馬芮心裡一驚，還沒等開口就聽林清音問道：「妳婆婆是不是懂一些神神道道的東西？」

「是的，我剛結婚的時候聽我前夫村裡的人說過，以前我婆婆在他們村裡算是神婆，村裡的小孩子晚上哭鬧什麼的，家裡人都會去我婆婆那求一道符回來化到水裡給孩子喝掉。不過我和前夫結婚以後一直在外面工作，很少回家，我還真沒見過她做這些事。」馬芮臉色有些難看。「難不成我婆婆還真會？」

林清音輕嘆了口氣。「以前玄學術士很多，可隨著朝代的更替很多術士都斷了傳承。一些典籍術法因為各種原因遺落在民間，被百姓們學去，傳來傳去就走了樣，甚至有的人只會其中一、兩樣就敢裝神弄鬼。若是做好事還好，最可惡的是很多心術不正的，這些本事倒成為他們害人的手段了。」

馬芮聽得心裡一沈，小臉瞬間就白了。「大師，我婆婆到底是怎麼害我的？」

林清音伸手輕輕的拍了拍小敏的後背。「妳婆婆是不是重男輕女？」

「她特別重男輕女，天天說我前夫是他家單傳五代的獨苗，我要是不生兒子就是他們家的罪人。不瞞您說，她腦袋裡除了那根玩意兒沒有別的，孫子就是她的命根子。」馬芮越說越氣。「我當初真的是瞎了眼才嫁給那樣的人家，我前夫平時看著斯斯文文，天天和我保證男女平等，可到了關鍵時刻就和他媽一個樣。要不是因為他們娘倆，我也不會……」

林清音見她情緒越來越激動差點要把切子宮的事說出來，連忙攔了一下。「現在我們說說那湯的事。」

馬芮回過神來趕緊住了嘴，頗為感激的看著林清音。其實她對婚姻已經失去了信心，也沒有再婚的念頭，但是在農村這種屁大點事傳滿天的地方，她並不想暴露隱私，成為別人茶餘飯後的談資。

林清音看了看屋裡坐著的幾個村人，有的面相忠厚有的卻是喜歡犯口舌的人，關於小敏的事，林清音並不想讓外人聽到，畢竟小敏要在這個村子裡長大，她不想讓這個孩子受人指指點點，這對孩子的成長、氣運都不好。

「姥姥，您帶這些鄉親到隔壁屋先坐坐，等把小敏的事解決了我再叫他們。」

鄭老太頓時明白外孫女的意思，拎著水壺笑著說道：「我們去那屋喝水去。」

白娟作為小大師的腦殘粉自然是第一個附和，她讓哥哥和姪子回家待著，自己和嫂子幫著鄭老太招呼客人。剩下五個想算命的，有三個痛快的起身，一個有些猶豫，另一個直接坐著沒動，盤著腿坐在炕頭說道：「我不去，我不聽聽怎麼知道這小丫頭算得準不準？萬一她和老馬家的丫頭合夥騙我錢怎麼辦？」

白娟立刻變了臉啐她一口。「周老婆子，妳兒子周老三清明時候逼我哥高價買妳家劣質墓碑的事我還沒和妳算帳，別在這給我惹事。」

周老太臉皮絲毫沒有變化，大言不慚地說道：「我兒子那是為他好，讓他孝敬祖宗，誰知道你們一家子都不孝順，給祖宗立個碑都捨不得！」

白娟剛要回嘴，林清音就抬手攔住了她，冷冷地掃了周老太一眼。「妳不用留在這，妳就是留下我也不會給妳算。」

周老太聽了直接朝屋裡的人吆喝。「看到沒？她根本就不會算，就是想騙我們錢的。」

白娟氣得臉都綠了，林清音臉色倒是沒什麼變化，反而帶著一絲笑意。「我知道妳是來算什麼，妳是來算妳兒子有沒有災禍的。我不妨送妳一句，肇事逃逸、行凶傷人，這種牢獄之災是沒得跑，妳還是讓他趕緊自首，要不然我打電話報警。」

周老太張揚的氣勢頓時消散得一乾二淨，眼睛骨碌碌的亂轉，嘴硬道：「我不知道妳說什麼？我兒子好著呢，他去外地談生意去了還沒回來。」

一聽到「談生意」這三個字，屋裡人都笑了。周老太的大兒子和二兒子都在外地常年不回來，家裡這個周老三心不正還懶，如今這一帶七里八鄉都不肯找他幹活，更別提說談外面的生意了，他想打個零工都沒有。

林清音用手掐算了兩下。「往西走五里地的山上是誰家的果園？躲那裡不怕狗咬啊？」

周老太的臉都黑了，那山頂上有個木頭屋，平時是看果林的人住的。現在蘋果都收了，又沒到剪樹枝的時候，所以她兒子周老三昨晚趁著天黑回家，急匆匆的說了幾句就抱著被子躲到山上，她今天上午才偷偷摸摸的送了一籃吃的過去。

見林清音把事情說得明明白白的，周老太知道林清音是真有本事的，從炕上跳下來就往外跑。林清音冷笑了一聲，和林旭說道：「爸，警車馬上就要過來了，您去幫警察指下路，免得他們去周家白跑一趟。」

林旭隨即把外套拿過來穿上。「我知道那個地方，我帶警察去。」

林旭剛出去沒兩分鐘，門口就傳來說話的動靜，鄭大舅跑出去看了兩眼，一臉興奮的跑回來。「還真是警察來了，清音妳真是神了！」

白娟見警察都找上門來抓周老三了，剛才的憋屈一掃而空，站起來招呼屋裡的人到隔壁去，不要耽誤小大師的時間。

親眼見證林清音把發生的事說得明明白白的，剛才還猶豫不願意動的人馬上穿鞋去了隔壁。

屋裡安靜下來，除了林清音和馬芮母女以外再沒有別的外人，林清音這才說道：「其實從妳一進來我就在看妳臉上的子嗣宮，妳在子嗣上比較坎坷，但這並不算什麼問題。有問題的是那個夭折的孩子，他用另一種方式存活在這個世界上。」

「用另一種方式存活在這世界上？」馬芮重複了一遍這句話，忽然像是想通了，猛然轉頭看向自己的女兒。

「大師，您是說……」馬芮看著小敏天真可愛的笑臉，怎麼也不願意將那個驚悚事聯想到自己的女兒身上。「您的意思說我夭折的那個孩子附在我女兒身上了？」

林清音點了點頭，馬芮不敢置信地搖了搖頭。「不可能，我懷小敏的時候那個孩子已經沒了兩年了。」

「這就是我問妳有沒有吃過胎盤的原因了。」林清音說道：「女人懷孕的時候，胎盤是媽媽和孩子之間的紐帶，使媽媽和孩子血肉相連，所以胎盤對剛出生的孩子來說是十分特別的。因此，也有很多陰損的方法是利用胎盤來當媒介。」

看著馬芮明顯有些憔悴的面容，林清音十分同情地說道：「我知道曾經有邪修利用胎盤控制嬰靈的事情，和妳那婆婆的手法有些相像。她當初應該是給妳吃了加了符的胎盤湯，所以妳夭折的那個孩子再一次回到妳腹中。妳本來就是他的媽媽，又有胎盤作為紐帶，妳肚子裡對他來說是最安全最舒服的地方，而你們母子關係也間接的保護他不受這世間陽氣的傷害。」

馬芮聽到這話下意識捂住了自己的肚子，她回想起當初那兩年她經常夢到孩子在自己的肚子裡睡覺，她一直以為是日有所思夜有所夢，沒走出失去孩子的陰影，卻沒想到是那個孩子居然又以另一種形式回到她的肚子裡。

「妳婆婆想要孫子，所以她用胎盤符紙熬湯，將夭折孩子的魂魄送了回去，她可能以為這樣的話就能確保妳下個孩子還是男孩。」林清音搖了搖頭。「她想得太簡單了。」

馬芮聽到這話不禁內心發涼，她想起懷小敏時婆婆篤定的說自己懷的是兒子，她當時只以為婆婆盼孫心切，卻沒想到她竟做了這種手腳。

「所以小敏剛出生的時候，那個孩子的魂魄就在小敏的身體裡了？」馬芮有些絕望的捂住了額頭。「這都是什麼事啊？」

林清音看著小敏，在她的眼睛裡，小敏的周身都縈繞著白色的氣運，只有頭上一縷是濃郁的陰氣。她看著被禁錮在小敏身體裡的黑色影子，有些同情的看了馬芮一眼。「他對妳的感情很複雜，有愛也有恨。」

馬芮想起自己偶爾看到小敏充滿敵意的眼神，十分理解地說道：「他是恨我沒保護好他吧？要是我懷孕的時候多愛惜自己一點，多注意一點，我就不會早產，他也不會夭折。」馬芮掉下淚來。「是我對不起他。」

第四十九章

林清音拿出一把石頭在三人周圍布了陣法。在揮手擊出一道靈氣啟動陣法後，屋裡的光線瞬間暗了下來，只能勉強看到對面人的輪廓。

林清音伸手在小敏額頭上一蓋，小敏閉上眼睛沈睡了過去，林清音將小小的身軀接住，這才用靈氣在她身體裡一勾，將那個小小的人兒拽出來。

馬芮看清楚眼前男孩的面容時忍不住哭了，雖然已經過去了六、七年，但是她依然記得那個僅見過一面的孩子的面容，那張臉就像印在了她的心裡，是她永遠不能忘卻的痛。

「壯壯！」馬芮哭著蹲下來朝那個影子伸出手。「讓媽媽抱抱你好不好？」

「妳不愛我只愛妹妹！」小人兒委屈得噘著嘴，嘟嘟囔囔的說道，但還是撲到了馬芮的懷裡。「妳從來都不叫我的名字！妳也沒親過我！」

「對不起，壯壯。」馬芮虛摟著懷裡的空氣，淚眼滂沱的看著眼前的孩子。「其實媽媽很愛你，和愛妹妹一樣，媽媽從來沒有忘記過你！」

孩子生性單純，壯壯小臉上的怒氣一下子散了，他湊到馬芮的臉龐親了她一下，轉頭看著林清音。「姊姊，妳很厲害呀！」

「知道就好！」林清音朝他搖了搖手指。「你不能再回到你妹妹的身體裡，這對你不好，對她也是一種傷害。」

壯壯有些難過的垂下頭，小聲說道：「我知道，但是我捨不得離開媽媽。」

林清音現在已經對親情的依戀很有體會，也明白壯壯對這人世間的留戀，但是他和白蛇不一樣，白蛇修煉了幾百年，即便是肉身沒了也有修煉出來的靈體，依然可以在這世界上存在。

林清音看了眼地上支撐著陣法的石頭，輕輕嘆了口氣。「給你們五分鐘時間話別吧。」五分鐘時間不長，但是對於馬芮和壯壯來說卻顯得無比珍貴，母親的懷抱和親吻消去了壯壯的執念，他在最後一分鐘飄到小敏的旁邊，在她額頭上親了一口。「以後哥哥不能陪妳玩了，妳要好好的呀！」

石頭裡的靈氣散盡，陣法破了，壯壯在馬芮面前消失了。林清音掏出一枚石子熟練的刻了一個陣法，穿好紅繩後戴在小敏的脖子上，這才在她額頭上輕輕一點，將她喚醒。

「壯壯在她體內好幾年，陰氣多少會侵蝕她的體質，這塊石頭妳讓她隨身戴著，什麼時候這個石頭碎了，就什麼時候摘下來。」

馬芮在剛進來的時候看到了鄭大姨、鄭大舅都戴著一塊類似的石頭，知道這是好東西，連忙再三道謝，又掏出了僅有的三千塊錢要遞給林清音當卦錢。

林清音擺了擺手笑道：「我都說了不要，妳自己留著就行，另外我給妳個建議吧，妳過年後帶孩子去南方名字裡帶海的城市，妳聽到這句話瞬間想起哪個城市就去哪裡，妳的事業和未來都在那裡。只要肯努力，再過五、六年妳就能把父母接去了。」

馬芮激動的再三朝林清音鞠躬道謝，這幾年她待在家裡雖然比外面舒服，但是找的工作卻不合心意，一個月的薪水還不夠付這一卦的卦錢，平時孩子有點小毛病還要父母墊錢。她才剛剛三十出頭，怎麼也不想讓父母接濟一輩子。

其實她也曾經無數次考慮過要搬出去，可是每次都顧慮重重不敢邁出這一步。今天林清音這番話像是給她注入一劑強心針，讓她瞬間有重新開始的勇氣。

「多謝小大師！」馬芮深深的朝林清音鞠了一躬，拉著小敏剛要往外走，忽然想起了什麼轉過身有些糾結的問道：「大師，我前夫和他媽做了那種事，會不會有報應啊？」

林清音笑了一下。「這種陰邪的術法會損傷人的福運和壽元，她順心不了幾年的。另外從小敏的面相上看，她沒有兄弟姊妹。」

馬芮一時沒明白林清音話裡的意思，愣在那裡。林清音笑著又解釋。「無論是妳這邊來算還是從她生父那邊來算，她都是獨生女，沒有弟弟妹妹。」

馬芮聞言哈哈大笑起來，原本心裡還存著的那點壓抑也蕩然無存。對於重男輕女看中兒子的人來說，這可謂是最大的打擊了，不但沒有兒子，連女兒也沒有。

「我們家小敏從生下來就沒吃過他家一口飯，沒要過他家一毛錢，現在是這樣，以後也是如此，我這輩子都不會讓他和他的家人見到小敏！」

林清音微微一笑。「小敏是個孝順的孩子，她不會讓妳寒心的。」

聽到這話，馬芮笑得十分知足。「我帶她回去了，今天真的多謝小大師。」

「行了，帶孩子回去吧，中午陽氣足的時候多帶她曬曬太陽，要是有人問，妳就說驚了魂，已經沒事了。」

馬芮把林清音囑咐的話記在心裡，讓小敏朝林清音鞠躬後離開了鄭家。林清音看了看地上作廢的石頭有些遺憾的嘆了口氣，這個陣法需要的靈氣太多，普通的石頭根本支撐不了太久，這些用過的石頭全都廢了。

鄭大舅從窗戶裡看到馬芮帶著孩子離開，便趕緊穿過客廳到正房來問情況。「清音，小敏沒事了？」

「沒事，就是驚了魂，已經好了。」林清音說著把口袋裡最後一塊石頭掏了出來，可憐巴巴的問道：「大舅，我沒石頭用了，你們哪裡能撿到石頭？」

鄭大舅脖子上雖然戴著一塊石頭做的護身符，但那已經被林清音刻得看不出本來面目了。他接過林清音手裡的石頭翻看了一下，問道：「妳這石頭從哪兒撿的？看著還挺圓潤的。」

「從我們那孝婦河邊撿的呀，可惜的是孝婦河雖然長，但是有鵝卵石的地方太少了！」林清音提起這件事就很惆悵。「大舅，你說我過得多不容易，一週上六天課，週日一大早五點起來就要撿石頭，前幾天我去的時候河邊一個散步的老大爺問我是不是打算在家砌長城，說這河邊的石頭都快被我撿光了。」

林清音長嘆了一口氣。「我也不想這樣啊，但是用買的要花錢嘛！」

鄭大舅被林清音苦惱的表情逗得哈哈大笑。「沒事沒事，大舅給妳弄去，我們這雖然沒有孝婦河，但是有水庫和山泉，石頭多得是，我晚上就給妳拉回來一麻袋。」

林清音聞言興奮地朝鄭大舅拜了拜。「多謝大舅，要是有一麻袋的話我起碼一個月不用出去撿石頭了！」

腦補了下一本正經還會算卦的外甥女苦哈哈的自己撿石頭的場景，鄭大舅沒忍住又笑了出來。「沒事沒事，妳去算卦吧，這事就交給我了！」

林清音美滋滋的朝鄭大舅揮揮手，目送他出了院子。

不用自己撿石頭的感覺可真好！有人疼真好！

在西屋坐著的幾個人見馬芮臉上的愁苦盡消，帶著女兒歡歡喜喜的走了。他們知道林清音肯定幫她把孩子的事給解決了，頓時一個個的屁股都有些坐不住，全都伸長脖子往外看，想讓林清音給自己先算。

林清音過來看了剩下的五個人，直接把話點明白了。「之前大家也聽到了，兩千五一卦，這是單純算卦的費用。如果上門看風水或者點陰穴是另外收費。」

這人有樸實，就有奸猾的，有個姓王的老太太眼睛轉了一圈，伸手把林清音拽到了一邊。「清音啊，我和妳家很熟的，妳爸爸還管我叫嬸子呢，我們兩家這麼親近，妳跟我收這麼多錢不好吧？傳出去要叫人笑話！其實我也不是不想給錢，就是這眼看要過年了，我實在是手頭緊。這樣，妳先給我算一回，等下回算的時候我一定給錢。」

林清音伸手將她抓住自己胳膊的手推開，抬頭看了她一眼。王老太被林清音清澈的眼睛看了一眼，頓時有些心虛。不過想起剛才馬芮不過賣了幾句慘沒花錢就算了一卦，她又理直氣壯的看了回去，既然馬芮不花錢，那她肯定也不花。

林清音看了她的面相就知道這個人是個愛占便宜的，除此之外倒沒有別的大毛病，但是光這一條就足以讓人生厭了。

「這一個村子，但凡上了年紀的老頭、老太太我爸都能叫一聲大伯、大娘、叔叔、嬸子，這個關係攀得也太隨意了。」

林清音話音一落，屋裡的一群人都哈哈大笑起來。鄭老太毫不客氣的把王老太手裡的茶杯搶回來，毫不掩飾自己的嫌棄。「王老太妳整天不占便宜就覺得自己吃虧是不？我外孫女才多大的孩子啊！妳這話怎麼好意思說出口。要算就趕緊掏錢，沒錢就趕緊滾，說實話我還真不願意我外孫女算這個，她這個年紀就是吃吃玩玩的時候，算這些東西多累啊。」

王老太沒搭理鄭老太光盯著林清音，她覺得小女孩心軟受不住哀求，自己說得可憐一點，她肯定不好意思收錢了。

作戲要作全套，王老太往後讓了一步拿手捂住了眼睛，聲音哽咽地說道：「這眼瞅著過年了，我就剩兩百塊錢，家裡什麼年貨都沒買呢。要不是我真有事想算，我都不會過來的，我是真沒轍了。」

林清音是誰啊，這人家裡是什麼情況她只需要看一眼就明明白白的，像馬芮那種真有困難而且人品也不差的人，她自然願意順手幫一把，不過是舉手之勞。但是對於這種明擺著就是來占便宜的人，林清音自然不會給面子。

看著王老太哭得淒淒慘慘的，林清音朝她淡淡的一笑。「從妳面相上看妳的兩個兒子都是做生意的吧？雖然大錢沒有，但是也不算是窮人，他們居然都這麼不孝順嗎？」

看著王老太頓時僵住的身體，林清音聲音裡明顯帶著笑意。「我這個人最討厭的就是不孝順的人了，我雖然不能免費幫妳算卦，但是可以免費替妳出氣，比如說讓妳兩個兒子賠錢、破產什麼的，這些對我來說都不是難事。」

王老太嚇得趕緊搖著自己的兩隻手，說話都有點結巴了。「沒有沒有，我瞎說的，我兩個兒子都孝順，每個月都寄錢給我，還、還說要接我出去過年呢。」

林清音呵呵了兩聲，雖然沒有再說什麼，但是她做出的淡漠表情足以嚇得王老太屁滾尿流了。

屋裡的人都相信林清音是有本事的，畢竟她收拾周老太那一幕大家可是有目共睹的。周老太不過說了幾句林清音是騙子，林清音就直接把周老三的牢獄之災說得明明白白的，連藏身地點都算出來了。

剛才林清音和馬芮在東屋算卦的時候，他們都出去看熱鬧了，警察按照林旭提供的線索直接到蘋果園裡堵住了想通風報信的周老太，順便把還沒睡醒的周老三抓了正著。周老太一路哭哭啼啼的追到了村口，正好碰到隔壁村被周老三撞成重傷的受害者家屬聞訊趕來，他們抓著周老太不放，嚷嚷著要她出醫藥費。

王老太剛才看周老太笑話的時候笑得有多開心，這個時候就有多害怕。她兩個兒子每個月都會給家裡錢，但是他們在外面做的什麼買賣，有沒有幹過什麼缺德事她還真不知情，萬一有什麼見不得人的事被林清音算出來，那她豈不是害了自己兒子。

王老太用袖子一抹眼淚，露出燦爛無比的笑容。「說玩笑話的，我兒子最孝順了，前兩天剛給我五千塊錢，過幾天還要接我去泉城過年呢。」

「不是只有兩百嗎？」林清音涼涼的問道：「現在又有五千了？」

「我的意思是說我口袋裡只有兩百塊，其實銀行裡有錢，家裡也有。」王老太訕笑著搓了搓手。「我這就回家拿錢去。」

林清音摸了摸口袋裡的龜殼，隨口問：「妳想給誰算啊？」

王老太連忙說道：「給我兒子和小兒媳婦算算。」

林清音一聽就知道肯定又是算兒子的事，心裡不由得有些厭煩，她就不明白這些老太太腦袋裡怎麼想的，兒子就這麼金貴？有了兒子是能發財還是能致富啊？還是說人生就此無憂了？簡直愚昧得不可理喻！

林清音嫌棄的白了她一眼。「生男生女什麼時候生兒子這種問題都別問我，我不算！」看著王老太還要繼續糾纏，林清音呵呵了一聲。「看在妳和我姥姥是同村的面子上，我奉勸妳一句，別老覺得占別人便宜是好事，說不定什麼時候就都得還回來。妳對著鏡子看看妳年壽部位的紋路，一道紋代表著一次災禍，可能是意外、可能是疾病，這都是妳這些年占便宜積累下來的。」

王老太頓時傻眼了。

林清音看了剩下的三個人，點了坐在炕沿上一個四、五十歲的女人說：「先算妳的。」

馬秀玲見林清音指到了自己，直接當著眾人的面把從家裡取出來的錢遞給了林清音，兩千五百元一張也不少。

看到馬秀玲爽快的舉動，其他人轉頭看著王老太，王老太臉上登時紅一塊白一塊，一副驚慌失措的模樣。對著鄭老太家的鏡子，王老太也不知道林清音說的是哪個部位，看著臉上到處都是核桃紋。

看著林清音帶著馬秀玲去了東屋，王老太不知道該怎麼辦才好，她愛占便宜，但是人也精明，知道自己惹了林清音的厭惡，即使是自己出錢她也未必會理自己。可另一方面她這麼大年紀的人最怕有災禍，苦了一輩子剛過幾年的好日子，她才捨不得死呢。

看著手裡抓著的錢，王老太認真地思索片刻，一臉肉疼的給炕上那幾家人一人分了一百。「這些年沒少拿你們家的東西，就當是我買的啊！」

鄭老太揚了揚手裡的一百塊錢笑了起來。「鐵公雞拔毛了啊？真是難得！不過算算妳這些年從我家地裡樹上順走的東西，也不只有一百啊？」

朱老太太連忙附和道：「就是，去年我孫子在栗子樹下面挖的舞菇是不是被妳強行要走了？那玩意兒現在可不多見，那麼大個也能賣一百多塊錢，這還不算妳從我家地裡摘的其他東西呢！」

王老太無法反駁，她自己做的事自己明白，也知道人家沒瞎說。伸手摸了摸臉上的皺紋，王老太一咬牙。「行，回頭我就把錢補給你們！」

「這可是妳說的！」朱老太太立刻接話。「妳要是說話不算話我們會找大師告狀的。」

王老太不甘不願地應了一聲，沈著臉走了，屋裡的人見狀都笑了起來。村裡的人家幾乎都被王老太順走過東西，什麼地裡的蔬菜、樹上的果子，王老太都當自己家的，什麼時候想吃就去摘。去人家家裡串門子時看到人家給孩子買的零食也拿，村裡人真的煩死她這個愛占便宜的毛病了。可是真要為那一點小東西和她吵，人家又笑嘻嘻的任由你說，真是讓人憋一肚子氣也沒辦法。

看到林清音讓王老太這隻鐵公雞拔毛了，大家都覺得解氣，甚至也有人說明天要到村裡給王老太宣揚宣揚去，讓大家都找王老太太要錢，看她以後還敢不敢去別人家占便宜。

西屋歡聲笑語，東屋的馬秀玲卻一臉愁苦，不知道要怎麼和面前這個還不到二十歲的女孩子說自己的婚姻問題。

林清音看了看馬秀玲的面相，又拿起手看了看她的掌紋，這才問道：「妳有一兒一女，學業昌盛，都是會讀書的人。」

馬秀玲聽到林清音提到自己的驕傲，臉上不禁露出了笑容。「是的，我兒子去年研究所畢業，有一份很好的工作，一個月能賺兩萬塊呢，說還能得到公司股票什麼的；我女兒也是研究生，明年就畢業了，但是她還想讀博士。」

提起自己的兒女，馬秀玲笑得心滿意足。「我沒唸什麼書，但是培養出兩個高材生來是我這輩子最大的驕傲了。」

「這不挺好的！」林清音說道：「妳的兒子多努力幾年自己就能買房，妳女兒也有能力自己支付學費，妳完全沒有後顧之憂，所以妳為什麼不離婚？」

馬秀玲猛然睜大了眼睛，結結巴巴地問道：「妳看出來了？」

林清音輕嘆了一口氣。「妳自己照鏡子看看，眼睛上面的青紫還沒消下去呢！」

馬秀玲趕緊低頭摸了下眼眶的位置，微微一碰就發疼。她結婚三十年，卻受了二十多年的家庭暴力。村裡人誰也想像不到，她那個看似老實巴交的丈夫其實是個動不動就動手打她的暴徒。

以前年輕的時候她挨打了也回家哭訴過，可面對的卻是父母的不理解和斥責，在他們眼裡小倆口吵架動手都很正常，哪有因為這個就離婚的，傳出去多讓人笑話。馬秀玲不但在娘家得不到安慰，反而被訓得灰頭土臉，讓她老老實實回家不許聲張，更不許有離婚的念頭。到婆婆家告狀，更是自討沒趣，人家畢竟是親兒子，連罵都不真心，反而還要諷刺她幾句多事。

那時候馬秀玲雖然想離婚，但是卻不知道離婚了要怎麼辦。她沒家可回，沒地方能去，身上的微薄薪水全都花在家用上，一點存款都沒有。最重要的是，她捨不得自己的兩個孩子。她怕自己走了，她丈夫會將怒氣發洩在孩子身上。

一忍忍了十多年，雖然她極力隱瞞，但是兩個孩子還是發現她常年被家暴的情況。馬秀玲的兒子當時已經上國中了，一百八的個子比他爸爸還高大半個頭，結實的肌肉和隱忍的拳頭往她面前一擋，讓他爸爸瞬間成了孬種，再三保證不會再打人。

那幾年是馬秀玲難得的安穩日子，可等兒子上大學了，女兒高中住校不在家，馬秀玲的丈夫憋了幾年的怒火終究發洩了出來，喝點酒找藉口差點把她打到骨折。那時候馬秀玲才知道，惡魔終究是惡魔，不會隨著時間的推移發生改變，只會變本加厲。

那時候馬秀玲再一次有了離婚的念頭，可是她丈夫一眼看出了她的心思，直接挑明說她要是敢離婚，以後兒女的學費他一分錢都不會出，讓他們全都出去打工。

馬秀玲算了下自己的存款，即便是兒子能打工賺學費、生活費，她那些錢也不夠供女兒讀完高中的，所以她再一次忍了，她想著等兒女們自立後，她就可以逃出魔掌，可真到了這個時候她又怕了。

她一走了之很容易，可是看著丈夫被酒精麻痺得有些渾濁的眼神，她擔心他會到兒子的公司和女兒的學校去鬧，自己的一輩子已經毀了，她不想讓那個混帳毀掉兒女的前途。

可是沒有人願意這麼無休無止的被打下去，所以聽說了林清音會算卦後，馬秀玲來了，她希望林清音能給她出一個主意。

和林清音訴說了自己的苦惱，馬秀玲的眼神裡帶著一絲絕望。「我真受不了想離婚，但是他這個人實在是沒有底線，我怕他去鬧我的孩子。」

林清音摸著手上最後一塊石頭說道：「想離婚也不是沒有辦法，就看妳有沒有魄力？」

馬秀玲苦笑著。「要不是不想給兒女留下有殺人犯母親的污點，我真想一刀捅死他！只要能痛快離婚，讓他不再打擾我們母子三人的生活，我什麼都願意！」

林清音點頭，伸出手指在她身上一點，用靈氣將她身體上的疤痕和暗傷全都激發出來。看著手背上的青青紫紫，馬秀玲猛然將袖子捋起來，露出幾乎沒有一塊好皮肉的胳膊。

第五十章

「大師，這是怎麼回事啊？」

相對於馬秀玲的慌亂，林清音顯得格外冷靜。「去報警敢不敢？」

馬秀玲猶豫了一下，堅定地點頭。「我敢！」

「好！」林清音笑了一下。

「從妳面相上看，妳的婚姻不是沒辦法脫離的，關鍵在於妳自己。要不是妳顧慮太多，瞻前怕後，妳早就可以擺脫了。另外，我不太認同妳這種默默自我犧牲的想法，妳應該早些和妳兒女說明情況，也許他們比妳想像的要可靠。」

馬秀玲追問道：「您的意思是說，他以後不會找我兒女的麻煩？」

林清音仔細觀察了一番說道：「從妳面相上看，妳兒女學業事業還挺順的，妳把他們的八字給我一下。」

馬秀玲連忙把兒子女兒的生辰八字說了，還掏出手機給林清音看自己孩子的照片，一看就對算命過程了解得十分透徹。

「妳兒子年後有一個升遷的機會，會離開現在工作的地方，換一個新的城市；妳女兒的學業很順利，不會受到這些事的影響。」林清音十分耐心的建議道：「我還是建議妳和妳的兒女商量一下，說不定一切只是妳顧慮太多，對他們來說這些根本就沒什麼。」

馬秀玲被林清音的沈穩感染，心裡安定許多，她拿起手機給兒女打了個電話，訴說這些年的苦難。

馬秀玲的兒子在電話那頭暴跳如雷，表示馬上回家請律師為媽媽打離婚官司。而馬秀玲的女兒正在回家的火車上，聽到母親的低聲訴說，她曾經模糊的記憶漸漸清晰，原來那些以為是夢境的事情居然是真的。

「媽，本來回家想和妳說一個好消息的，現在提前告訴妳。我可以直升讀博士了，我們學校博士的宿舍是帶陽臺和獨立衛浴的，離婚後妳可以和我住在一起。」

女兒堅定的聲音讓馬秀玲安穩下來。

「至於爸那邊妳放心好了，他就是到我學校鬧也沒用，現在的社會不再崇尚愚孝了，這點小事我還是可以處理好的。」

馬秀玲聽到電話那邊女兒溫柔的聲音。「媽，以後該我保護妳了。」

馬秀玲淚流滿面的掛了電話，林清音用刻刀刻好了最後一塊石頭遞給馬秀玲。「把這個戴上去報警吧。」

馬秀玲看著手裡的石頭，想起剛才看到鄭大姨脖子上也掛著同款，忍不住問道：「大師，這個是幹麼用的？」

「別人的是護身、保平安用的，妳的則不一樣。」林清音露出了白白的牙齒，笑得十分可愛。「它能保持妳身體上的傷痕。」

馬秀玲猶豫了一下，鼓起勇氣問道：「他會被判刑嗎？」

林清音看著馬秀玲的面相說道：「現在看模稜兩可，其中的變化太大。」

馬秀玲忽然笑了。「我明白了，這個取決於我自己對吧？」

隨著馬秀玲這句話，林清音看著她的面相發生了細小的變化，剛才還模稜兩可的局面有了清晰的改變。

她丈夫的牢獄之災越來越明顯，而她多了意外重傷的災禍。

林清音嘆了口氣。「何必以身犯險呢？」

「大師您果然算得準，我剛有了主意您就看出來了。」馬秀玲說道：「我就是想讓他進去待上幾年，我兒女是好的，但我不想讓兒女在他身上浪費太多時間，把他送進去誰都能清靜。」

林清音伸手要回了那塊石頭，在上面多加了一層陣法。「這個陣法可以保護妳不受到致命傷害，最多將養兩個月就可以痊癒。」

馬秀玲點了點頭，鄭重的把石頭戴到了脖子上，並向林清音道謝。林清音把剛才馬秀玲付的錢又遞回去。

「妳是我算卦後第一個會受傷的人，把錢還妳吧，就當做是醫藥費了。」

馬秀玲看著林清音手裡的錢有些不知所措。「大師，這是我自己的選擇，再說了，妳不是給我刻符了嗎？」

「好了，別耽誤時間了，妳丈夫流年不利還有幾天就結束了，趕緊回去吧。」林清音把錢硬塞給了馬秀玲，有些不放心的抹了下她脖子上的石頭，往裡多輸入一些靈氣，這才把她送走了。

算完馬秀玲這卦，林清音的心情多少受到了影響，她在這個世界醒來以後感受到很多溫情的瞬間，同樣也看到很多事情黑暗的一面，這對她的心境提升來說是必不可少的歷練。

送走了馬秀玲，林清音懨懨的進了西屋。鄭老太一看外孫女的神情就心疼了，以為她是算卦太勞神，摟著她不許她再算了。等了半天的三個人雖然有些遺憾，但是看林清音的面色蒼白也都很理解，況且林清音還要在這住三五天，也不差這一時。不過他們臨走的時候還是先把卦錢留下當作預約，免得下回算卦的時候讓別人搶先。

鄭老太抱著外孫女，一會兒支使鄭大姨去洗櫻桃，一會兒支使林清音的媽媽去削蘋果，順便還不忘叫大兒子給林清音滷雞爪吃。

在林清音剛聞到雞爪香味的時候，外面忽然傳來警車和救護車的聲音，鄭老太嚇了一跳，下意識伸脖子往窗戶外面看了一眼。「怎麼了？」

林清音此時心情已經恢復了平靜，臉上看不出一絲的異樣。「給馬秀玲的兒女打電話吧，這個春節他們的父親可能要在牢裡過年了。」

鄭老太愣住了，不敢置信的問道：「妳是說馬秀玲她丈夫犯事了？不會吧，那可是個老實人。」

林清音勾起嘴角，心忖：呵呵，真他媽的老實人！

鄭大舅和林旭聽到動靜都跑出去幫忙，林清音也去了，看到馬秀玲被擔架抬出來的樣子她微微鬆了一口氣。雖然馬秀玲被扎了兩刀，但是有護身符擋著，只是看著流血多一點，並沒有太大的危險。

馬秀玲歪著頭也看到了林清音，雖然她流著血但嘴角卻有一絲極力掩飾的開心。

在他們這種小地方，家暴一類的事很容易當家庭糾紛處理，即使她渾身青紫可能也只能讓丈夫拘留幾天而已。她不想冒這個險，既然撕破臉就一鬧到底，乾脆用最極端的方式送她的丈夫入獄，徹底的擺脫這個惡魔。

被警察押出來的「老實人」一臉害怕，朝剛剛被抬上救護車的馬秀玲苦苦哀求，說自己以後再也不敢了。馬秀玲努力的睜開眼往外面看，當她看到她丈夫手腕上的手銬後，放鬆的昏了過去。

作為鄰居，鄭家還真的留有馬秀玲兒女的電話，鄭大舅趕緊一一打電話通知。據鄭大舅說，馬秀玲的兒子說要從省會請一個最好的律師，非得讓他爸多判幾年不可。

掛上電話，鄭大舅十分唏噓，說馬秀玲的丈夫這下可算是眾叛親離了，別說老婆沒了，就連兒女都不認他了。

林清音剛才在門口也看到了馬秀玲丈夫的長相，不由得嗤笑了一聲。「深睛凹額、顴部晦暗、目色渾濁，為人心惡、性情殘忍，這人活該有牢獄之災！」

鄭老太本來一直覺得馬秀玲丈夫長得挺本分的，可聽了林清音的話再看他就到處都不順眼了，怎麼看都不像是好人。

「殺千刀的東西，怪不得以前我就發現有時候秀玲胳膊上好像青一塊紫一塊的，秀玲還說是幹活時碰的，沒想到居然是她丈夫打的！」鄭老太憤憤不平的吐了口唾沫。「這種人就該千刀萬剮，今天砍老婆，明天就不知道砍誰了，早該讓老天收了他。」

林清音看著鄭老太義憤填膺的模樣，伸手挽住她的胳膊小聲說道：「姥姥妳放心，妳看他天柱低陷發黑、雙唇如隔水、山根橫紋，這可是脖子埋到黃土的面相。」

鄭老太一下子思路被帶歪，壓低聲音問道：「那他比我死得早吧？」

「那絕對的！」林清音伸手在鄭老太腰部劃了一下。「您的才到這裡。」

鄭老太被孫女逗得眉開眼笑的，伸手在她粉嫩嫩的臉上摸了一把。「妳這丫頭嘴可真甜。」

原本想放假在外婆家多待幾天，可是第二天下午林清音就接到了王胖子的電話，說是有一樁大生意上門了。

王胖子在電話裡的聲音十分興奮。「小大師，您的名聲都傳到別的市去了，這次打電話請您的是琴島的房地產老總叫張凱，他公司開發的海景別墅區剛剛交屋就出現了好幾起靈異事件。現在一期的房主們對海景房的風水產生了懷疑，外界別的同行又肆意詆毀傳謠，現在他們二期的銷售已經停滯了，所以想請您去看看風水，說要是把事情解決，他願意送您一套海景別墅。」

林清音「哦」了一聲，聽起來興致不高。已經十分熟悉林清音性格的王胖子瞬間就明白了她怎麼想的。

小大師雖然喜歡賺錢，但是她的金錢觀和絕大多數人都不一樣。像平時她賺的錢都用來買玉了。王胖子跟了小大師這麼久，自然知道她買玉只是為了裡面的靈氣而已，要是她找到一樣比玉便宜還同樣靈氣充足的東西，她能立刻放棄玉石。

因為只愛靈氣和美食，小大師的想法依然比絕大多數人單純，像琴島的海邊別墅在別人眼裡只有富豪才買得起的，但是在林清音眼裡就覺得離得那麼遠她肯定不會去住，不如給錢來的實在。

王胖子打電話的時候早就查過那片海邊別墅的位置和價格了，那高昂的價格，就是他這種有六間房的暴發戶都望塵莫及，只有那種家裡有礦的真富豪才買得起。

「小大師，張凱開發的海景別墅足足有四層樓，每戶別墅都有獨立的院子和可以看到海的泳池。這麼說吧，買一套別墅的錢，夠您賺買幾千塊好玉的了。」

這個換算林清音明白，一下子眼睛都亮了。「這個張凱真是大手筆啊！」

「事情不解決，他二期的別墅就賣不出去，一期的業主也持續不斷的給他施壓。說實話買這種別墅的人多少都有些來頭的，張凱要是不把事情快點解決，得罪人不說，他開發的這個別墅區也會因銷售問題導致資金鏈斷裂，到時候他面臨的就是破產的危機了。」王胖子在電話那邊分析得明明白白的。「他沒有太多時間浪費，所以乾脆用別墅為酬金來請真正的大師。」

林清音不由得想起王校長請人看學校風水的事，當時去了好幾個人，有的對風水一知半解，有的則純粹是為了混那幾百塊錢的車費去的，林清音覺得張凱也不會只請自己一個人。

「你有沒有問那邊請了多少人解決這事？」

林清音的問題剛問出來，王胖子忍不住就吹捧。「小大師您看事就是透澈，雖然他聽說了小大師的名聲，但是他實在是浪費不起時間，所以一口氣請了十幾名大師。我聽說這次來的還有一個香港有名的風水大師，還上過電視那種。」

林清音聽到有這麼多人去臉上多了幾分興趣。「我們什麼時候去？」

「我們是最後一個接到通知的，我現在就得去接您，今晚在張凱安排的飯店入住，明天一早到別墅區看風水。」王胖子想到林清音的愛好，特意強調。「今晚入住的五星級飯店做的海鮮特別出名，不但味道好，重要的是非常的新鮮，都是他們自己的漁船當天出海打撈的。」

林清音半靠在沙發背上的身體瞬間就坐直了，眼睛亮得像星星似的。「那你快點來接我吧，別耽誤吃晚飯，我這就發定位給你。」

掛掉電話，林清音把外婆家的地址發過去，林清音收拾了下自己的東西，和媽媽說自己有事要去琴島一趟。

平時在家附近算卦就罷了，這次要到外市去鄭光燕和林旭都不太放心。在他們心裡，雖然女兒會一些算卦的本事，但畢竟是一個未成年的女孩，和同學出去玩他們都會擔心，更別提要去那麼遠的地方給人算卦了。

不過他們也知道現在林清音很有主見，這次她正好在家才順嘴和他們說，要是她在學校，連電話都不會往家裡打。

「什麼事這麼急非要年底去啊？」鄭光燕朝林旭使了個眼色，想讓他跟著勸勸。

林清音把大舅給自己買的巧克力、果凍、洋芋片之類的零食裝到書包裡，抬起頭正好看到她爸爸媽媽兩個人在擠眼睛，她忍不住笑了。「有個地產商請了好些人去看他風水，王胖子開車接我去，兩、三天就會回來了。」

王胖子暑假的時候就經常和姜維去林清音家，林旭夫妻倆和他已經很熟了，聽到他全程陪同倒是安心了一些，但依然會擔心同行見林清音年紀小會欺負她。

林清音無奈地捏了捏自己有些稚嫩的臉頰。誰讓這具身體這麼小呢？即使她有天大的本事，父母還是把她當小孩子看。雖然有人關心感覺很好，但她也不希望父母擔憂。

林清音知道自己不露些本事，這幾天爸媽兩人都不會安心，她往窗外看了一眼，院子裡的灶臺閒著，旁邊有一地的木頭。她拽著爸爸媽媽出來，從口袋裡拿出一張黃表紙。

林清音用手指在黃表紙上畫了個熾火符，然後用靈氣激活後將符紙丟到了空空的爐灶裡，幾乎一瞬間爐灶裡就冒出了旺盛的火焰。

這種基礎的法術，林清音隨手就能做出來，只是太過驚世駭俗，她怕嚇到爸媽，所以才拿黃表紙當載體，既能顯示自己的本事，又不會太嚇人。

林清音十分自得的抬起下巴。「這下你們放心了吧？」

林旭和鄭光燕兩人目瞪口呆的看著林清音，下意識點了點頭。

女兒好厲害，居然會放火！

王胖子走高速公路，又開得比較快，一個多小時就到了林清音的外婆家。王胖子從後車廂裡搬出來給鄭老太的禮物，提前給鄭家人拜了早年。

鄭老太接過王胖子遞來的禮物，有些不解的問林旭。「這是你朋友？人也太客氣了，怎麼帶這麼多禮物？」

王胖子笑呵呵地說道：「您不用客氣，我是小大師的助理，也是她沒掛名的徒弟，您就當我孝順您的。」

鄭老太聽得一愣一愣，都不知道該怎麼和王胖子客氣了。想了想乾脆指揮兒子搬了一箱蘋果、一箱栗子，還有兩箱櫻桃給王胖子放到車上，都是自家的果子挑最好的裝箱，就是準備給親戚朋友送禮用的。

王胖子對鄭老太的回禮也沒客氣，全都收下了。王胖子心大，在他心裡他就是林清音沒掛名的徒弟，都是自家人，所以也不用那麼客氣，也是這樣才能一直待在林清音身邊。

林旭和鄭光燕雖然知道女兒有自保能力，但林清音的過於單純還是讓他們不放心，私下拜託王胖子多替他們看著，若是覺得不安全就早點回來，大過年的別出什麼事。

王胖子連忙答應了，他替林清音拎著鼓鼓囊囊的書包，開車直奔琴島。

張凱在離自己別墅區比較近的豪華飯店包下一層樓三十多間房，預備給這些大師和他們的助理徒弟們住，既能讓這些大師們覺得受到重視，同時也保證了隱私和安全。

王胖子是最後接到邀請的，當時香港的風水大師都已經抵達琴島了。張凱在親自去機場接機的路上接到了一個朋友的電話，對方極力向他推薦齊城的小大師林清音，並把她說得神乎其神的。

張凱這段日子也查了一些關於風水的資料，覺得這一行簡直深不可測，絕對是知識和經驗積累出來的，所以他對朋友說的年紀不大的小大師有些不以為然。不過既然已經請了十幾位大師，也不在乎多請一個，反正他訂的一層樓有空餘的包廂，所以才給王胖子打了電話，邀請他和小大師到琴島來。

從齊城到琴島開車要四個多小時，王胖子和林清音到飯店門口時已經是晚上六點了，正好到了晚飯時間。

張凱知道這些有本事的人脾氣多多少少都有些古怪，再者來的這十幾個人也算是競爭對手，為了避免惹出不愉快的事，張凱包下飯店一個可以容納五、六十人的小餐廳，可以點餐可以吃自助吧，專門為這些大師服務。

來自香港的韓政峰輕輕晃著手裡的高腳酒杯，有些不屑的看著餐廳裡的同行，總覺得張凱這個人雖然酬金大方，但是為人太過小心了一點。他韓政峰可是香港某大學風水系畢業的，畢業以後一直鑽研風水命理這方面的內容，也給不少明星富豪擺過風水陣，在香港是很有名氣的風水大師。

他剛來的時候也詢問過張凱邀請的這些人的名字，有一個廣東那邊的叫張七鬥，他還算是聽過名字。不過韓政峰覺得比起自己來，張七鬥還是差遠了。除此之外，韓政峰一個都沒聽說過。

張凱明顯也最看重韓政峰，人是他親自去機場接回來的，回房間處理一些公事後，張凱又急匆匆的回到餐廳，坐在韓政峰的對面。

看到張凱的態度，韓政峰臉上露出了滿意的笑容，覺得那棟價值千萬的別墅已是自己的囊中之物了。

張凱有些歉意的笑了笑。

「怠慢韓大師了，剛才在房間開了個會，下來的晚了一些。」

「無妨。」韓政峰喝了口紅酒說道：「我下午在房間裡看了你給我的那些資料，光就別墅本身來說沒有風水大忌，想來張總在開發的時候也是找人看過的。至於哪裡出了問題，還得明天去看了現場才知道，畢竟山的走勢、水的流動都會發生風水的改變，這些從照片裡是看不出來的。」

張凱聽完這番話覺得心裡安穩許多，連忙端起酒杯來和韓政峰碰了一下。「聽到韓大師的話我放心多了，明天就煩勞您多費心了。其實我開發這別墅區的時候也找人看過風水，畢竟我面向的客戶群比較重視風水，可沒想到……」張凱無奈的搖了搖頭。「居然給我捅了這麼大的婁子。」

韓政峰嘴角露出一絲不屑的笑容。「不是我說，現在風水周易乃至玄學這方面，內地比香港差太遠了，你們這裡騙子比大師還多。」

張凱雖然聽這話覺得有些難聽，但是心裡還是認同的，畢竟他開發這個別墅區請來的大師是琴島很有名氣的，還說特地給別墅區設了財源滾滾的風水陣。結果財沒看到，靈異事件倒不少，面對這個意外那個大師直接傻了眼，一點辦法都想不出來。

現在別墅區二期的預售證都下來了，可是他都不敢開賣，怕到時候迎來打臉的局面，成為業界裡的笑柄。可是錢無法回收，他的資金就跟不上，之後很可能因此崩盤。

想到這，張凱強忍著才沒有罵當初給自己看風水的那個人，雖然那人把自己付的兩百萬勞務費退回來了，但是給他造成的損失可不是兩百萬就能抹平的。

張凱不由得點了點頭。「韓大師說得是，所以這次我才千里迢迢將您請來，我們別墅區的風水就靠您來拯救了。」

「你放心，我會全力以赴的。」韓政峰舉起了酒杯朝張凱示意，十分自信地笑道：「畢竟，以後那裡還有我一套別墅呢！」

這句話雖然說得不客氣，但是卻讓張凱放心多了，他連忙端起酒杯和韓政峰碰了一下說道：「這次我們的酬勞是一期位置最佳的一棟別墅，請了我們琴島最好的設計公司裝修成了樣品屋。不瞞您說，一期開盤的時候每個來看樣品屋的都相中那套別墅，一個個都找關係想跟我買，我原本是想自己留著，所以一直沒捨得賣。」

張凱說著長嘆了一口氣。「我這次真的是下了血本啊！」

第五十一章

韓政峰笑著喝了口酒，這時小餐廳的大門被服務生推開，一個胖乎乎的男人帶著一個十六、七歲的漂亮女孩走了進來，旁邊還跟著一個張凱手下的工作人員。

韓政峰掃了女孩的側臉和身材，再看看坐在旁邊的助理，有些不忿的撇了下嘴，嘲諷道：「你們內地的大師本事不怎麼樣，倒是挺會享受的，居然好意思收這麼小的女孩當助理。」

張凱在邀請林清音之前聽朋友提過這位小大師的情況，但是沒想到這位小大師比自己想像中還年輕。

想到剛才韓政峰還說內地大師的能力不行，這會兒就冒出來個未成年也敢叫大師的，頓時覺得自己的邀請有點太過草率了。要是讓同行知道，只怕會覺得他真的走投無路才會什麼人都請來，到時候肯定會笑掉大牙。

不過張凱到底在生意場上混了幾十年，心裡雖然懊惱，但是人都來了也不能再攆出去，只能硬著頭皮跟韓政峰解釋。「那位年輕的女孩是大師，旁邊那位是她的助理。」

韓政峰切牛排的手頓了下，忍不住回頭看了一眼，正好和林清音四目相對。林清音眼神清澈，渾身上下都帶著一股難以言喻的靈氣，讓韓政峰不由得怔了一下，就連剛才那種勢在必得的氣勢都洩掉一絲。

不過林清音只看韓政峰一眼就轉過身，從自助區下面取了一個餐盤直奔海鮮區去了。在她轉身的時候韓政峰正好瞧見了她未拉緊的書包裡露出來的一點洋芋片的包裝，他頓時鬆了一口氣，覺得自己太過杯弓蛇影。

他承認林清音是一塊上好的璞玉，光看那靈氣就知道她有這方面的天分。只可惜璞玉還需打磨才能成器，而他已經是成名已久的大師，這個小女孩對上自己，必敗無疑。

韓政峰又恢復了自信的微笑，端起酒杯喝一口紅酒。「這孩子挺不錯的，等這事了了，我可以考慮收她為徒。」

張凱有些不知道怎麼接話，畢竟林清音雖然年紀小，但是已經自己出來工作了，口碑也不錯，人家未必願意當徒弟。倒是韓政峰的助理頗為怨念的看了林清音一眼，也不知道這個乳臭未乾的女孩怎麼就入了韓政峰的眼，自己都當了五年的助理了還沒成為他的徒弟呢，倒讓這個小丫頭搶了先。

不管請來的大師本事如何，但只要是人來了禮數就得盡到。張凱和韓政峰告了罪，端著酒杯過來和林清音、王胖子打招呼。

林清音這輩子沒有應酬的經驗，不過她上輩子當神算門掌門人的時候卻有一些心得。前世的時候她雖然把門派交給徒弟打理，但是門派遇上大活動，她還是得出來裝裝門面的，因此擺起架子相當有一回事。

王胖子作為助理十分盡職的給張凱介紹林清音，他進來的時候也看出了張凱對林清音的態度不是很熱絡，因此特意強調道：「很多人找我們小大師算卦看風水的時候都覺得她年紀小，懷疑她的本事，可事後沒有一個人對我們小大師不服氣的。在齊城，小大師就是我們風水界的口碑。」

張凱聽到「齊城」兩個字很不以為然，他們琴島的風水先生都這麼差勁，比琴島差那麼多的齊城能好哪兒去？

張凱看著王胖子自信滿滿的樣子，不由得在心裡搖了搖頭，覺得這些人或許有些能耐，可是不知道人外有人天外有天，真到了高手雲集的時候就知道自己只不過是井底之蛙了。

張凱雖然心裡想法不少，可是臉上一直帶著客氣有禮的笑容。

王胖子看不透張凱心裡想的是什麼，可是他心裡的念頭卻瞞不過林清音。

看了張凱一眼，林清音朝韓政峰的方向努了下嘴。「那也是你請來的大師？」

「是的。」提起韓政峰，張凱的笑容熱情了不少。「那位是韓政峰韓大師，是我特地從香港請來的，他有幾個風水布局在香港非常有名。」

「既然是你請來的大師，你不妨提醒他一句……」林清音十分認真地說道：「他明天有落水的危險。」

張凱聽到林清音說的話，表情頓時一言難盡，他雖然知道同行是冤家，但是一上來就開戰不太好吧？

王胖子見張凱的神情有些異樣，也回頭看了韓政峰一眼，用林清音跟他講過的遇水害的面相去對應，還真看出點端倪來，頓時驚喜地說道：「還真是啊，不過雖然危險，但生機很大，沒有性命之憂。小大師您看我說得對不對？」

林清音讚許的點點頭。「你眼力倒是比以前強些了。」

王胖子聽了美滋滋的，連旁邊的張凱都忘了。張凱有些無語的看著這兩個人，拿著酒杯敬了一下，說了句慢慢吃，便回到了自己的位置上。

韓政峰注意到了林清音和王胖子看向自己的目光，所以等張凱一回來他就問道：「那兩個人在說我什麼？」

張凱心裡有些尷尬，雖然他覺得林清音的話有些不禮貌，但那也是自己請來的人，自然必須為他們打圓場。「他們向我打聽您來著，我說是從香港來的韓大師，他們對您很敬仰。」

韓政峰雖然沒感到那兩人的目光裡有敬仰的態度，但是對這恭維還是很受用的，十分自得的笑了笑。

韓政峰雖然只會風水不會算卦，但是他看人很有一套，覺得林清音絕對是有天賦的人，若是精心培養，假以時日名聲未必不會超過自己。

韓政峰這個人雖然很自傲也很看不起別人，那是因為他覺得在場的人沒有一個能比得過他，同時也覺得內地的風水傳承比香港差太多。不過對這方面的知識，他倒是沒有敝帚自珍的想法，畢竟培養出好的徒弟也能塑造自己的聲望，而且按照規矩，等徒弟出師以後每筆生意賺的錢都得孝敬師父一部分。

雖有收林清音為徒的心思，但是韓政峰又不想太主動免得降低自己的身價，便想著等林清音吃完飯一起回房間的時候，給林清音一個主動找自己搭話的機會。於是他喝了一杯又一杯的紅酒，看著林清音吃了一盤又一盤的海鮮，最後韓政峰的肚子都喝飽了，卻發現林清音居然又叫了一份炭烤小羊排！

眼看著手錶的指針已經到了十點，韓政峰果斷的站起來，放棄收林清音為徒的念頭。這林清音雖然看來挺靈氣的，但是太過享受口腹之欲，這樣的人不容易專心。

況且這小姑娘也太會吃了，收她當徒弟容易賠本！香港吃飯很貴的好嗎？

林清音晚飯時一直專心致志在美食上，連一個眼神都沒給韓政峰，根本就不知道他的想法。不過就算知道了林清音也不會搭理他，就韓政峰那點風水知識，還不如當年神算門剛入門的外門弟子懂得多呢，在她眼裡韓政峰連教王胖子的資格都沒有，更別說教她了。

吃完晚飯，林清音回到飯店三十層的房間。泡了一個熱水澡，林清音吹乾頭髮後沒有去睡覺，而是推開了海景陽臺的門。這裡離大海很近，空氣裡的靈氣也比別處活躍，林清音不願意浪費這樣的機會，直接把自己帶來的玉石掏出來布了個聚靈陣，盤膝而坐開始修煉。

修煉的時間總是過得很快，尤其在這靈氣比平時要濃郁的情況下，林清音加快了吸收靈氣的速度，天剛剛破曉的時候，陣法用的玉石全都碎成了粉末，而林清音也輕輕鬆鬆突破一個小瓶頸。

雖然一夜沒睡，但是林清音因為修煉的緣故看起來神清氣爽，比睡了一個好覺還舒坦。

張凱約好是九點在大堂門口集合，王胖子八點準時敲響了林清音的房間門，叫她下樓吃飯。林清音剛從房間出來就碰到從走廊裡出來的韓政峰，韓政峰看著林清音白裡透著紅潤的肌膚心裡不由得犯嘀咕，總覺得林清音比昨天瞧著好像更有靈氣了。

王胖子見韓政峰眼睛直勾勾的盯著林清音，連忙擠到兩個人中間，用自己略顯壯碩的身軀擋住韓政峰的視線。韓政峰這才意識到自己的視線不太禮貌，輕輕的咳嗽兩聲後又恢復高高在上的姿態。

林清音莫名其妙的看了一眼韓政峰，覺得這個香港來的風水大師內心戲有點太多，看起來神經兮兮的。

張凱開發的別墅區叫碧海世家，無論從選址到設計都花了大心思。因為琴島的海岸大多數都已經開發使用，張凱費了很多心力才找到這樣一片海景純淨且交通也便利的地方。

從車上下來，很多大師看到眼前的別墅都露出驚豔的神色，無論是景觀設計還是別墅本身都讓人有眼睛一亮的感覺。而林清音卻微微皺起了眉頭，她看看別墅區的正門，又轉身朝一望無際的大海看去。

大海是美麗卻又是無情的，千百年的時光它不知道吞噬了多少條生命，裡面又埋葬了多少白骨。當人葬身大海的那一瞬間，絕望和不甘會跟海水一起將人淹沒，只剩下活下去的執念。

因為海洋面積廣闊的緣故，通常這些陰氣、晦氣以及殘留的絕望和執念會飄蕩在海中，不會對人產生太大的影響。可這個別墅也不知道怎麼設計的，大門口就像是一個巨大的吸塵器，將附近海域這些污穢的氣息和葬身海底之人的執念全都吸進了住宅區裡，住在這裡的人不出事才怪。

王胖子看著林清音的神色有些凝重，連忙壓低聲音問道：「小大師，您看出問題來了嗎？」

林清音點了點頭。「這應該是我看過最差的風水了，要是這個別墅區的風水不改，住在這別墅裡的人誰都活不成。」

王胖子聽了駭了一跳，他看著眼前的漂亮別墅，怎麼也想不到這裡居然是一個恐怖的死亡之地。

在別墅的大門口不過站了還不到一分鐘，就有人忍不住朝別墅區裡走去。張凱對那些人並不太留意，只注意韓政峰的神情。

韓政峰揹著手看了眼別墅大門和周圍的環境，但是顯然沒有發現什麼異常的情況，直接進入別墅大門，張凱見狀連忙跟了過去。

林清音皺著眉頭看著一股股像龍捲風的黑氣源源不斷的朝別墅大門裡湧去，從書包裡拿出一塊石頭，飛快的在上面雕刻出隔絕陣法遞給王胖子。「這塊石頭一定要一直捏在手裡，任何時候都不要丟掉。」

王胖子見林清音說得這麼嚴肅，連忙接過石頭，甚至還把拿石頭的手放進了羽絨外套口袋裡，生怕自己捏不緊掉了。

眼看著所有人都進去了，林清音和王胖子才走進別墅大門，站在門口執勤的門衛朝他們行了一禮，打開步行通道。

因為是海景別墅，所以別墅都是沿著海岸線而建，住宅區南北範圍不算大，但是東西兩側的距離特別長。林清音和王胖子進去後根本沒怎麼費力找，就在住宅區中央花園的噴泉旁邊找到了張凱一行人。

「我們這裡出的第一件事就在這個噴泉裡。碧海世家是自己的物業公司管理，要求比較嚴格，每天晚上都必須定時進行巡邏。那天晚上十一點多，六個保全組成了巡邏小隊，可是剛走到這裡的時候一個叫王波的保全鞋帶忽然鬆了，等他蹲下繫好鞋帶其他的保全已經去了東區。當時在監視器室裡的保全隊長看到王波身邊噴泉池似乎發生了故障，一股噴水出現問題，像是被什麼東西卡住了出水口。

「不過這也不算什麼大事，我們物業有專門的維修人員，保全隊長也打算第二天一早叫維修隊來檢查。可是突然間王波就像是鬼迷了心竅似的，直愣愣的站在噴泉旁邊，然後一下就掉進了噴泉池裡，身體一斜就栽了進去。」張凱提起那天的事依然有些害怕。「幸好保全隊長一直盯著監視器，他在王波發愣的時候就發現了情況不對，趕緊透過對講機把巡邏小隊叫了回來，又緊急從保全室派了五、六個人去，兩隊人一起朝噴泉池跑，把王波拉出來後，又輪流做急救，才救回他一條命。」

王胖子聞言低頭看了看噴泉池，池水不到半公尺，裡面的下水口和噴泉眼都做了防護處理，不可能出現倒下去起不來的情況，王波在這裡面險些淹死就顯得有些蹊蹺。

韓政峰圍著噴泉池轉了一圈，看起來也有些不解。「那個王波醒來說了什麼？」

張凱重重的嘆了口氣。「王波說他綁好鞋帶以後忽然覺得非常睏，眼睛也有點睜不開，然後他的腦子有些糊塗，想著自己要上床睡覺，緊接著他發現自己就在宿舍裡，他的床鋪就在幾步之外的地方。」

大家一聽到這就明白了，王波不知道被什麼東西迷了心智，要不是保全隊長一直盡職的盯著監視器，王波這條命真的撿不回來。

林清音對這個噴泉有人出事並不意外，她的眼睛看到黑色的陰晦氣從大門口呼嘯而來，撞到噴泉之上後分成了兩股，各別朝東西兩個不同的方向湧去。但因為噴泉是一個揚帆起航的造型，有船帆的方向擋多了一些，陰氣相較於另一邊來說就少一些。

這些黑色的氣體就是造成住宅區不平靜的罪魁禍首，自然沾染多的地方容易出事。

林清音扭頭朝西邊第一家別墅，這棟別墅離噴泉池最近，被撞飛的陰晦之氣基本上是從這棟房子裡穿過去的。

就在十幾個大師拿著羅盤圍著噴泉轉圈時，林清音忽然指著那家的別墅問道：「第二起靈異事件是出在這家吧？」

張凱看著林清音手指的方向頓時驚住了，隨即狂喜襲來。「對對對，就是這家，林大師，您找到原因了？」

林清音還未說話，就見一個捋著山羊鬍的老頭走了出來，一副不屑一顧的樣子。「這個噴泉的船角正對著那棟別墅，形成了沖煞，所以那家首當其衝出事一點都不奇怪。我們現在要做的不是找出事的順序，這個沒什麼意義，張總知道的可比妳清楚多了，找出風水出問題的地方才是關鍵。」

山羊鬍說著露出一副嫌棄的表情，朝林清音哼了一聲。「乳臭未乾的就是沈不住氣，總想著搶風頭。」說著他伸手朝王胖子指了一下，頤指氣使地說道：「管好你的徒弟，別在這裡瞎打岔。」

王胖子被山羊鬍氣笑了，毫不客氣的反駁。「這是張總請來的林大師，我說山羊鬍，你不會是自己什麼都看不出來，所以才害怕別人比你出彩吧？」

山羊鬍氣得鬍子一翹一翹的，看起來有些氣急敗壞，樣子滑稽，林清音忍不住笑了起來。張凱自然不想在這個時候意外生事，連忙當老好人兩邊都勸了勸，山羊鬍這才藉機下了臺階。

韓政峰拿著羅盤圍著噴泉池轉了一圈，又舉著羅盤走到西邊第一棟別墅前，覺得這裡並不是像山羊鬍說的沖煞位置，可張凱的確又證實這裡是緊接著出事的地點。

「這家人出了什麼事？」

張凱忍不住伸手揉了揉太陽穴，有些心力交瘁地說道：「也是半夜出的事。這家的兒子十五、六歲，住在別墅的三層主臥的房間。有一天晚上他睡到半夜的時候突然從窗戶跳了出來，正好跳進泳池裡。」

想到那晚血腥的一幕，張凱有些頭疼說道：「三樓是觀海景最好的位置，所以我們做的是落地窗，但能打開的窗戶也設有防墜落功能，不能開得太大。可事後檢查，那扇窗戶居然是被硬生生的拆了下來，所以他才能從樓上跳下來。」

韓政峰聞言忍不住問道：「那個小夥子跳樓的緣由是什麼？」

「不知道。」張凱搖了搖頭。「他跳進泳池正好額頭撞到泳池邊上的位置，流的血都把游泳池染紅了，現在還躺在醫院昏迷不醒呢。」

也不用旁人問，張凱用手指著旁邊一家說道：「沒過兩天，這家也出事了，他家的老太太在浴缸裡淹死了。」

聽到這一句，所有人心裡一凜，第一個出事的保全撿回了一條命，第二個跳樓的小夥子昏迷不醒，到第三個居然就出人命了。

一個四、五十歲卻已是滿頭白髮的風水大師張七鬥聞言連忙問道：「警察有沒有查出是因為什麼在浴缸裡溺死的？」

張凱臉色難看地說道：「說是泡澡的時候睡著了，但是人抬出來的當下面容和肢體都是扭曲的，大家都說不像睡著那種平和的狀態。

「就是從這件事起，住宅區的業主才懷疑這裡風水有問題，保全出事是在晚上，我們沒有驚擾到業主，事後也隱瞞了下來。第一家跳樓的事單獨來看雖然有些嚇人但也算是正常，青少年正值叛逆期，誰也不知道有什麼想不開的事，就連他父母都沒往別的地方想。可這沒過兩天隔壁的老太太居然洗澡淹死了，這兩件事連在一起就讓大家起了疑心。緊接著就出了第三件事……」

張凱指著東邊的第一家別墅說道：「那家人晚上睡覺的時候總是聽到嗚咽的哭聲，說是遠遠的很飄渺，卻又一直在耳邊回響不斷。一開始這家人聽到之後誰也不敢出聲，可沒兩天男主人忍不住打開燈出來查看究竟，他發現從門口到客廳再到樓梯有一串濕漉漉的腳印。那家業主想起鄰居的靈異事件沒敢親自上樓，而是按了緊急呼叫把保全隊叫來了。

「保全隊隊長接到電話後親自帶了兩個保全上去查看，卻發現腳印一直到頂樓的落地窗前就消失了。我們保全隊長當過好多年的兵，不但身手好，直覺也很敏感。當他正在檢查窗戶時，忽然感覺後面似乎有人想要推他的後腦杓，他下意識扭身一躲，可回過頭卻發現另外兩個保全在檢查別的地方，他身後根本就沒人，就在這時他感覺一股帶著海腥味的風自他臉旁呼嘯而過從窗戶衝了出去，當時他臉皮都覺得疼了，可是……」

張凱苦笑了一聲說道：「當時所有的窗戶都緊閉著，屋子裡根本就不可能有風。接連發生了這幾件事，我們的業主有的搬回市區住了，說我們這個住宅區有錢買沒命住，還有的直接鬧著要退房。」

林清音環視一眼整個別墅區，有人氣的房子寥寥無幾，大多數都被陰氣籠罩。正在這時，保全隊長帶著六名保全列隊而過，林清音注意到他們每個人身上的陽氣都很旺盛，再加上他們都是成組出行，那陰煞之氣居然避開了他們身體。

朝保全隊長點了點頭，張凱說道：「出了事以後很多保全都辭職了，我們所屬的物業公司便花高薪請了一批退伍兵過來。為了保證安全，他們每次巡邏至少六人一組，不管任何事都不許單獨行動。」

林清音點了點頭，看得出張凱在這方面把能做的努力都做了，剩下的事他只能靠這些大師了。

各個大師都拿著各自的法器圍著住宅區轉圈，林清音已經對情況十分清楚了，於是她只到幾個關鍵的地方看了一圈，證實了心裡的猜測。

別墅區一期並不算大，從東到西加起來也只有十八棟別墅而已，張凱作為酬勞的別墅是最東邊的那座。因為可以看到海上日出的場景，所以是這個別墅區的樓王。

冬天的海風太過凜冽，張凱先帶了工作人員去那棟別墅裡休息，等其他大師看完了風水後一起到那裡會合。

第五十二章

所有人都拿著法器忙得團團轉，只有林清音兩手合握著一個龜殼散步似的在住宅區裡轉圈，山羊鬍見了忍不住朝她冷哼，嘀咕著裝模作樣。

林清音連個眼神都沒給山羊鬍，而是徑直朝中心花園後面走去。當初這個別墅區在建的時候為了貼合大海的主題，特意建了個縮小版燈塔，但也有四、五層樓那麼高了。

林清音讓保全拿鑰匙開了門，帶著王胖子走到了塔頂遙望外面的大海。因為是冬天的緣故，海水的顏色看起來藍得有些發黑，可除了波濤洶湧的海面以外，也看不到別的東西。

林清音在腦海中迅速的計算了一遍方位，這才將神識放出去。林清音這具身體的修為雖然不高，但是和魂魄相連的神識卻依然是上輩子飛升時的狀態，只需一掃就能望出去幾千海里。

只是以她現在身體的狀態動用神識太過消耗靈氣，不過兩、三秒鐘林清音身體裡的靈氣就蕩然一空。她臉色蒼白的跌坐在地上，趕緊拿出一塊玉石盤腿打坐，用最快的速度將靈氣補上。

王胖子在林清音的指點下已經開始打坐，雖然還沒有引氣入體但也了解一些修煉的基本常識，知道林清音這是體內靈氣耗光了，趕緊替她在樓梯上守著，免得有人上來打擾到林清音。

恢復了靈氣後，林清音和王胖子回到別墅，發現已經有七、八個人回來了，他們有的凝神思考，有的在和身邊的人小聲的嘀咕什麼，不過從他們氣勢不足的樣子就能看出來，他們沒有一個發現問題的。

張凱雖然不懂風水，但是看人的眼光卻很精，因此這些人回來以後他只讓人上熱茶、熱毛巾，並沒有詢問情況，而看到林清音和王胖子後，張凱忍不住站了起來，頗為緊張地問：「林大師，怎麼樣？」

他覺得剛才只有林清音指出問題，認為她還是有能力的。

林清音剛要說話，就聽到門口有人搶話。「之前的風水大師布了招財陣吧？」

張凱見是山羊鬍回來了，趕緊讓人搬了把椅子，這才說道：「我們做生意的都講究一個財源滾滾，住在這裡的業主自然也是這個想法，因此我們在設計的時候做了一個財源廣進的陣法，那個噴泉就是陣眼。」

「對對對，我看出來了。」山羊鬍一屁股坐在張凱旁邊，頗為急切地說道：「其實陣法沒問題，關鍵是這陣眼不好，怎麼能選一個帆船的形狀呢？帆船隨風逐流漂泊不定，這麼不穩定的東西怎麼能做陣眼？把財運都給飄沒了，只剩下厄運，能不出事嗎？」

張凱聽得一愣一愣的，細想好像也是有點道理。當初選這個陣眼的時候只考慮帆船是琴島的特色之一，卻忘了帆船不太穩定這個特點了。

山羊鬍見張凱露出深思的表情臉上不禁露出笑容，捋著鬍鬚繼續說道：「依我說，直接叫人把帆船拆了，打一個金山樣式的陣眼，雖然俗氣了些，但是最穩固不過了。」

林清音聞言忍不住噗哧一笑，山羊鬍心裡發虛，便直接朝林清音吼。「小丫頭片子笑什麼，好像妳懂似的？」

「正好比你多懂一點。」林清音白了他一眼說道：「這裡的事和陣眼沒關係，你別說打一座假金山，你就算搬來一座真的金山也沒用。」

正在這時花白頭髮的張七鬥回來了，他進門後頗為讚賞的看了林清音一眼。「林大師年紀不大，眼力倒是很毒，比那些徒有虛名的人強多了。」

山羊鬍被臊得臉上紅一陣白一陣的，他跟林清音還能耍耍橫，但是在張七鬥面前他連個屁都不敢放。看著漂亮的別墅和屋裡豪華的擺設，山羊鬍心疼得老臉都皺起來了，有些不甘心這麼好的房子成了別人的囊中之物。

張凱連忙把張七鬥請了過來，十分尊敬地問道：「張大師，我們住宅區到底是出了什麼問題？」

「你們雖然是布了招財陣，但是我測了方位又掐算了一遍這才發現你們的招財陣不知道為何變成了聚煞陣，所以才災禍不斷。」

張凱聞言激動的站了起來。「是不是把招財陣撤掉就能恢復正常了？」

張七鬥搖了搖頭。「我剛才試著想改變陣法，但是沒什麼用，這裡的風水已經和陣法沒關係了，這個地方已經成了聚煞之地。我雖然看出這些東西，但學問還是不到家，破解不了這個地方的風水。」

張凱有些失望的退了兩步跌坐在沙發上，忽然他想起一直沒有回來的韓政峰，瞬間又打起精神來。「韓大師怎麼沒回來？」

張七鬥拿著熱毛巾擦了擦臉，隨口說道：「我剛才看到他朝外面走去了。」

正在喝熱茶的林清音忽然心有所感應，轉頭看向張凱。「韓大師有水災之難的事你昨天告訴他了嗎？」

張凱聞言有些慌了。「那不是您為了下他面子才這麼說的嗎？」

林清音無語地看著張凱。「你覺得我有這麼閒嗎？」

張凱這時已經信了林清音的本事，猛然站起來衝到門口按響緊急呼叫鈴。「快去海邊，韓大師落水了，趕緊去把他撈出來！」

波濤洶湧的海面上，韓政峰奮力的朝離自己身體不遠的小船划動，可是海面下就像是有一隻隻無形的手，扯著他的腿拚命往下拽。這一刻，韓政峰心裡十分後悔，明知道這片大海看來詭異，但為了探明原因還是划小船出海了。

其實他也沒打算划太遠，只想划十幾公尺，再用羅盤測一下海裡的情況，沒想到羅盤還沒拿出來船就突然翻了，緊接著兩條腿就像是被什麼東西束縛住了一樣，讓他怎麼划都划不動。

韓政峰本來就不太適應北方冬天的氣溫，這下一掉落海裡才掙扎了三、四分鐘就感覺身上的體力在快速的流走，渾身上下已經凍得開始僵硬了，可是他離小船的距離還有三、四公尺遠。

就在韓政峰覺得有些絕望的時候，他忽然聽到岸上傳來的嘈雜聲，有說話聲也有發動機馬達聲。不到一分鐘，保全隊長駕著快艇過來，幾個人七手八腳的把他拉了上來，蓋上了厚厚的軍大衣。

韓政峰被送回別墅，張凱趕緊端過來一杯熱薑茶讓他喝下去，又帶他去放好熱水的浴室泡澡。半個小時後，韓政峰穿上張凱派人買回來的厚衣服，像一頭熊似的坐在客廳裡，手裡端著一杯熱茶，可還是冷得直哆嗦。

張凱看到韓大師這副模樣十分後悔地說道：「這事都怪我，昨天林大師提醒我說您今天有落水的風險，可是我沒當回事，要不然您也不會掉落海裡。」

韓政峰有些詫異的看了旁邊低頭刻石頭的林清音一眼。「妳還會看相？」
林清音抬起頭反問。「難道你不會？」
韓政峰有些尷尬地低頭喝了薑茶，沒好意思回答這個問題。他在學校是主攻風水，對命理也有所研究，但是看相這方面他還真的不懂。
林清音把手裡刻好陣法的石頭遞給了韓政峰，韓政峰有些莫名的接過來，可是一入手之後就發現有一股暖流從拿著石頭的手掌鑽進體內飛速的在體內遊走，把那股讓他瑟瑟發抖的寒冷逼出體外。
韓政峰還沒來得及細想，一個大大的噴嚏來襲，等他拿紙巾擦了擦鼻子以後才驚愕的發現，手裡的石頭居然碎了，而他也沒有之前的寒冷，反而覺得自己穿太多有點熱。
韓政峰小心翼翼的把軍大衣脫下來，果然覺得神清氣爽溫度正好合適，他這才明白林清音是真有本事的人，甚至比自己強多了。
想起自己之前還有收林清音當徒弟的想法，韓政峰不由得有些尷尬。
還好他沒開口，否則真丟人。
張凱見韓政峰好像沒什麼大礙後也鬆了一口氣，趕緊又提起這個別墅區的問題。
韓政峰把薑茶放到一邊，皺著眉頭說道：「其實我們這個別墅區的風水和招財陣法從表面上來看都沒有問題，但是住宅區裡卻磁場混亂，煞氣濃郁。我一路用羅盤測量，發現大門口的位置煞氣最重。我懷疑煞氣是從海上來的，可是在海邊的時候我卻沒有發現太多的煞氣。當時岸邊正好停靠著一艘小船，我就想著划船出去遠一些再測一下，沒想到划沒兩分鐘船就翻了。」

張凱見韓政峰和張七鬥的說法差不多，但比張七鬥說的更加明瞭，心裡不由得燃起了希望。「那韓大師想好怎麼改風水了嗎？」

韓政峰臉上露出了為難的表情。「從風水學來說，這附近的風水真是不差，陣法看來也沒有問題。我倒是可以試著改一下這裡的風水，但是我現在不敢保證會有效果，這裡面的磁場太亂了，一般的風水陣法可能都起不了什麼作用。」

看著張凱失望的神色，韓政峰忽然想起了林清音剛才給自己的那塊石頭上面刻的也是陣法，轉頭問林清音。「林大師，您怎麼看？」

聽到韓政峰突然對林清音這麼客氣，陸陸續續全都回來的十幾位大師都露出了詫異的表情，尤其是一直打壓林清音誇耀自己的山羊鬍臉色十分難看。

張凱這時想起林清音當初回來的時候就有話想說，但是被山羊鬍打斷之後又恰好碰上張七鬥回來了，自己就把她忘到了腦後。

原本在別墅區裡林清音準確的指出發生意外的順序讓張凱對她挺信任的，可因為林清音年齡的關係，張凱老是不自覺的忽略她，更關注韓政峰和張七鬥兩人對住宅區風水的看法。

現在韓政峰和張七鬥兩人雖然看出了些許眉目，但是對風水的改變有些束手無策，剩下的這些人裡，張凱覺得林清音應該是最可靠的了。

張凱見韓政峰詢問林清音，跟著也問：「林大師，您有什麼好辦法？」

林清音手裡的瓜子一擰皮就掉了下來，將瓜子皮丟進垃圾桶裡，林清音神色淡淡地說道：「這裡設的陣法不是招財局。」

此話一出口，張凱緊張地站了起來。「林大師，那是什麼陣法？」

「引煞絕殺陣！」

林清音說完這句話後大部分的人都一臉茫然，就連韓政峰都皺起了眉頭。「聽名字能理解這個陣法的意思，但是我看那陣法明明是招財陣啊。」

「引煞絕殺陣和招財陣很像，但顧名思義招財陣招的是財氣，而另一個引進來的則是煞氣。」林清音轉頭問張凱。「有平面圖嗎？」

「有有有！」張凱連忙說道：「不僅有平面圖，售樓處還有當初的模型。」

林清音點了點頭。「那我們就到售樓處去。」

售樓處位於住宅區的大門一側，裡面一些售樓處的人員一個個都坐在沙發上看手機，見張凱過來連忙站了起來。

住宅區的風水問題解決不了的話別墅也賣不出去，張凱乾脆通知工作人員給售樓處放三天假，將售樓處空了出來。

韓政峰站在沙盤一側又看了一遍風水，有些疑惑的摸了下頭髮。「沒錯啊，別墅區大門是開財路，園區主路通財路，到噴泉的位置財源滾滾，這是最簡單的招財陣法，在場的人應該都看出來了吧？」

此話一說，不管看出來的看不出來的全都點頭附和。不過張七鬥沒有吭聲，他雖然也覺得這是招財陣，但是別墅區裡布滿了煞氣卻是不爭的事實，也許真還有什麼沒發現的地方。

林清音姿態悠閒的靠在沙盤邊上，手裡撫摸著自己的金色龜殼，不疾不徐地說道：「我一下車就發現這個住宅區的大門就像一張血盆大口，正在源源不斷地吸入海上千百年來積攢的陰氣、晦氣、亡靈的不甘和絕望的氣息，噴泉在主路的正中間，正好和污穢的氣息迎頭碰上，所以這裡便是第一個出事的地方。然後晦氣一分為二，東邊由於船帆的遮擋，所以比西邊的晦氣略微少一些，所以是西邊第一戶人家先出事……」

林清音說得頭頭是道，所有人這才恍然大悟，怪不得當時林清音那麼準確的說出了出事的順序，因為人家早都看明白了。

山羊鬍見張凱敬佩的看著林清音，心裡不由得有些厭煩，他雖然知道自己半吊子本事贏這套別墅挺難的，但是看著一個半大的丫頭居然也比自己強這實在讓他覺得沒面子，所以總是忍不住想諷刺她兩句。

「我算卦看風水也有二十來年了，還是第一回聽說有人能看到陰煞之氣呢。」山羊鬍捋了捋鬍鬚嗤笑道：「林清音，妳年齡不大，本事一般，戲倒是不少。」

林清音看了山羊鬍一眼，不屑地撇了下嘴。「我的本事起碼比心術不正、殘害師弟，最後被逐出師門的人要強些。」

山羊鬍的臉登時就綠了。他怎麼也想不到林清音居然能把他的過往說得明明白白的，難道有人真能算得這麼清楚？

山羊鬍當初拜師的時候，師父偏心天分高的小師弟，對他總是有一百二十個不滿。山羊鬍個性歹毒、嫉妒心又強，便偷偷把老鼠藥拌入師弟的飯裡。幸好那天他師弟心裡發慌，沒吃幾口，等中毒癥狀出現後又及時送到醫院，才沒出大事，但山羊鬍卻因此被趕出去。

山羊鬍看著林清音不禁露出怨毒的神色，他這輩子最恨的就是天分高的人，這讓他覺得上天特別不公平。

這一上午兩個多小時張凱也看明白了，除了林清音、韓政峰和張七鬥三人外，其餘那十來位大師純粹是來混的。

既然他們沒什麼本事，張凱也不想多留他們，一招手把助理叫了過來，低聲讓他出去備車，這才笑呵呵地朗聲說道：「眼看著就到中午了，我先讓工作人員送大家回飯店用餐，下午好好休息一下。不過還請林清音大師、韓政峰大師和張七鬥大師暫時留步，我有些小問題想諮詢你們。」

張凱的話說得很委婉卻又很明白，其他人都識趣的跟著工作人員離開。山羊鬍雖然覺得沒面子，但是對林清音這種有真本事的人還是有些忌憚，遲疑了片刻後冷哼一聲，終於走了。

售樓處安靜了下來，張凱有些歉意地和林清音說道：「這次我是太著急了，所以請人的時候沒有打聽清楚人品，讓林大師受委屈了。」

「無妨。」林清音淡淡地笑道：「我這個人從來不會讓自己受委屈。」

張凱有些沒聽明白林清音話裡的意思，但林清音已經開始繼續說陣法的事了。「引煞陣和招財陣最大的區別就是陣眼的位置有大凶之物。」林清音說著，伸手在沙盤噴泉的位置一點。「那下面有個三歲小孩的墳，小孩是橫死的，沒有棺木，大凶。」

張凱聞言倒退了兩步，臉色蒼白如紙，捂著胸口直搖頭。「不會吧！我當時買這塊地的時候沒發現有墳包啊？」

林清音看了他一眼，用手指敲了敲沙盤的邊緣。「地下三米二的位置，你可以叫人拆了噴泉挖挖看。」

韓政峰聞言實在想當場去挖噴泉證實一下，住宅區裡的磁場過於紊亂，他拿著羅盤什麼也測不出來，也不知道林清音怎麼看出下面有屍體的，還說得那麼精確。

林清音繼續說道：「另外，這片海域在七海里之外有座小島吧？小島像是一張被拉開的大弓，和住宅區的陣法合為一體共同形成了引煞絕殺陣。」

張凱無力地跌坐在沙發上。

小島像弓、煞氣是箭，這不直接滿弓把煞氣都射到住宅區裡了？他別墅的風水能好才奇怪呢。

張凱抹了把臉，有些絕望地問道：「大師，我的別墅區還有救嗎？」

林清音點了點頭。「自然可以啊，要不我幹麼來了。」

聽到林清音底氣十足的話，張凱一瞬間眼淚都出來了，激動得差點跪下來管她叫祖宗。

韓政峰和張七鬥兩人對視了一眼，表情都有些驚訝，但是兩人誰也沒說出潑冷水的話。風水這行雖然閱歷重要但是天賦更不可或缺，人外有人天外有天，林清音年紀雖輕但確實是可以看到些本事的，兩人也想開開眼界看看這裡的風水到底該怎麼改，以後遇到類似的情況也知道該如何下手。

張凱原地轉了兩圈，才想起來現在的重點。「大師，您看我需要準備什麼法器？」

林清音輕笑了一下。「別的法器也不用，我只需要九塊沒有雕刻過的玉石，拳頭大小，品質要好一些就可以；另外要三十六枚品相好的古錢，不拘是哪個朝代，不過一般來說國勢強盛的古錢最好用。」

「好的，我馬上就安排人去買！」張凱忙不迭地說道，緊接著又有些希冀地問道：「林大師，您看我們什麼時候改陣法比較合適？」

林清音看了下時間，現在十一點左右。「最好是午時，就是下午一點前，你要是今天買不全玉石，明天中午也可以。」

買玉容易，買那麼大又沒有雕刻的玉相比之下就難了些，這個只能靠關係從玉石廠裡買，一天之內能買到都已經算張凱神通廣大了。

不過張凱也知道，若是別的日子晚幾天買到也無所謂，可現在離過年沒幾天，大家都注重春節團圓，人家肯定不會為了改風水的事耽誤回家過年。而且張凱也不想把這件事拖到年後，三位大師都說別墅區裡煞氣濃郁，萬一大過年再出點什麼事，他也甭改風水了，直接申請破產比較乾脆。

張凱親自出去聯繫朋友買玉石，韓政峰和張七鬥兩人捨不得現在就離開琴島，小心翼翼地問林清音可不可以留下來看她如何改這裡的風水。

林清音對於術數之道向來不會敝帚自珍，作為曾經的神算門掌門人，她自然希望術數可以發揚光大。多一些有真本事的人，少一些江湖騙子，免得不知情的人提起風水、算命、機關之類的事都認為是騙人的。

張凱親自開車把幾人送回飯店，他連午飯都顧不得吃就趕緊聯繫朋友買玉石。

此時被提前送回來的那些半吊子大師們都在自助餐廳吃飯，韓政峰不願意和那些人打交道，尤其是那個山羊鬍，怎麼瞧都覺得心裡不舒服。他索性要了個小包廂請林清音和張七鬥吃飯，王胖子作為林清音的助理，自然也跟著一起。

韓政峰這人雖然自視甚高，但他也崇拜有真本事的人，尤其對林清音他是心悅誠服。作為香港人，他連冬天都沒經歷過，更別說冬天的大海了，要不是今天林清音那塊刻了陣法的石頭驅除他體內的寒氣，他現在大概已經發燒進醫院躺著了。

點了一堆飯店的特色菜，把餐桌堆得滿滿的，韓政峰問起了那塊石頭的事。「林大師，以往我們布陣都是用法器，怎麼普普通通一塊石頭也能起那麼大的效果呢？」

林清音淡淡一笑。「你們把陣法想太複雜了，很多自然之物本身就有五行屬性，加上它們自身的靈氣就可以構成簡單實用的陣法。像鵝卵石通常是經過千百年來沖刷而成，所以它自帶一些微弱靈氣。在石頭上刻陣法，一是要將石頭裡的靈氣匯聚一起，此外再疊加你所想要的功效，所以我在石頭上刻的都是複合陣法。」

韓政峰靈光一現，下意識問道：「那林大師要張總買玉石回來，您是不是也要在上面刻上陣法？」

林清音笑了一下。「上好的玉石本身就蘊含著豐富的靈氣，在玉石上刻上陣法比那種單純的法器更好用。比如說像張總的別墅區，若是要靠單純的法器來改風水，至少需要一百二十八個，但是我在玉石上刻上疊加陣法，只需九塊。」

第五十三章

林清音說得輕描淡寫，但是韓政峰和張七鬥卻是聽得目瞪口呆。兩人在風水界也算是有名氣的人了，可是他們擺陣布陣法都是要靠外物，像林清音這種需要什麼陣法都可以自己刻的還是第一回見。

韓政峰有些難以置信地問道：「林大師，您怎麼會這麼多陣法的？」

「這有什麼難？」林清音笑著掰開一個螃蟹腿，咬了一口白顫顫的蟹肉。「萬變不離其宗，說簡單點，就像是做數學題，只要公式法則學明白了，無論什麼題型都可以做出來。陣法也是一樣，不需要死記硬背，只需要融會貫通就可以了。」

神他媽的融會貫通！

韓政峰都想跪下來哭了，現成的陣法他研究了十幾年才掌握到十之一二，還不敢說熟練。林清音靠「融會貫通」這四個字居然就能創造無數的陣法出來，真是人比人氣死人。

相比於韓政峰的情緒波動，張七鬥平靜多了，他天分一般，五、六十歲還不如比他小二十歲的韓政峰有名氣。也正因為如此，他凡事更看得開。

張七鬥對林清音說的靠自然之物也可以布陣法的事更感興趣，他指了指包廂裡的盆栽問道：「林大師，這些花花草草是不是也可以布陣？」

林清音朝王胖子抬了下下巴，笑咪咪地說道：「給他們布一個陣法看看。」

王胖子現在運用得最熟練的便是卦室裡用竹子和石頭擺的幻陣。平時沒人的時候，王胖子就哼哧哼哧的將幻陣調整林海模式，他自己在裡面無論是背書還是學陣法都十分愜意；等有人來算卦的時候，他還得將陣法改成簡單版本的，既要讓顧客覺得驚豔，但又不能太突兀惹人狐疑，這麼練來練去的倒讓他摸清楚不少竅門。

包廂裡有四盆綠植兩盆花還有個風水輪流轉的擺件，雖然好看，但是不夠擺陣法，王胖子便向林清音借了一把石頭。

王胖子想了一下方位後先挪好了盆栽和風水擺件，等到要用石頭完善陣法的時候有點出汗。兩個房間的尺寸和方位都不同，他不能將卦室那個陣法照搬，必須根據實際情況加以改變。林清音也有考校王胖子的意思，若是這個陣法擺成功了，往後也能多教他一些。

韓政峰和張七鬥都是第一次看這種布陣的方法，雙眼直勾勾盯著，只有林清音一個人美滋滋的吃著桌上的美食。

林清音用一、兩分鐘能布完的陣法，王胖子足足花了將近一個小時的時間才絲毫不差的擺對所有石頭的位置。就在最後一顆石頭挪到正位後，韓政峰和張七鬥覺得眼前一晃，等定睛一看，四人置身於一個漂亮的世外桃源。

高山流水、綠草紅花，每一處景都真實得不可思議。他們知道這不過是自己眼前的幻覺，可他們無論是通過碰觸或是五感都找不出一絲虛假。

王胖子抹了一把汗，氣喘吁吁的坐到椅子上和林清音搶桌子上剩下的菜餚。而韓政峰和張七鬥完全顧不得吃飯這種俗事了，兩人恨不得趴在地上仔細尋找陣法的痕跡，好看明白裡面的奧妙。

這只是林清音為了放鬆身心弄出來的初級陣法，但這種最簡單的陣法已經震碎了兩人的世界觀。他們理解中的陣法就是靠著法器的力量改變風水和五行，從來沒想過陣法居然可以造出一個虛擬的世界。

「叩叩叩。」門口傳來敲門的聲音，林清音抬腳準確無誤的踩碎了一顆石頭，幻境瞬間就消失了。就在此時，包廂的門推開，一名服務生推門進來剛想問要不要加什麼主食，目光就驚愕的落在韓政峰身上。

只見韓政峰跪坐在一個盆栽旁邊，而他手裡則握著剛揪下來的一朵紅花。

服務生的表情扭曲了一下又迅速的恢復正常，露出禮貌又不失尷尬的微笑。「先生，損壞飯店的植物是需要賠償的。」

「記在帳單上就好！」韓政峰故作淡定從地上站了起來，心虛地將手裡的花放到了林清音面前，然後他的目光落在十幾個空盤子上。

「先生，你們需不需要加點？」

韓政峰沈默了片刻。「嗯，你把我之前點的菜再上一遍吧。」

張凱開車跑了不知道多少地方、託了不知多少關係，終於在第二天上午把林清音要的東西都準備好了。為了以防萬一，玉石和古錢他都多備了，以防不時之需。

頂著黑眼圈的張凱激動得一夜未睡，可一到飯店發現韓政峰和張七鬥的情況比他好不了多少，兩人眼眶下面的黑痕一個比一個明顯，看得張凱十分傻眼，不知道兩人為什麼也跟著失眠。

張凱疲憊中帶著滿滿的興奮，在這個狀態下他不敢開車，叫了個司機載著幾人到了別墅區。

車停在別墅區的外面，幾人剛往裡面走了沒幾步，張凱看到不遠處的噴泉忽然想起一件很重要的事——那底下還埋著一個幼兒的屍骸。

張凱有些懊惱自己昨天聽到可以破陣的事太興奮了，以至於忘記這麼重要的事，要是當眾挖出屍骨，這風水即便是改好也成為凶宅，照樣賣不出去。

把工作人員都安排到售樓處去等著，張凱見前後左右沒人這才小聲地問林清音。「林大師，那噴泉下的屍骨您打算怎麼處理啊？」

「自然要挖出來啊。」林清音皺起了眉頭。「我不否認有人會利用横死的屍骸來布招財陣，但是這種招財陣法本身就帶著凶煞之氣，雖然能招來財但也會付出嚴重的代價。另外我們都講究入土為安，用屍骨做陣眼只會激其凶氣，何來安穩？」

「我沒有想拿那當招財陣眼的意思。」張凱壓低聲音尷尬地解釋道：「我只是不想這件事被別人知道。」

韓政峰聞言有些不太認同地看了張凱一眼。「林大師之前說這孩子是横死的，張總不應該將這事瞞下來，我覺得應該報警處理比較好。」

張凱心裡更慌了，還沒想好說辭就聽見林清音搖了搖頭。「那倒不必，這孩子已經逝去許久，凶嫌如今也不在了，取出來另外下葬就好，報警也沒什麼用。」

「林大師您可真是高人！」張七鬥忙不迭地擠開韓政峰，朝林清音崇敬地豎起了大拇指。「不瞞您說我看了一輩子風水也算了不少卦，我是怎麼算都算不出這底下居然是一塊凶地。」

韓政峰有些無語地看了張七鬥一眼，見縫插針擠了回去。「林大師，就憑您這眼力才是當之無愧的大師，我們那個稱呼都是虛名！」

張凱跟在後面看著張七鬥和韓政峰兩人擠來擠去拍馬屁都有些傻眼。韓大師您的眼高於頂呢？張大師您的世外高人呢？怎麼都成了林大師的馬屁精了！

大門離噴泉也不過幾十公尺的距離，走到噴泉前面看著美輪美奐的噴泉，張凱有些垂頭喪氣地問道：「大師，現在找挖土機拆噴泉來得及嗎？」

「拆噴泉幹麼？」林清音詫異地看了他一眼。「後續我布的陣法裡還用得到這個噴泉呢！」

張凱都不能理解林清音的腦回路了，他指了指噴泉，隱晦地問道：「那下面的東西怎麼辦？」

林清音朝王胖子伸出手，王胖子很有眼力的遞過去一大把石頭。只見林清音站在原地沒動，將手裡的石頭一顆一顆的抛了出去，看起來十分隨意。

張凱看得一頭霧水，但是韓政峰和張七鬥兩人激動壞了，終於可以看到林大師親自布陣了。

比起王胖子布陣的費力樣子，林清音的動作看起來舉重若輕，似乎連思考的步驟都省略了。不過半分鐘的時間，林清音手裡的石頭都扔完了，只見她輕輕地用腳在地上一點，一絲靈氣從腳底瀉了出去，一個看不見的靈氣網出現在地下將裹著紅布的屍骸包得緊緊的，緩緩地往一旁拖動。

林清音站在原地不動，別說張凱了，就連韓政峰和張七鬥兩人都看不出緣由來。幾個人陪著林清音傻傻站了二十分鐘，既不敢問也不敢說話。

林清音閉著眼睛控制著靈網移動到草坪才鬆了口氣，睜開眼睛走到主路一側，轉頭問道：「你有沒有準備小的棺木？」

張凱臉色難看地搖了搖頭，他連屍體的事都忘了，更別提棺材了。

林清音見狀也不強求，退而求其次地說道：「那準備個箱子吧。」

這倒是好找，張凱一通電話打出去，沒兩分鐘就有工作人員送來了一個裝蠶絲被的箱子。張凱接過箱子就把工作人員打發走，像作賊似的小心翼翼地問道：「林大師，然後該怎麼辦？」

林清音朝枯黃的草坪上一指，只見原本平坦的土地忽然鼓起來一個土包，緊接著土包裂開，露出用破舊紅布包裹著的白骨。

張凱登時就腿軟了，嚇得差點坐在地上，韓政峰和張七鬥因為給人點過陰穴的緣故倒不怕這個，但是他們比較好奇林清音是用什麼陣法將屍骨從噴泉下面挪到這裡來的。

不過林清音此時沒空給他們解釋太多，她將用紅布包裹的屍骨托起來放在箱子裡，然後從張凱那裡要來了三十二枚古錢。

只見林清音拿起一枚古錢用指尖一彈，古錢化成一道金光消失在遠處。三十二枚古錢只花不到半分鐘就到了各自的位置，林清音掐手訣喝了聲「起」，只見三十二道金光從地下升起結成一個金色大網撞到了污穢之氣上，只一個照面的瞬間，污穢之氣就少了大半。

林清音微微皺了下眉頭，手裡拿著一塊玉石補充靈氣後用腳再一點，金色大網的光芒高漲了幾分，污穢之氣連躲避的地方都沒有，被圍剿得一乾二淨。

除了林清音以外，其他人看不見污穢之氣也看不見金色的大網更感應不到靈氣，不過他們卻能清晰地發覺到那種讓人渾身發冷、心情壓抑的感覺突然消失了，隨之而來的是照在身上暖暖的陽光，就連空氣好像都變得清新起來。

林清音控制著金色大網封堵了住宅區大門，然後拿出刻刀在張凱準備好的玉石上飛快雕刻起一個個複雜又讓人眼花撩亂的陣法。

八塊雕刻著陣法的玉被林清音拋到不同的方位後沈到了地下，最後一塊玉石嵌在噴泉底部最中間的位置。韓政峰口袋裡一直瘋狂轉動的羅盤指針在這一刻突然停止下來，回復到正常的位置。

韓政峰有所察覺的掏出羅盤，隨手測一下這裡的磁場，他這才發現凶煞之氣已經全部消失了，取而代之的是勃勃的生機。

林大師的陣法成了！

一股股生機從四面八方湧來，堵在大門口的金色大網重新張開和生機融為一體後沈入地下。海面上湧過來的煞氣像是斷了支撐，無力的漂浮在空中，很快在陽光的照射下消散，海面也恢復了平靜。

在林清音的眼睛中，住宅區裡黑色的晦氣已經消失了，代表著生機的氣息滋潤著每一寸土地，整個住宅區已經變成了風水上佳的寶地。

「好了。」林清音輕鬆的拍了拍手。「風水改好了！」

張凱有些呆滯地看著林清音，他印象中的改風水都必須燒紙、供埋法器，聲勢浩大到整個住宅區都知道，像林清音這種站在原地不動，嗖嗖嗖的往外扔石頭、古錢、玉石的他還是第一回見。不過話又說回來，林大師在噴泉旁邊布陣法的時候也沒動，那屍骸就能自己從土裡蹦出來，這幸好是在大白天，要是晚上他可能就尿褲子。

張凱對風水不懂，但是韓政峰和張七鬥卻是行家，兩人拿著羅盤等法器重新看了遍風水後對林清音佩服得五體投地。他們改過風水後，基本上都能看出痕跡，但是林清音的陣法真的是將風水和天地自然融為一體，完全感覺不到人為的痕跡，就彷彿這裡本身就是上好的風水寶地。

別墅區裡那些不只一處房產的業主們都搬走了，剩下的還有七、八戶業主每天提心吊膽的在這裡生活著。之前在陰煞之氣的影響下，住在海邊別墅體弱的業主身體都出了毛病，就連健壯的年輕人都覺得渾身不自在。

可就在剛才，那些歪在沙發上、躺在床上的人忽然覺得身體上的痠痛不適消失了，突然之間感覺到神清氣爽。他們不由得站起來走到窗口推開窗戶，和暖的陽光照在了身上，渾身上下無比的舒服。

外面陽光暖和，是冬日以來少有的好天氣。在屋裡憋了許久的業主們都忍不住出來散步，剛轉到中心公園附近就看到了張凱和四個人站在那裡不知道在說些什麼。

這些業主見到張凱想起這大半年發生的事情，臉色頓時黑了下來，氣勢洶洶地圍了過去。張凱對此也很有自知之明，不等業主發火就搶先一步說道：「各位業主，我們請來的大師已經將風水改好了，以後大家放心居住就行。」

一個四十多歲的男人面色陰沈地打量了幾人一圈，嗤笑了一聲。「你說改好就改好了？誰知道是不是請了騙子糊弄我們。」

張凱頓時卡住了，他也是親眼見了才知道林清音的本事，光用講的他還真未必能說服這些業主，因為在業主眼裡，他都已經沒信用了。

林清音看到張凱求助的眼神，微微一笑。「無妨，以後就是鄰居了，讓大家安心一下也好。」

張凱聞言鬆了口氣，說實話他也想證實一下，要不然總是不放心。

林清音把人都叫到自己周圍來，用石頭在周圍布了一圈聚靈陣法，緊接著她將渾身的靈氣都聚於手上掐了一個手訣，聚靈陣裡的靈氣匯集在所有人的眼睛上，形成了一副看不見的眼鏡。

眾人開始還不明白林清音的動作是什麼意思，很快他們就發現自己看到的世界突然不一樣起來——植物、假山、景致雖然都和以前一模一樣，但是他們看到了穿梭在其中的潔白祥瑞的霧氣和夾雜在裡面一道道的金色光芒。

張七鬥看到眼前的一幕忍不住驚呼道：「這白色的就是生機之氣，金色光芒就是招來的財運吧！」

韓政峰則乘機快速地看了一遍風水，在開了這臨時的「天眼」之後，他看住宅區裡風水更加的直觀，對陣法產生的作用有了更深層次的理解。

林清音體內的靈氣雖然充足，但是架不住這麼多人消耗。大概一分鐘左右，林清音體內的靈氣消失殆盡，布陣的石頭也一個接著一個裂成了碎塊，眾人眼前的美麗景色漸漸淡去，最終消失在視線裡。

所有人都意猶未盡地嘆了口氣，覺得剛才看到的景色宛如仙境。俗話說眼見為實，這些業主雖然不懂陣法，但是剛才他們親眼看著那些白色的霧氣鑽到身體裡，驅逐出一絲絲發灰發黑的濁氣，而隨著這些濁氣的排出，他們覺得身體又更輕鬆了。

證實住宅區的風水發生了翻天覆地的變化，有熱心的業主在他們的維權群裡說了這件事，有不信的多問了幾句，在場的業主們都很仗義地在群裡替張凱打包票。畢竟剛才見到的一幕太神奇了，他們實在是忍不住想和那些沒見過世面的人好好炫耀。

看到業主們對自己綻放出許久未見的笑容，張凱懸了大半年的心也終於落了地。他終於不用破產了！

不過張凱心裡雖然激動，但是手裡提的箱子卻沒有讓他衝昏頭腦，和業主們客套了幾句後，他趕緊拎著紙箱出來了。等人都離開，張凱小心詢問林清音這屍骨要怎麼處理。

林清音打開箱子看了看屍骨的狀況，輕輕地嘆了口氣。「這屍骨雖然是橫死，但是上面的死氣和凶煞之氣已經被化解了，你找個墓地下葬就可以了。」

屍骨下葬的事倒是容易解決，不過為了避免讓人看到有嘴說不清，張凱沒有把這事交給別人，而是親自開車回了趟老家，趁著天黑的時候把屍骨埋在自家墳地的範圍內，留了一個小小的墳包。

林清音處理完風水，張凱安排的工作人員也和林清音簽好了合約，將一號別墅登記在林清音的名下，不過房產證要過了年以後和其他的業主統一辦理。王胖子、韓政峰和張七鬥三人也都出不少力，張凱為了搞好和他們的關係，每個人都送了一個六位數的紅包。

事情解決了，意味著分別的時候要來了，韓政峰和張七鬥看著上車準備回家的林清音戀戀不捨的。別看和林清音只相處了兩天，但是林清音的本事讓他們徹底的開了眼界。

「林大師，您有沒有想過收徒啊？如果想收徒的話請考慮我啊！」韓政峰殷切地看著林清音，努力誇讚自己。「我是風水系科班畢業的高材生，理論基礎紮實、實踐豐富，林大師您收我為徒肯定不會吃虧的！」

「還有我，還有我！」張七鬥此時全然不見以往的淡泊名利，努力的往林清音身邊擠。「林大師，您別看我年紀大，但是我見多識廣人緣也好，要是收我當徒弟，以後您的事我都幫您打理了，什麼都不用您操心。」

林清音還沒說話呢，王胖子不樂意了，拎著張七鬥的領子把他丟到一邊。「你拜師就拜師，搶我的工作做什麼？我惹你了？」

張七鬥看著王胖子理直氣壯的樣子羨慕壞了，論天分王胖子比他還普通，論本事王胖子也沒什麼特殊的能耐。但人家就是命好，搶占了天時地利成為林大師的助理和跟班，學的陣法都是他沒見過的，他也想要這種機遇！

看著王胖子虎視眈眈的眼神，張七鬥連忙按住了他的胳膊。「您負責林大師省內的業務，但是省外還是我的關係多啊，我多少還是有些名氣的。」

韓政峰在他身後幽幽地問道：「張大師，我覺得我的名氣比你還大一些吧？」

張七鬥呵呵了一聲。「你以前拿著鼻孔看人不知道自己得罪了多少人嗎？哪有我人緣好！」

看著兩人不甘示弱的爭來爭去，林清音有些頭大的揉了揉太陽穴。「你們誰有合適的生意都能介紹給我，有時間我也可以指點指點你們，沒必要爭得這麼難看。」

話音一落，韓政峰和張七鬥兩人都眉開眼笑的奉上一串馬屁，林清音覺得自己都快被這兩人吹成道法無邊的仙人，太過羞恥。

韓政峰看著林清音被自己說得臉都紅了，趕緊乘機拉近一下兩人之間的距離。「林大師，年後三月在我們港城有個風水大會，林大師有興趣參加嗎？參加資格、機票、食宿都由我來安排，林大師只要負責出席就可以！」

林清音對這樣的大會倒是挺感興趣的，她也想多認識一些同行多些交流，說不定有新的啟發。但是……她得上學！

林清音憂傷地嘆了口氣。「今年去不了，明年更去不了了，等後年再看看有沒有時間去吧。」

韓政峰見林清音一副糾結的樣子，忍不住問道：「林大師，您是有別的安排了嗎？其實交流會也就兩到三天的時間，擠一擠很容易的。」

「我要上學啊，我們高二每週只休一天，等上了高三兩週才能休一天，實在是沒空去。」林清音沈重的搖了搖頭。「沒事，等我上大學以後就有時間了，到時候我可以請假去。」

第五十四章

高二？

韓政峰一副被雷劈了的表情看著林清音，他是知道林清音年齡不大，臉蛋也很稚嫩，但是他以為是林清音修煉道法的緣故所以才看起來年輕，但他沒想到林清音居然真的是一名高中生！

想想他高中的時候連八卦的方位都說不明白，林清音在這個年紀居然已經成了本事超群的大師了，這難道就是天資帶來的差距嗎？

不過都成了大師還考大學幹麼？有了這身本事，以後肯定不會從事其他行業，況且學歷對於他們這一行的人來說不是特別的必要。

「那林大師考慮過考哪個大學嗎？國內關於玄學方面的科系只有我們有。」一提起大學，韓政峰下意識就推薦自己的母校。「我們大學的風水系特別棒，教出了一大批風水大師，林大師不妨考慮一下。」

林清音之前的打算就是考數學系，通過數學的方式來梳理新的關於術數的思路，她從來不知道居然有大學會有風水系這個科系。

張七鬥戳了戳韓政峰的肩膀，呵呵了一聲。「我記得你現在就是你們風水系的教授，你是打算讓林大師選你的課？」

韓政峰頓時膝蓋一軟，手摟住了王胖子的胳膊才沒跪下去。「林大師，要不別考大學了，直接來我們學校當老師吧！」

看著韓政峰思維混亂的樣子，林清音徹底歇了考風水系的想法，她自認為風水一道她研究得已經不能再透了，還是研究數學好。

擺了擺手，林清音準備上車回家，正在這時張凱給王胖子打了個電話過來，說是在別墅區裡從樓上跳到泳池裡撞到頭的男孩還在醫院裡沒醒來，孩子的父親在業主群裡看到風水問題已經解決了，想出錢請大師到醫院裡看看能不能將孩子喚醒。

張凱私心裡還是挺希望林清音能接下這件事，畢竟跳樓還是因為當時住宅區的風水造成的，若是孩子真的醒不過來，這可是結下大仇了。

林清音現在擁有了第一座自己的房產，還是棟海景別墅，心情特別好。說起來這些業主們以後都是她的鄰居，就是幫個忙的事，也沒什麼好推辭的，因此她爽快的答應了。

張凱在電話那邊聽到林清音肯定的答覆激動地再三感謝，快速地聯繫了對方以後，給王胖子的手機發了醫院的地址。

王胖子要開車和林清音去醫院，送韓政峰和張七鬥去機場的車也已等候多時了，可是兩人拖拖拉拉的誰也不肯走。

韓政峰有些糾結地看著張七鬥。「要不我們再跟著去看看？」

張七鬥毫不客氣地朝他翻了個白眼。「這已不是風水學上的事了，是命理上的，要看也是我去看，這和你的業務沒關係。」

「和你的業務倒是有關係，你能幫得上忙嗎？」韓政峰刺了張七鬥一句後，理直氣壯地說道：「我去開眼界行不行？」

兩人一邊拌著嘴，一邊拉開車門快速地鑽進車裡，韓政峰還不忘按下車窗跟張凱派來的司機交代兩句。「把我們的行李送回飯店去，機票讓你們張總退了就行，回頭我們自己買！」

王胖子有些無語地轉過頭，看著後座上多出的兩個人。「知不知道什麼叫春運，不是你們想買就能買到機票的！」

「買不到也沒關係！」張七鬥眼睛亮晶晶地看著王胖子。「從面相上看王大師現在還是孤家寡人吧，不如我們陪你一起過年啊！」

你們這些大師臉皮可真厚！

王胖子一直覺得自己臉皮挺厚了，沒想到第一次陪著小大師出來接活就碰到兩個臉皮比自己還厚的。看著那兩人一點也不把自己當外人的模樣，王胖子一邊發動車子，一邊鄭重其事地囑咐林清音。「小大師，外面人心險惡，看到那種年齡挺大還自來熟的人一定要小心，說不定就是包藏禍心的壞人。」

「王大師說得是。」張七鬥笑咪咪地表示十分贊同。「尤其是那種歲數不小卻沒結婚，還有行騙前科的，一定要小心提防！」

王胖子差點沒把油門當煞車踩下去。他就不愛和這些會看相的人吵架，什麼黑歷史都藏不住，真煩人！

看王胖子後腦杓都帶著鬱悶，張七鬥樂呵呵的將話鋒一轉。「不過我們王大師不是那種人，從面相上看王大師的桃花也快到了。」

王胖子不太信服地從後視鏡裡看了張七鬥一眼，轉而問副駕駛座的林清音。「小大師，我好事近了嗎？」

林清音掃了他一眼，懶洋洋地打了個哈欠。「不算近，還有八個月呢。」

王胖子頓時覺得自己的身體變得無比的輕盈，小小的駕駛座似乎都要容不下他了。「我就要有老婆了嗎？我都覺得不太適應了。小大師您幫我看看，八個月以後的那朵桃花正不正？不是那種只喜歡我的房子，但心裡面嫌棄我是路邊臭算卦的胖子吧？」

後座的韓政峰和張七鬥頓時都替王胖子辛酸了。這要多大的情傷才留下這麼重的心理陰影啊？

林清音雖然沒有過感情經歷，但是也看出王胖子對待未來的感情既期待又膽怯，心裡不忍的安慰道：「放心，是正姻緣。再說了你已經不是路邊臭算卦的了，你還沒學會算卦呢，我肯定不能放你出去騙人。」

張七門在後座沒忍住噗哧一聲笑出來，王胖子威脅地哼了兩聲，張七門趕緊跟著安慰了兩句。「我覺得你看著也沒有那麼胖，可能就是骨頭架子大，顯得比較壯碩。」

王胖子握著方向盤轉了個彎後嘿嘿笑地說道：「小大師給我的護身符特別靈驗，自從我戴上以後皮膚光滑，身上的贅肉也越來越少了，我比夏天那時輕了三十斤呢！」

一直很注重身材保持的韓政峰聞言沒忍住把頭探了過去，看著王胖子隆起來的肚子問道：「就這樣你還瘦了三十斤？你之前多重？」

「一百九啊！」王胖子說得理直氣壯。「要不然我的綽號怎麼會叫王胖子呢！」

韓政峰看著王胖子圓圓的臉、厚厚的耳垂，腦補了下他再胖三十斤的相貌，頓時打了個哆嗦，沒控制住好奇問：「王大師，你房子多大，你前女友才能忽略你一百九的體重和你在一起啊？」

王胖子伸手抓了抓自己肉嘟嘟的耳垂不以為意地說道：「就我自己住的那間大一些，上下複式有七十三坪，帶個二十四坪的空中露臺花園，站在客廳和露臺可以直接看到住宅區前面的千畝湖公園，還有一間帶二十一坪院子的是一間下沈複式，比我住的那間小個三、四坪，其餘的都是五十坪左右吧。」

韓政峰雖然知道齊城不過是個三線城市，房價大約才四萬五一坪，比起香港來連零頭都不夠。但是，想想他辛辛苦苦給人家看了這麼多年風水，還得定期到學校授課才能買上一間四十坪的房子就覺得很辛酸。

「其實小城市生活得也挺幸福的，不像我們那裡那麼難！」韓政峰感嘆。「我真羨慕你們那的生活，林大師您住在哪個住宅區？要不我在妳家對門買間房子和您做鄰居吧？說不定哪天您突然覺得我天資不錯，就收我為徒了呢！」

王胖子聽了不禁磨牙。

這種陰險狡詐之人簡直是防不勝防啊！

張凱發過來的醫院地址離別墅區大概將近三十分鐘的車程，但因為王胖子不愛聽韓政峰和張七鬥挖空心思的和小大師套交情，二十分鐘就開到了醫院。

別墅的業主叫陳大恆，出事的是他十幾歲的兒子陳啟潤。陳啟潤那天從三樓的臥室一躍而下後頭正好撞在了泳池邊上，人當場就失去意識。送到醫院做完各種檢查後很快就進行了手術，醫生表示手術很成功，但是陳啟潤卻一直沒醒過來。

陳大恆為此跑了全國很多大醫院，拿著兒子術後的片子找專家去詢問，可是每個專家看了都說手術很成功，誰也看不出哪裡有問題，但是人就是不醒。

陳啟潤住了一個月的加護病房後被挪到了腦外科的監護病房，有護理師二十四小時照看。從生理監視器螢幕上看，陳啟潤的各項生命指數都挺好的，除了醒不過來以外就和個正常人差不多。陳大恆的心思都在兒子身上，雖然加了業主維權群，但是也顧不得別墅的事，今天正好看到幾戶還住在裡面的業主說張凱請了一個大師把別墅區的風水改好了，說那個大師的能力天上有地下無。

看著群裡有人質疑，但是那些留下來的業主異口同聲的說就是真的，並有人強調說改了風水以後感覺身體都輕鬆了許多，甚至家裡老人的腿腳都靈活了不少。

看到這裡，陳大恆心裡一動，決定把這位大師請來給自己兒子瞧瞧，說不定柳暗花明又一村呢？

陳大恆的妻子徐豔嬌知道丈夫請了個大師來也沒反對，現在最重要的是把兒子喚醒。只要管用，別說請來的人是大師，說是神仙她都信。

林清音帶著三個跟班浩浩蕩蕩地來到了腦外科病房，陳大恆夫妻早就在電梯外等著了，看誰都像大師。

電梯間有不少患者家屬在這裡透氣，王胖子出來以後看到幾十個人，不知道哪個是出事的業主，剛掏出手機想打電話問，就見林清音徑直走到一對中年夫妻面前，一臉自然地問道：「你們就是託張凱請大師的業主吧。」

「對對對！」陳大恆有些詫異地看了林清音一眼，又瞅了瞅她身後的三個男人，頓時安心不少，想不到大師團隊的規模還不小呢。

韓政峰跟在林清音後面有些不解地問道：「林大師怎麼知道那對夫妻是出事的業主呢？」

王胖子掃了韓政峰一眼，嗤笑了一聲。「一看就知道你只會看風水不會算卦，這一看面相就看出來了唄。」

韓政峰剛才在車上已經知道王胖子的真實能力了，忍不住嗆了他一句。「說得你好像會算卦似的。」

王胖子不生氣，驕傲得把頭抬起來，丟給韓政峰一個不屑的眼神。「我見多識廣啊，跟在林大師旁邊，這種小場面見多了，不會算卦我也知道怎麼回事。」

看著王胖子雄赳赳氣昂昂地跟在林清音後面進了病房區，張七鬥拍了拍韓政峰的肩膀，笑著說道：「這個王大師命中帶福，氣運也不錯，這點你還真不如他。」

韓政峰無奈地點了點頭。「就憑他什麼都不會，還能成為林大師的助理，光這點我就服他。」

陳大恆將幾人帶到監護病房門口，這才小聲地說道：「加護病房原則上是不允許探視的，不過我已經和護理長打過招呼了，一會兒可以帶一個人進去看看。」

張七鬥捋了捋花白的鬍子說道：「你帶著林大師進去看就行，我們都是跟著林大師來長見識的。」

陳大恆點了點頭，眼神在王胖子和韓政峰身上來回看了一眼，十分謹慎地問道：「請問哪位是林大師？」

韓政峰一聽就知道陳大恆犯了自己之前犯過的毛病，以貌取人了。他連忙過去虛扶了下林清音的後背。「這位就是林大師。」

「原來您就是林大師，是我眼拙了。」陳大恆做了這麼多年生意就是情緒控制得特別好，一點驚訝的表情都看不出來，而他的妻子徐豔嬌在打了招呼後很隨意地掏出手機，在業主群裡問道：「請問那位改風水的林大師是什麼模樣？」

「是個小女孩……」

「看著和高中生似的！」

「什麼大師，明明是神仙姊姊！」

看著群裡的回覆已經歪了，徐豔嬌把手機鎖上屏幕放回口袋裡，快走了幾步追上陳大恆。夫妻兩個對視一眼，陳大恆就知道這個確實是真的林大師，心裡不由得鬆了一口氣。

王胖子三人在病房外面看著，林清音跟在陳大恆後面來到了陳啟潤的病床前。躺在病床上的陳啟潤只能靠點滴維持生命，看起來十分瘦弱。林清音的視線在他臉上轉了一圈，輕輕的將手覆蓋在他的額頭上，隨後小心翼翼地將自己的神識探進去，很快她皺起了眉頭。

陳大恆見狀心裡一沈，臉上不由得露出擔憂的神色。

林清音看著陳啟潤體內散成一團的魂魄，七魄和天魂、地魂被陰煞之氣包圍著，命魂不知所蹤。

林清音調動一絲靈氣進入了陳啟潤的體內，將他體內的陰煞之氣清除乾淨，又用靈氣幫他滋養一遍有些乾涸的身體。

在靈氣的滋潤下，分散的二魂七魄漸漸凝聚成一個小小的人，只是由於少了命魂的緣故，小兒看起來有些呆滯。

陳大恆和徐豔嬌兩人緊張地盯著陳啟潤，忽然兩人同時伸手揉了揉眼睛。怎麼兒子原本蒼白的臉看起來紅潤了許多？

起初兩人還以為是錯覺，可很快陳啟潤那雙沒有血色的嘴唇也一點點的紅潤飽滿起來，兩人這才相信自己看到的是真的。

林清音將手收回，陳大恆和徐豔嬌兩人一起朝病床撲去，可陳啟潤的臉色雖然變好了，但人依然沒有醒過來。

陳大恆有些無措地看著林清音，林清音朝兩個人做了一個手勢，等到走廊時才壓低聲音說道：「情況有一點點糟，你兒子的命魂不見了，所以醒不過來。」

徐豔嬌聞言險些昏厥，她緊緊地扒著丈夫的胳膊哆嗦著嘴唇問道：「魂丟了還能找回來嗎？」

其實招魂做法這種事不在林清音的業務範圍之內，她研究的術數之學裡根本就沒有這一項。不過她是修真者，有神識有靈氣又懂陣法，所以解決這種事也不費力。

林清音點了點頭。「可以是可以，不過在這裡不行，最好有個單獨的房間。」

「我立刻就去辦！」陳大恆立即說道：「這家醫院有VIP病房，我去辦手續。」

陳啟潤的情況有些特殊，他身體狀況良好，只是人一直不甦醒，所以挪到普通病房問題也不大。陳大恆簽字、付款，很快辦完了手續，主治醫生親自帶著護理師將人挪到了VIP病房。

等醫護人員離開，林清音從王胖子手裡接過自己的書包，拿出裝玉的盒子和裝石頭的袋子。

看到這一幕，韓政峰和張七鬥兩人連忙打起精神來盯著林清音的手，他們知道林大師這是又要布陣法了。

林清音這次布陣法是為了要給陳啟潤招魂，所以她要將陳啟潤作陣眼，在他周圍布上引魂陣。

林清音猜測陳啟潤跳樓就是因為被陰邪占據了命魂的位置，所以他的命魂應該在別墅區沒有離開。

醫院和別墅區離得比較遠，光靠石頭裡微弱的靈力肯定無法將命魂引來，林清音必須在陣法裡加入玉石。涉及到玉石就要先談錢了，畢竟這也是林清音花大錢買來的，非親非故，對方又有能力，她可送不起。

林清音從盒子裡拿出四顆玉石來說道：「一會兒我需要布一個陣法，陣法裡要用玉才行。」

徐豔嬌飛快地看了眼林清音手裡的玉的品相，心裡已經有了大概的金額。「林大師這四塊玉至少要一百二十萬。」

林清音點了點頭。「這些是需要額外付錢的，如果你們沒有異議我就用了。」

陳大恆連忙說道：「林大師您放心，只要我兒子能醒來，我付您三百萬。」

林清音差點樂得笑出來，琴島人民可比齊城人民富裕多了，一出手就是上百萬，要是她多遇到一些這樣的客戶，很快就能築基了。

為了增強陣法的效力和提高玉石裡面靈氣的利用率，林清音依然是在石頭上和玉面先刻上陣法，然後再用它們布陣。

俗話說外行看熱鬧內行看門道，韓政峰和張七鬥對陣法都有涉獵，雖然和林清音無法比，但跟其他同行來說已經算是佼佼者了。上午林清音給住宅區改風水的時候範圍太大，兩人實在是沒看明白是怎麼布的陣，所以這回兩人抓緊機會瞪大了眼睛緊緊盯著林清音。

林清音先用石頭在陳啟潤周圍布了一個聚靈陣，等病房裡的靈氣濃郁起來後，林清音用手指勾起一絲靈氣飛快地在陳啟潤的身上畫了一個看不見的陣法，把他的身體作為陰魂大陣的陣眼。

在做完這一切後，林清音一氣呵成，先將四塊玉石分別拋到了離、坎、震、兌四個位置，隨即用石頭補齊陣法，手臂一揮打出靈氣，將大陣激活。

韓政峰剛才趁著陳大恆辦手續的時候特意到住院部一樓的便利店買了筆和本子回來，兩人飛快地在紙上把林清音布的陣法畫下來，通過八卦方位兩人倒是明白了一二。

命魂過來的速度不會那麼快，林清音閒著也是閒著，湊過來給兩人講解了一下陣法，甚至還隨手刻了一塊石頭讓兩人揣摩。

陳大恆夫妻倆也沒見過招魂，並不知道別人招魂是怎麼弄的，兩人看著滿屋的鵝卵石誰也不敢動，生怕碰一下兒子丟的魂就回不來了。夫妻坐在陪病床上，眼巴巴的瞅著林清音開始給那三個大男人講課。

林清音在前世的時候給弟子們講過道法也講過術數，但她不算個好老師，尤其對著人多的時候不會考慮學生的思考速度和基礎，只是單純的講解，講完就不管了，剩下的靠他們自己理解。

前輩子的習慣也延續到了今生，林清音的嘴噼哩啪啦說得非常快，根本就不給反應的時間。從她嘴裡冒出來的一個個專業詞語聽得王胖子暈頭轉向，張七鬥和韓政峰兩人加起來也只記住了三分之一而已。而坐在旁邊陪病床上的夫妻倆看林清音的眼神全是崇拜的目光。

這個大師太厲害了，說的每一個字他們都聽不懂！

講完了最實用的聚靈陣法，陳啟潤的命魂終於飄進來了。張七鬥雖然看不到命魂，但他手裡飛快轉動的羅盤指針已經告訴了他這一切。

林清音表情嚴肅起來，韓政峰和張七鬥兩人都低著頭緊緊地盯著自己的羅盤，一直焦急等待的夫妻看到這一幕後不由得伸手握住彼此的手，兩人的手心裡都是冰涼的汗。

命魂無意識地圍著陳啟潤的身體打轉，由於離體太久，命魂似乎找不到返回體內的路了。林清音見狀用手指凌空畫了一張靈網將命魂小心翼翼地兜了起來，連靈體帶命魂全部送入體內。同時林清音分出一絲神識跟了進去，親眼看著命魂和其他的兩魂七魄合在一起。

林清音撤出神識，與此同時躺在病床上的陳啟潤緩緩地睜開了眼睛，有些茫然地看著周圍的一切。

陳大恆夫妻此時也顧不得什麼陣法不陣法，哭著從陪病床上跳下來撲到病床上，緊緊抱著甦醒的兒子。

陳啟潤感覺到身上綁著各種儀器，嘴上也堵著氧氣罩，頓時有些急躁，儀器開始此起彼伏地響了起來。醫生、護理師們聽到動靜急匆匆地跑了進來，把裡面的人都趕到病房外的小客廳裡。

陳大恆緊張地在外面等待著，好在沒過多久醫生就笑容滿面地出來說道：「恭喜，病人已經醒了，不過為了保險起見我們還得做一遍檢查，看看有沒有異常，一會兒讓護理師推著病床和你們去做檢查。」

「好的好的！」陳大恆夫婦激動的連聲感謝，等把醫護人員送走後關上病房門，趕緊過來向林清音道謝。「林大師，多虧了您，要不然就是換什麼醫院也救不醒他啊！」

張七鬥在旁邊捋著鬍鬚附和道：「幸虧你請林大師及時，命魂得以順利回歸體內，要是時間久了，真的是大羅神仙來都沒用了。」

「那真的是，多謝林大師！」

陳大恆激動得不知道如何是好，還是徐豔嬌提醒他說：「趕緊把三百萬酬金給大師轉過去啊！」

第五十五章

「對對對，看我這腦子！」陳大恆連忙掏出手機，一邊打開轉帳頁面，一邊和妻子說道：「馬上就過年了，妳趕緊去給大師們準備些年禮。」

林清音最近收禮收到手軟，對年禮什麼的不是特別感興趣，她只想把錢收了趕緊回家。剛要準備推辭，就聽陳大恆說道：「我們琴島盛產海鮮，雖然冬天的海鮮不算肥，但也能吃個新鮮，去給大師備上一些。」

林清音笑容頓時燦爛起來。「都是鄰居你們也太客氣了，哈哈，那就多謝了！」

徐豔嬌把自己兒子救醒的林清音看做是恩人，拿著手機出去安排禮物。過了十分鐘後她笑容滿面地回來，和林清音說道：「林大師，海鮮備得有點多，我讓人直接給妳送別墅去吧。」

林清音也覺得這裡人來人往的不好搬東西，等確認陳大恆轉的三百萬都入帳以後便離開了醫院。等幾人回到別墅沒多久，徐豔嬌派來送禮的車便到了，林清音看著滿滿一廂型車的禮物有些發愣，確實是有點太多了。

螃蟹、海捕大明蝦、大龍蝦都是成箱成箱的往外搬，好在別墅裡的冰箱是以保鮮功能著稱的款式，直接塞進去就行。除此之外還有各種冷凍的深海魚蝦，一看就是特別貴的那種。除此之外各種牛肉、羊肉、蔬菜、水果樣樣齊全，把廚房裡的兩個大冰箱塞得滿滿的。徐豔嬌絕對是把禮物當年貨來準備的，這都夠一大家子過年用了。

這麼多東西拉是拉不回去的，林清音乾脆決定就在琴島過年，反正這裡的東西一應俱全，別墅裡又有地暖，既敞亮又舒適，況且這裡的風水改了以後靈氣也比別的地方充足，適合修煉。

王胖子受到邀請留下過年，韓政峰和張七鬥則磨磨唧唧地開手機訂機票，也不知道是幸運還是不幸，還真的就恰好沒有機票了。林清音看著兩人可憐巴巴的眼神有些無奈地撓了撓額頭。「你們不和家人一起過年沒關係嗎？」

張七鬥颯爽的一揮手。「沒關係，我家裡人多熱鬧，不缺我一個。」

韓政峰笑咪咪地說道：「我家人都去國外度假了，我回去也沒什麼事情，不如留下來幫你們準備年夜飯。其實我很會做菜，尤其是海鮮我特別拿手，嚐過的都說味道不錯。」

林清音頓時鬆了口。「那好吧，你們都留下來過年吧！」

聽到這句話韓政峰默默地給自己握拳，他的觀察能力絕對是一流的，一句話就擊中了林大師的軟肋。

既然要留下來過年，就得把別墅好好收拾一下。王胖子和張七鬥兩個人把所有房間的床單被罩都拆下來塞進洗衣機裡，別墅裡的洗衣機都帶著烘乾功能，洗乾淨後直接就可以用。韓政峰哼著歌曲拿著吸塵器把所有房間打掃了一遍，又賣力的擦地，雖然有點累，但是看起來無比的開心。

林清音拿著手機在客廳裡給父母打電話。林旭剛從丈母娘家回來，聽到女兒在琴島掙了棟別墅，想讓他們一起到琴島過年的建議後痛快說了聲「好」。

林清音外婆家人口多，過年全都回去住不下，所以他們每年總是年前回去待幾天，順便把年貨送去。

而林清音的爺爺、奶奶其實都健在，但是老倆口勢利眼，因為林清音家條件很差一直瞧不起他家。林旭若是給錢說不定能換一個哼字，其他時候真的是連個白眼都懶得給，過年上門敲半天都不幫忙開門那種。

在父母的影響下，林旭的兄弟姊妹也是這種態度，林旭對他的家人早就寒了心，除了每個月固定轉過去的五百塊錢贍養費外，他也從來不和他們來往。

反正一家三口過年，去哪兒都一樣，換個地方過年心情更好。

林旭放下電話後和妻子說罷，便在超市門口貼出了放假通知，給員工發了年禮，然後鎖上超市大門，開著他們那輛廂型車直奔琴島。

別墅住宅區地理位置不錯，加上林清音親自布了風水陣法後，靈氣比別的地方更足，在這裡修煉比起別的地方有事半功倍的效果。

既然是自己的房子，那布起陣法來就沒什麼好心疼的，林清音把自己帶的玉石都用上，布了個聚靈陣法，有大海靈氣的補充、別墅區的風水陣法相合，這個陣法只要不拆就能一直用下去。

林清音布好陣法後在門上貼了個「請勿打擾」的紙條就關上房門開始修煉，感受到房間裡澎湃的靈氣，林清音放開對經脈的束縛，瘋狂吸收著空氣中的靈氣。

聚靈陣法裡的靈氣飛快地減少，但與此同時大海中的靈氣源源不斷的補充，林清音輕車熟路的運轉著心法，用靈氣一遍又一遍地沖刷著自己的經脈。等林清音第二天早上睜開眼睛的時候，她已經到了練氣期巔峰，等找到一個靈氣更加充足的地方，她就能嘗試築基了。

泡了個熱水澡，林清音從房間裡出來的時候早飯已經擺上桌了，林旭夫妻、王胖子和韓政峰、張七鬥五個人正熱火朝天的聊天，完全看不出一點生疏。見林清音下來了，鄭光燕拉出旁邊的椅子，關心地看著自己的女兒說道：「昨晚我們到的時候妳已經休息了，是不是太累才睡了這麼久？」

林清音笑著走過去。「那倒沒有，就是回憶了一下最近算卦看相的心得體會。」

鄭光燕拿起一個剛出鍋的肉包子遞給林清音，忽然想起一件事。「對了，昨天我們來的時候妳說什麼都不用帶，這裡都有。不過我想有一樣妳肯定沒有，所以特意帶來了！」

林清音心裡湧出一股不好的預感，不等鄭光燕揭曉答案，她就猛然站起來朝客廳跑去。只見沙發上放著一個巨大的書包，裡面因為塞得太滿而沒有拉上拉鏈，露出了一本又一本的習題。

林清音瞪大眼，幽怨地看向鄭光燕。

妳可真是我親媽！

已經見識過那個書包的韓政峰和張七鬥十分默契的沒有說話，不過看向林清音的眼神充滿了同情。韓政峰是慶幸自己早就熬過了高中的艱難歲月，而張七鬥則不一樣了，他沒上過高中，從來就沒見過那麼多的習題。

齊城和琴島雖然離得近，但是林旭夫妻的前半生一直在工作，從來沒有出門遊玩過。這次來琴島雖然是冬天，但天公作美，氣溫舒適、陽光也好，兩人把碗碟、筷子塞進洗碗機後準備到海灘上轉轉，拍拍照片打打卡什麼的。

王胖子吃完飯剛泡上茶手機就響了，打電話的是陳大恆。王胖子問了問陳啟潤的情況，陳大恆開心地說道：「真的是多謝林大師了，啟潤有幾項檢查結果出來了，都非常好。今天早上醫生同意讓他吃些流食，他一口氣就喝了一碗粥還覺得不飽。不過我們也不敢給他吃太多，醫生說要循序漸進，免得腸胃不適應。」

說完了兒子的情況，陳大恆又說起自己打這個電話的目的。「其實我是為我一個朋友來找大師，他兒子三天前和同學出去玩，回家後就昏迷了，送到醫院去又查不出什麼問題。我猜想他兒子是不是也丟了命魂？」

王胖子說了聲「稍等」，便把陳大恆的事轉述給林清音。

林清音端著茶杯曬著太陽懶洋洋地問道：「問問他知不知道那個孩子的生辰八字。」

那孩子的父親就在陳大恆的旁邊，連忙把兒子的生辰八字報了過來，林清音掐算了一下說道：「他確實也是離魂，不過和陳啟潤相比要麻煩多了。」

王胖子有些發愁的摳了摳自己的胖臉，以前他以為大師的工作範疇就是算卦、點陰穴、看風水，沒想到現在丟魂的事也開始找他們了。

「小大師，那我們接不接這工作？」

林清音用拇指撓了撓額頭，小心翼翼地回頭往門口正在穿衣服準備去海邊散步的媽媽看了一眼，小聲地說道：「接，總比在家做習題好！」

韓政峰想起自己高中時被習題冊支配的恐懼，默默地伸出拇指贊同了林清音的決定。其實，他當年也想拋開成堆的試卷去做點學習以外的事，可惜實力不允許啊！那時的他可沒有林清音現在的能力！

陳大恆的朋友叫魏誠，他兒子魏鑫也住在同一家醫院的腦科病房，只是不同樓層。這兩天魏誠為兒子突然昏迷的事發愁，根本就顧不上和陳大恆聯繫，陳大恆也不知道魏誠的兒子出事了。

直到今天兩人在電梯間相遇，魏誠看到陳大恆拎著保溫桶喜氣洋洋的樣子問，才知道陳啟潤已經醒了過來。魏誠聞言直接去了陳啟潤的病房，只見陳啟潤面色紅潤和之前昏迷的樣子簡直是判若兩人。等陳大恆把事情的經過一說，魏誠立刻決定也把這位大師請來。

說起來也算是魏誠幸運，要不是昨天陳家送的那一車海鮮和年貨，林清音說不定已經回到了齊城，就是請她也未必能過來。

聽到大師應允願意走一趟，魏誠趕緊道謝以後也連忙給兒子轉到VIP病房，就安排在陳啟潤病房的旁邊。

林清音一行人在住院區門口就看到了陳大恆陪著一個和他差不多年紀的男人在門口等待。此時他們已經在外面站了半個多小時了，也幸好這幾天陽光足又沒什麼風，所以才沒有凍透。

魏誠雖然心裡著急，但是也知道外面不是說話的地方，趕緊帶林清音搭電梯來到病房。魏鑫和昨天的陳啟潤一樣，身上也有各種的儀器，林清音無視了那些管子直接將神識探進去，只見魏鑫的體內空空的已經沒有了魂魄。

林清音上輩子在修真界也聽說過有這種專門攝取魂魄增加修為的宗門，不過林清音沒出過門，對這種宗門知之甚少，但是她聽出外歷練的弟子提過，普通人在魂魄離體的情況下只能活七天，超過這個時限，身體、魂魄都會受到損傷，到時候神仙也難救了。

所幸現代的醫療發達，身體在昏迷的情況下，別說七天就是七十天也沒問題，可這魂魄的事他們就沒轍了。

張七鬥不知道林清音是用什麼方法探查魂魄的，不過從面相上看床上的男孩已瀕臨死相，所以看向魏誠的表情頗為同情。

魏誠被張七鬥的表情看得心裡一沈，臉色瞬間就白了。「這位大師，我孩子怎麼樣？」

張七鬥捋了捋鬍鬚，直言不諱地說道：「我是無能為力，主要還是得看林大師的。」

魏誠連忙轉過頭緊張地看著林清音，林清音也沒賣關子，直接說道：「他的情況和陳啟潤不同，陳啟潤只是命魂意外離體，而你兒子整個魂魄都沒了。」

魏誠的頭「嗡」的一聲響，險些暈過去，陳大恆連忙托住他的後背，急切地問道：「林大師，您一定有辦法吧。」

林清音掏出龜殼放在手裡。「你兒子昏迷前去了哪裡？」

魏誠這兩天也找了出事那天和魏鑫一起出去玩的同學，反反覆覆地追問他們好幾遍都去了哪裡。

「那天魏鑫是上午十一點半出門，他和他幾個朋友碰面後先去吃了火鍋，然後去看了電影。不過等電影散場以後，魏鑫的幾個朋友要去網咖玩遊戲，他們說魏鑫想去給一個要過生日的女生買禮物，他們就分開了。」魏誠的臉色有些難看地說道：「他們分開的時間是下午五點，魏鑫回來是晚上七點，一到家他就說頭暈要睡覺，等第二天早上我們發現他居然昏迷不醒了。」

張七鬥捋了捋鬍鬚忍不住插嘴說道：「估計魂魄離體和後面去的禮品店有關，你有沒有把他買的禮品帶來？」

「有，我特意回家去拿的。」

魏誠打開抽屜從裡面拿出一個禮品盒遞過去，張七鬥接過來拆開給林清音看，裡面是一條漂亮的項鏈，項鏈墜是一個心形的粉水晶。

「現在小姑娘好像都挺喜歡粉水晶的。」韓政峰在一旁說道：「在風水運勢中，粉水晶有招桃花的作用，不過這個粉水晶可能是假的，顏色偏紅了一些。」

林清音伸手把水晶項鏈接過來，對著陽光看了一眼後攥到手心裡片刻，等她再次鬆開手的時候所有人都倒吸了一口氣，只見粉紅水晶變成了白色，而中央有一滴黃豆大小的鮮紅血液。

「這是魏鑫的精血。」

王胖子好奇地湊了過來看著水晶裡的精血。「這血在裡頭好幾天了吧？怎麼看著還如鮮血似的，一點都不科學。」

韓政峰一言難盡地瞅了王胖子一眼，心裡吐槽：你一個算命的還講什麼科學啊！

林清音將水晶吊墜放在桌子上，拿出龜殼和古錢來搖卦。

張七鬥是跟著師父入行的，算卦、風水都學過，搖卦更是其中必學的一項內容。張七鬥一直覺得搖卦也是看天分的，更重要的是要有感應天道的能力。

見林清音要搖卦，張七鬥從提包裡拿出本子和筆準備幫林清音把卦象記下來好用來合卦推算。可剛搖出一卦，張七鬥還沒看清楚，林清音就拿著龜殼往桌上一抄繼續搖卦。張七鬥一頭霧水地拽了拽王胖子，小聲地問道：「林大師搖卦的時候不把卦象記下來嗎？」

王胖子伸手捂著嘴小聲說道：「小大師說，腦子是做什麼用的？還要寫紙上？」

張七鬥聞言險些哭了出來。

不記下來怎麼合卦，不合卦怎麼推衍，光靠腦子他真的做不到啊！

正當張七鬥自怨自艾的時候，林清音已經把卦搖完了，她伸手將古錢收起來，把龜殼放在手心上。「這項墜是一個媒介，魏鑫自願把血滴在裡頭等於打開了這個媒介，等他到家以後，人家通過這個項墜就能強行搶走他的魂魄。對方是既想要魂魄又不想暴露自己，所以才想出了這麼一招。不過幸運的是他的魂魄還沒有受損，只要領回來就行。」

王胖子有些迷糊。「去哪裡領啊？」

「自然是找拘了魏鑫魂魄的那人。」她轉頭問王胖子。「你們去不去？」

王胖子從事算卦這個行業以來，還是第一次遇到這麼驚悚的事，說實話他並不是很想去，能把人魂魄強行拘走的人肯定不是什麼善類。不過他也不放心讓林清音自己去，小大師還未成年，自己必須要保護好她！

韓政峰和張七鬥死皮賴臉留下來過年就是為了開眼界，再說兩人從業這麼多年，還真的什麼事都見過，倒是不覺得這件事有多驚悚，都說要一起去。

魏誠遲疑了片刻，等林清音都要走出病房門了他才忍不住問：「林大師，我能跟著去嗎？」

林清音沒回頭，只是招了下手，示意他跟上。

王胖子的越野車很大，魏誠、韓政峰、張七鬥三人坐在後座也不算擁擠。王胖子發動車子駛離了醫院，還不等發問就聽林清音說道：「往右行駛。」

右轉、左轉、右轉，大約二十多分鐘後，車子開進了一條雙車道的老街道，馬路的兩邊有不少營業的店鋪，五花八門經營什麼的都有。

林清音讓王胖子把車停到路邊，她下了車左右看了看，徑直朝一家叫「淘古店」的店鋪走去。

這間小店不大，裡外兩間，中間用布簾子相隔。簾子外面有玻璃櫃檯，店主是五、六十歲的黑瘦老頭，就坐在玻璃櫃檯裡面，低著頭在看一本破破爛爛的書。

林清音推門進去，有些破舊的木門發出咯吱的一聲響，幾個人魚貫而入，登時把這個小店擠得滿滿的。

老頭打量了他們一番，聲音沙啞地說道：「我這裡都是一些二手或不值錢的小玩意兒，圖個稀奇古怪，不適合你們這種有錢人送禮用。」

魏誠強忍著怒火低下頭，免得暴露了情緒耽誤林清音的事，林清音兩手插在口袋裡，像是閒逛一樣打量著店裡的貨物，遇到感興趣的還拿下來瞧。

老頭看了林清音一眼後就挪回了視線，眼睛緊緊地盯著張七鬥，一副戒備的模樣。張七鬥也不吭聲，故意往林清音相反的位置轉，吸引店主的注意力。

小店空著的位置狹窄，林清音很快就轉完了來到櫃檯前朝他身上一指。「我想買你懷裡的扇子。」

老頭眼神不善地看了林清音一眼。「那是我自己用的東西，不賣！」

林清音輕笑一聲。「我看你這扇子不像是好東西，不如你賣給我，我替你把它燒了。」

店主猛然站了起來從口袋裡掏出一張符紙點燃往上一扔，只見那符紙輕飄飄地落在了地上，幾秒鐘就全燒完了，只剩下一堆灰。

王胖子低頭瞅了瞅，沒忍住問：「你在燒什麼啊？」

「陣符。」張七鬥嗤笑了一聲。「不過好像不太好用。」

店主臉上十分難看，他盯著幾人看了一圈，視線最後落在林清音身上。「剛才只有妳把這個店轉了一圈，是妳破壞了我的陣法。」

「這也叫陣法啊？」林清音撇了撇嘴。「這也太簡陋了，我都沒用力就踩壞了。」

聽著林清音不屑一顧的話，王胖子忍不住「噗哧」一聲笑了出來，登時把店主氣得老臉通紅，看來有些惱羞成怒。

林清音看了他一眼，轉頭和張七鬥說道：「張大師，我把他的陣法踩壞了，我們好歹得給他一點補償，不如你免費替他看個相吧。」

張七鬥仔細端詳著店主的黑臉，一本正經地說道：「我看你眉毛豎立、雙目泛紅、顴部晦暗，必有大禍來臨啊！」

店主氣得一噎，險些罵髒話。

林清音點了點頭。「只說了一半不夠全面啊，你看看還有什麼？」

張七鬥猶豫了一下，繼續說道：「此人頭尖面小，刑剋一生，應該是貧賤勞苦的面相，可是……」

林清音輕笑了一聲。「你是覺得按照面相來看，這人就是房無一間、地無一壟的人，根本就不會有店鋪。」

「就是這個意思。」張七鬥鬆了口氣說道：「這人的面相除了窮，就是凶殺惡，實在是看不出好地方來。」

店主看著兩人無視自己的存在，你一言我一語的當著面評論自己，還淨說壞的，登時氣得火冒三丈。手一揮從身後拿起一把黑傘砰的一下打開，一股黑氣從裡面鑽出來朝林清音等人襲去。

林清音連頭都沒回，伸出胳膊輕飄飄地揮了一下，那股氣勢洶洶的黑氣居然就在眾目睽睽之下消散了。

所有人都目瞪口呆。

林清音看著張七鬥。「別理他，你繼續說。」

張七鬥被剛才那股凶煞之氣嚇出一身冷汗，好一會兒都沒反應過來，見林清音又問他，頓時有些尷尬地抹了把額頭。「我給嚇忘了。」

林清音無奈地搖了搖頭。「其實你看面相是挺有眼力，只是膽子有點小，不就一把破傘嗎？有什麼好害怕的？」

張七鬥看著好端端的自己，有些不好意思地笑了。「是我太杯弓蛇影了。」

見張七鬥說不出什麼新東西，林清音轉頭又去看韓政峰，韓政峰尷尬地擺了擺手說道：

「這個我不行，算卦、看相我都不太懂。」

王胖子就甭問了，他只能看出粗淺的皮毛，連張七鬥都看不出來的地方他自然也不行。

既然大家都不會，林清音乾脆自己說了。「你們看他的印堂之處黑中泛紅，再注意看他面上的橫紋，他在四十八歲那年應該是個死劫，但是他卻熬了過來並且有發跡的痕跡，但是這個發跡的痕跡卻帶著凶氣，這說明他是殺人奪命用來遮擋自己的命數，還順便搶劫了人家的財產。」林清音說完轉過頭看了店主一眼。「你說，我說得對不對？」

店主忌憚地看著林清音，有些發烏的嘴唇發出了陰森的笑聲。「沒想到妳年齡不大，眼力倒挺好。」

第五十六章

「我不光眼力好，本事還好呢。」林清音嘴角帶著一抹嘲諷的笑。「殺人奪命並不代表著高枕無憂，反而會催生你體內的煞氣，讓你痛不欲生。所以你想出了奪魂轉煞的法子，利用少年人的獵奇心理賣些稀奇古怪的東西，然後再用這些東西把他們的魂魄強行拘過來，等你疼痛難忍的時候，再用這些魂魄來吸收你體內的煞氣，我沒說錯吧？」

店主看著林清音眼睛瞇了瞇。「我明白了，妳是為了前天那個小子來的吧？可惜來晚了，他已經魂飛魄散了。」

一直站在後面的魏誠眼睛登時就紅了，嘶嚎著就要衝上來想打店主。

王胖子不用林清音吩咐，上前一把就抱住了魏誠，在他耳邊低聲說道：「魏先生你冷靜一點，你相信我們小大師。小大師說你兒子的魂魄沒事，那就一定是沒事的！」

魏誠喘著粗氣看著店主，卻也聽話的沒有再掙扎。

「你騙別人還成，騙我就算了！」林清音走上前把手放在他前面的玻璃櫃檯上，不緊不慢地問道：「你是自己把扇子交出來，還是逼我動手啊？」

店主盯著林清音看了半晌似乎在評估她的實力，左手有些不情願地去拿口袋裡的扇子。

王胖子忍不住踮起腳想看看那把扇子長什麼樣子，就在此時店主忽然從右邊口袋裡掏出一把符紙拋了出去，像天女散花一樣揚在空中，有的還沒落地就冒出了火花。

王胖子見狀嚇得臉都白了，下意識伸手去拽小大師想把她拉出去。

林清音依然看起來不慌不忙的伸手一攏，那些符紙老老實實的全都飄到了她的手上，就連之前那張冒火星的都自行把火給滅了。

在所有的符紙都落到手裡以後，林清音發現這些都是一些很低級的符紙，連靈氣都不需要，丟出去就能用，很適合沒有修為的普通人。

林清音拿著這疊符紙遞給張七鬥和韓政峰。「這玩意兒還能用，你們要不要？」

張七鬥和韓政峰看著那厚厚的一疊符紙眼睛都不會眨了，下意識吞了吞口水。「林大師，這符紙都是有價無市的好東西，花錢買都買不到。看風水時若是遇到了險惡的絕地，這些符紙都能派上用場。」

王胖子在旁邊忍不住「嘖」了一聲。「你們覺得小大師像是需要這種東西的人嗎？要是真遇到什麼危險，小大師丟塊石頭出去都比這破紙好用，讓你們拿著你們就拿著吧。」

張七鬥和韓政峰想到林清音的本事確實比這些符紙厲害，當下兩人也不再推辭，美滋滋的將符紙接了過來，兩人躲到一邊你一張、我一張分了個乾淨。等把符紙裝好以後兩人都有點不好意思笑了。

跟著林大師不僅開眼界還能分贓，美得他們都不想回家了！

店主目瞪口呆地看著自己攢了好多年的符紙就這麼毫不費勁的到了別人手裡，一時間都反應不過來。

他這輩子靠著心黑、手黑攢了一堆的寶貝，可今天這些寶貝怎麼都發揮不了作用呢？這個小丫頭也太邪門了！

林清音看著店主臉色發黑的站在櫃檯裡面，有些不耐煩的問道：「還有什麼東西沒使出來，別耽誤時間行不行？一會兒我還要回家吃飯呢！」

看著林清音肆無忌憚的模樣，店主的臉上終於閃過一絲恐懼的神色，他沒有想到自己過了死劫後，居然還會遇到這樣難搞的對手。

店主倒退幾步，就在所有人以為他要奪路而逃的時候，就見他不知從什麼地方掏出一個黑乎乎的小旗丟了出去，正好落在林清音的腳邊。

王胖子幾人覺得眼前一黑，周圍的景物頓時發生了翻天覆地的變化。等他們看清周圍的情況後頓時神色大變，此時他們身處於滿是煞氣的荒野之地，天是紅的、地是黑的，周圍遍布著殘魂野魄，不遠處是熊熊燃燒的火焰。

魏誠看到這一幕後都傻眼了，不明白怎麼好端端的突然換了個地方，若不是看到旁邊幾位大師也在，他非嚇哭不可。

韓政峰和張七鬥兩人則戰戰兢兢的抱在了一起，渾身上下每個毛孔都透著絕望，當了這麼多年的風水師，兩人自然知道這是進入陣法裡。這種堪比現實的陣法最難破解，若是找不到陣眼，就是把這天地都毀壞了也出不去，還有可能觸碰到別的機關，到時候說不定死得更慘。

但坐以待斃也不行，這個陣法的煞氣和殘魂野魄對他們來說都是十分危險的存在，若是在這裡面待久了很可能也就變成這陣法裡的遊魂，也不知道這店主從哪裡得到這麼邪惡的東西。

正當兩人絕望到想哭的時候，林清音抬起腳十分隨意的在漆黑的地面上一踩，眼前的世界突然裂開一條大縫，也就一瞬間，整個黑暗的場景崩塌得七零八落，所有人都發現自己依然好端端地站在小店裡，根本就沒有什麼火焰和野鬼。

「這陣法不行，太假！」王胖子倒是很冷靜，嫌棄地搖了搖頭。「小大師，我覺得這個陣法比我們那個竹海的差太遠了，一點都不真實。」

林清音點了點頭。「我也這麼覺得，而且還不結實，一踩就壞了！」她的腳在那黑色的旗子上一碾，原本就破爛的旗子直接成了一塊塊的零碎破布，拼都拼不起來。

正在瘋狂往包包裡裝東西的店主被這突如其來的變故嚇得呆愣住了，一時間都沒反應過來，林清音走過來彈了彈身上沾染的陰氣，輕飄飄地問道：「陪你玩了這麼半天也差不多了吧？你是自己把扇子交出來還是讓我動手搶？」

王胖子聞言趕緊往牆上的四個角落看了一圈，看看有沒有監視器。

這「搶」字可是不能亂說的，警察叔叔會不樂意的！

店主看著林清音眼裡閃過一絲恐懼神色，他四十歲那年走投無路的時候摸墳得了本邪法，就是靠著這本邪法，這二十多年來他坑人害命一直無往不利，攢了一大堆陰邪的家當。可他沒想到這些壓箱底的寶貝今天都失效了，沒有一個能發揮作用。

看著林清音要過來，店主站起來猛然掀開簾子躥到裡間屋子。林清音放出神識鎖定他的身體，手指一動編織出一個靈網罩住了他，這才回過頭和其他人說道：「你們等等，我去跟他要扇子。」

林清音轉到櫃檯裡面，掀開門簾子進入裡間。此時店主一動不動地站在裡間的後門門口，看著林清音的眼神帶著滿滿恐懼。他學了一輩子的邪法，其中也沒有能把人定住不動的，他覺得林清音比自己可怕多了。

林清音從他懷裡抽出了扇子，神識探進去一瞧，除了魏鑫的魂魄以外，另外還有四個魂魄，幸好都帶著活氣，離開身體都還不到七天時間。

林清音眼裡閃過一絲怒氣。「為了改你那破命居然殘害這麼多人，天打雷劈對你來說都太輕了。」

店主的臉上露出了怨毒的神色。「你們這種好命的人怎麼知道我們的痛苦？打出生就剋父剋母死全家，我靠著乞討要飯長大，還得天天遭人的白眼和辱罵。我憑什麼不能為自己著想？我憑什麼就要這麼忍著？既然命不好我就改命，那些為此死的人只能說命比我還不好，和我有什麼關係？」

林清音不想和這種人浪費口水，她伸出手將店主之前奪命改的氣運生生的拽離他的身體，輕輕一彈消散到空氣裡。沒有別人命數的遮擋，店主的臉上露出了必死之相。

「妳到底是什麼人？」店主不甘地看著林清音。「妳這麼多管閒事就不怕沒命嗎？」

林清音朝他笑了笑。「你本事又不行，打也打不過我，陣法也困不住我，我也沒做壞事，我有什麼好怕的？」

店主聽到林清音的話，頓時覺得眼前一黑、喉嚨一腥，一口血湧了上來，滿嘴的腥甜味道。

這死丫頭太氣人了！

林清音把從店主那拿來的扇子放進大衣的口袋裡，伸手將店主手上的手提包拿了過來，裡面亂七八糟一堆東西，每樣都泛著陰煞之氣，沒一件好東西。要是在以前的修仙界，這店主肯定是妥妥的邪修。

手掐了一個烈焰咒，一束火苗從林清音手掌裡升起落到了店主的手提包上，頃刻間連包帶裡面的東西都燒得一乾二淨，除了一堆灰燼以外什麼也沒留下。

林清音看著手心裡的火苗笑了笑。「你知道我為什麼避開他人卻不避開你嗎？」

店主臉上露出了驚恐的神色，他瘋狂地搖著頭，卻嚇得發不出聲音來。這個道理他比任何人都懂，因為他就是這麼對付知道他秘密的人。

林清音將束縛店主的靈氣收了回來，臉上露出了意味深長的笑容。「東西我拿到了，拜拜！」

王胖子等人看到平安無事出來的林清音都鬆了一口氣，他們真怕店主在裡面會發瘋傷到林清音。魏誠有些緊張地往前走了一步，惶恐不安地問道：「大師，我兒子的魂魄拿到了嗎？」

林清音拍了拍口袋裡的扇子。「放心，在這裡呢。」

魏誠聞言鬆了口氣，這才發覺自己已經嚇到兩腿虛軟無力了，軟趴趴的靠在了王胖子身上。「拿到就好，拿到就好！」

張七鬥見店主沒出來，有些不放心地朝被簾子擋住的裡間屋子看了一眼。「林大師，那個店主怎麼樣了？」

「隨他去，我們不管他。」林清音說道：「我們先趕緊回醫院，要下雨了！」

下雨？一群人都一頭霧水地看著林清音，雖然最近這十來天溫度迅速回升，不過下雨不太可能吧？天氣預報也沒說啊！

既然林清音說趕緊走，其他人也不管店主如何了，只有魏誠心裡琢磨著等回頭要找人好好查查這個店主的來歷，最好能查到他殺人的證據，要不然實在是嚥不下這口氣。

幾個人離開店鋪走到越野車旁邊，林清音看著越來越暗的天色嘴角露出一抹淡淡的微笑，心情特別好的說：「胖哥，把車往巷子口那邊開。」

「好咧！」王胖子和林清音待得久了知道她肯定又掐算出什麼，毫不猶豫地把車調頭，就在這時，天空猛然暗下，一道粗壯的巨雷從天空落下，轟隆一聲巨響，隨即雨點噼哩啪啦的降下。

魏誠被雷聲嚇了一跳，他伸頭朝窗外瞅去有些不解地問道：「這還沒過年怎麼就下雨了？」

韓政峰用胳膊撞了撞張七鬥。「你會掐算天氣嗎？」

張七鬥苦笑地說道：「大冬天的下雨？這個我掐算不出來！」

車子行駛到巷子口的位置就出不去了，也不知道從哪兒冒出來那麼多人，連雨也不避就堵著路口似乎在看熱鬧。魏誠惦記著兒子的魂魄還沒有回到體內，心裡有些焦急如焚。「大師，要不我們換條路走吧。」

林清音從副駕駛座的門上拿出一把傘轉身遞給了魏誠，抬起下巴往外一揚。「你先下去看看我們再走。」

魏誠強忍著心裡的不耐接過雨傘，他現在根本就沒有看熱鬧的心思。可是這些人裡頭林清音本事最大，為了兒子的命，他也不能說不，只能一臉鬱悶地下了車。

雨越下越大，打得人發疼，很多看熱鬧的受不了捂著腦袋跑了，倒給魏誠讓出一條道來。魏誠舉著雨傘走過去，忽然發現地上躺著一個人，看那身上穿的衣服好像就是剛才那個小店的店主。他趕緊快跑兩步走過去一看，果然那店主仰面躺著，頭上看著有點焦，眼睛睜得大大的看向天空，一副死不瞑目的樣子。

店主死了？不用他找人搜集店主殺人害命的證據了？

魏誠有些茫然地看著店主的屍體，這時幾個站在店鋪門口避雨看熱鬧的人聊天聲傳入了他的耳朵。

「這個人是被剛才那道雷劈死的？」

「嗯，我剛才正坐在這吃糖葫蘆，正好瞅見這人像作賊似的撒丫子跑，剛到這路口，那道雷就下來了，正好劈到他身上！」

「是夠準的！你們看他旁邊那棵老榕樹一點事都沒有。」

「有人叫救護車沒？」

上。

「叫了，不過多半沒什麼用了！」

後面的話已經不重要了，魏誠滿腹的心事瞬間少去大半，他舉著傘腳步輕鬆地回到了車上。

外面的雨下得很大，韓政峰看不清路上的情況，見魏誠一臉輕鬆的回來忍不住問：「前面發生什麼事了？」

魏誠沒控制住笑出聲來。「剛才那個害人的店主被雷給劈死了！」

魏誠沈浸在大仇已報的爽快中，韓政峰和張七鬥則齊齊看向林清音的後腦杓。

林清音就像是後腦杓看見了一樣，輕描淡寫地解釋。「他本身就是早就該死的命格，被他強行用別人的命給擋住這才逃過一劫。現在他用來擋命的東西沒了，老天自然會收了他。」

韓政峰聞言很痛快地打了個響指，笑哈哈地說道：「老天爺為了劈他，還特意在大冬天打個雷下了場雨，他這輩子也算是值了。」

這場雨來得急去得也快，等王胖子把車開進醫院的時候雨水就停了，原本有些渾濁的空氣被雨水洗刷了一遍，讓人覺得格外的清涼。

魏誠的妻子在病房裡焦急不安的等著，等聽到病房外傳來魏誠的聲音後忙不迭地迎了出去，緊張得握在一起的手指頭都有些發白了。「怎麼樣？」

魏誠朝她點了點頭，臉上帶著藏不住的喜色。「先讓大師進去再說。」

把魂魄帶回來後其他的事就方便多了，這是一個完整的魂魄，林清音將神識探入扇子裡用靈氣將魏鑫的魂魄領了出來，往身體裡一塞就結束。

走在最後面的魏誠剛將房門關好就聽見裡面的病房裡傳來王胖子的一聲驚呼。「醒了醒了，眼睛睜開了。」

夫妻倆顧不得再說別的，三步並兩步跑了過去，正好看到魏鑫一臉迷糊的看著圍在他身邊的四個陌生人。

這些人都是誰啊？

魏鑫不像是陳啟潤，磕破了頭又做過開顱手術，他在醫生眼裡就是莫名其妙暈倒的，一切檢查結果正常，就像是睡著了一樣。

魏鑫醒過來，醫生例行做了檢查後就將儀器給撤了，魏鑫摸著被氧氣罩勒出來的印子鬆了口氣，傻乎乎的抱怨。「媽呀，我作了一個好嚇人的夢！我夢到我被人關到一個黑漆漆的地方，裡面什麼也沒有，真是叫天天不應、叫地地不靈，差點沒待瘋我。」

魏誠聞言氣得揚起手想給他一巴掌，可是看著兒子明顯消瘦了的臉龐又捨不得下手，怕一巴掌又把他打暈，只得伸出一根手指恨恨的彈了一下他的腦門，把那個水晶項鏈丟到他的懷裡。「你是不是往這裡擠了一滴血？」

魏鑫手忙腳亂地將懷裡的東西拿了起來，等看清楚是什麼東西以後臉蛋羞得通紅。

「爸，你怎麼翻我東西呢？這是我要送給同學的生日禮物。」

「還生日禮物！你差點因為這玩意兒沒命知不知道？」魏誠氣得一瞪眼。「你給我實話實說。」

魏鑫畢竟是十幾歲的孩子，平時的性格也沒那麼中二叛逆，看到父親發火了也不敢隱瞞，老老實實地交代道：「我那天逛街進了一個小店，他家的東西比較老舊，我沒相中，正準備走的時候店主叫住了我，問我是不是要送給女孩子禮物。他說他有個項鏈是旺桃花的，只要我扎破食指擠一滴血進水晶項墜裡，等水晶項墜變成粉紅色，就可以送給我喜歡的女生了。」

魏鑫有些心虛地抬頭了他爸一眼，十分無力地為自己辯解。「其實我沒信，我只是覺得好玩想試試。」

「以後不許隨便再把血擠到亂七八糟的地方知不知道？」魏誠狠狠地瞪了魏鑫一眼，等轉頭和林清音說話的時候臉上則堆滿了笑容。「大師，您法力高深，我能不能從您這裡求個護身符之類的？我這兒子太不省心了，這一次差點就嚇掉我半條命，我可不想再經歷第二回了。」

林清音笑了笑。「其實你兒子的命挺不錯的，要不然那個店主也不會相中他。不過魂魄離體這麼久，確實有些影響，只是我手頭上用來刻符的玉都用完了，我先刻個石頭的給他戴著吧，只是效果差一些。」

魏誠的妻子楊冉冉聞言，連忙把脖子上一個水滴形狀通體碧綠的翡翠項墜摘了下來。「大師，您看這個可以用嗎？」

林清音將神識探進去感受了一下裡面的靈氣，十分滿意地點頭說道：「這塊玉石靈氣很足，自然是可以做玉符。」

楊冉冉連忙笑道：「是從我朋友開的店買的，大師要是喜歡這樣的玉墜我明天陪您去買，我有會員卡，能打八折呢！」

八折？林清音露出了開心的笑容，要是多買一點豈不是能省好幾十萬？

扇子裡還有四個完整的魂魄，若是直接把魂魄放出去他們未必會安然無恙的回到身體裡，以魂魄的狀態面對這個世界真的是危險太多了。

救都救了乾脆好人做到底，反正都是在那個小店買過東西的人，離得不算遠，林清音決定乾脆把這些魂魄都送回去。

雖然林清音不知道八字，因為是魂魄的緣故，面相也是模模糊糊的，但加上龜殼搖卦足以得到足夠的訊息了。林清音把四個魂體的身體所在位置推算了一遍，這四個人全都住在醫院裡。

而琴島醫院多，但是知名又口碑好的就幾家，最巧的是四個人其中有一個就住在這家醫院裡，還和陳啟潤之前在同一層病房。

林清音揣著扇子從樓梯下了一層來到下面那層病房，護理師和路過的醫生看到她眼神都有些奇特。雖然陳家和魏家的人沒有明說請這幾位來是幹麼的，但是通過隻言片語醫生護理師們也都猜到了林清音幾個人是那種所謂的神棍。

本來他們覺得像林清音年紀這麼輕的女孩子居然從事這種「江湖騙子」的行業都有些不屑，但是鑒於病人家屬的堅持，也只能給他們調病房隨便他們折騰，反正只要不碰那些監測儀器就行，誰知被她「看」過的那個病人居然奇跡般地甦醒了。

昨天陳啟潤調到VIP病房後就關上了房門，也不知道在裡面做什麼法。過了大約半個小時病房的門打開，陳啟潤的母親就衝了出來說陳啟潤甦醒了。當時醫生護理師衝進去的時候是沒看到黃表紙、符水之類的，就是踩了一腳的碎石頭，弄得他們一頭霧水。

在給陳啟潤做完檢查以後，醫生們回到了辦公室也討論起這件事，都覺得不可思議。陳啟潤的昏迷他們找不到原因，還可以推到頭部受到了撞擊的因素上面，可是將他喚醒是用什麼方法他們就想不明白了。

這股討論的熱潮還沒過去，今天這一女三男的「江湖騙子」集團又來了，一看就是陳啟潤的父親給引薦的。

因為昨天的事醫生們對他們都很關注，等病房門關上以後幾個醫生都忍不住在門口徘徊，都想進去一探究竟。可他們還沒等想好什麼理由，病房門就開了，那群大師匆匆忙忙的走了，只剩下魏鑫母子兩個在病房裡。

醫生們藉著查房進去又給魏鑫做了基礎的檢查，依然是找不出昏迷原因，也想不出讓他甦醒的辦法。

醫生們查完房就去忙了，可是護理站卻一直有人，大約一個小時後護理師們看到林清音一行匆匆忙忙的回來，連忙互相使了個眼色，還沒來得及過去打聽情況，就見才關閉沒一分鐘的病房門再次被推開，說魏鑫醒了。

醫生和護理師們都傻眼了，這是組團來逗我們的吧？就算餵符水速度也沒這麼快好嗎？等醫生看見病床上精神煥發的魏鑫都不知道該說什麼好，要不是他不吃不喝也沒睜眼的在床上躺了好幾天，他們肯定以為魏鑫是裝病的。

既然沒什麼大礙了，觀察幾天就能出院，就是醫生們心裡都有些鬱悶。

這叫什麼事啊？

林清音他們在病房裡聽魏鑫說事情始末的時候，關於有四個很神的「江湖騙子」的事已經在腦外科醫護群裡傳了個遍，甚至還有護理師偷偷拍了林清音的照片發到了群裡，說這個就是領頭的大師。

雖然林清音沒有和這家醫院的醫護人員說過話，但是她現在在這個腦外科室裡已經是人人皆知的名人了，連醫生見了她都不由自主的多看她兩眼。

第五十七章

到樓下的病房，林清音對於醫護人員的注視並不反感，因為他們的目光裡沒有什麼惡意，有的只是好奇、特好奇、抓心撓肝的好奇！

醫生和年長的護理師抹不開面子，但有一個剛畢業的小護理師按捺不住，主動跑過來臉頰紅紅的問道：「你們要找哪個病人啊？」

林清音指著走廊盡頭的病房說道：「在那裡面，叫什麼我不知道。」

小護理師順著手指往裡一看頓時明白了，裡面那間病房也有個昏迷入院的，至今沒有甦醒。小護理師對林清音喚醒病人的方法十分好奇，忍不住跟在她的身後一起朝病房走去。

病房盡頭是個三人間，最裡面靠窗躺著的是一個十七、八歲的少女，她媽媽坐在床邊無神地看著她，臉上還有沒收乾的淚痕。

林清音知道這個病人是個女孩，便讓王胖子三人在外面等待，她獨自走進去徑直到了女孩的病床前。

米清秋正在愁眉苦臉的想女兒的事，忽然來了一個和自己女兒差不多的孩子，米清秋下意識問道：「妳是我們家蓮蓮的同學？」

林清音伸手將病床的簾子拉了起來，遮擋住旁邊病床家屬的好奇視線。跟在林清音後面的小護理師從簾子外面把頭探了進來，訕訕地問道：「我能看看嗎？」

林清音有些無語地看著她。「我這是封建迷信，和你們醫院治病沒關係。」

「我知道。」小護理師做了個拜託的手勢。「我太好奇了，妳要是不介意的話我想旁觀一下，要不然我怕今晚我睡不著覺。」

林清音無奈地點了點頭，等小護理師過來以後還不忘提點她一句。「妳是心善心寬的類型，就是好奇心太重。太好奇不是好事，容易惹出不必要的麻煩。」

小護理師看著林清音明明比自己稚嫩，還正經八百地說教，忍不住笑著拱拱手道：「知道了，大師。」

米清秋一頭霧水的看著這個陌生的女孩和小護理師妳一句我一句的，也不知道是說真的還是開玩笑。「妳到底是來幹麼的？」

「我是來把妳女兒叫醒的。」林清音從大衣口袋裡掏出扇子壓低聲音說道：「今天有人請我們處理他兒子昏迷不醒的事，我們探查了情況發現是魂魄被人強行拘走了。我找到那個男孩的魂魄後發現還有別的魂魄也在一起，順手都帶回來了。」

米清秋下意識覺得這是騙子，還沒等翻臉就見林清音輕輕拍了拍扇子，低聲說道：「回去吧。」

米清秋不由得遲疑一下，還沒等想明白這小姑娘是什麼騙人的套路，就見她女兒的手指忽然動了一下，緊接著眼睛就睜開了。

小護理師見狀下巴都要掉了。居然這麼不科學！

米清秋此時卻顧不上什麼科學不科學了，她撲過去緊張地看著女兒的臉。「蓮蓮，妳醒了？」

蓮蓮看了一下四周的擺設，似乎不太明白自己為什麼在醫院裡。

林清音見女孩魂魄已經和身體合二為一，放心的將扇子收了起來。「行了，醒來就好了，記得以後千萬別隨便扎手指取血，就算是人家不拿妳的血液做法，萬一針頭不乾淨也糟糕。」

米清秋見林清音要走，連忙將女兒委託給看傻眼的小護理師，趕緊追到了門口。「大師，這真的太謝謝您了，怎麼稱呼？」她一邊說著一邊摸口袋，可出來得太匆忙，別說錢包連手機都沒拿。「大師，您等一下回去我拿下錢包。」

林清音看了這女人的面相，知道她家比較清貧，連這次住院的錢也是跟親戚借的。

林清音擺了擺手說道：「別人已經付過錢了，我只是順手把妳女兒帶回來而已，總不能讓她就這麼消散了吧？是妳女兒運氣好。」

林清音說得輕描淡寫，米清秋眼淚卻差點掉下來，一想到女兒的魂魄孤立無援的待在外面她就心疼，真的是幸好遇到了這個好心的大師，要不然她女兒怎麼沒的她都不知道。

米清秋千恩萬謝的把林清音送走了，等回到病房才想起來剛才那位大師並沒有告訴自己她的姓名。米清秋想了想，拍了一張和女兒的合影發到了朋友圈裡。「感謝不知名的大師救命之恩。」

另外三個病人雖然不在這家醫院，但是林清音也沒費什麼難事，去了就把魂魄一塞，家庭狀況不錯的給的感謝費她就收，而像米清秋那種本身就比較困難的就當是做好事了。

林清音事了拂衣去、深藏功與名，回家泡了個熱水澡後舒舒服服的吃了一頓螃蟹、牡蠣，再就著排骨吃了兩碗米飯。吃完飯林清音也沒消停，坐在沙發上啃蘋果看電視。

林清音之前在家的時候，家裡的電視就是擺設，十幾年的都成老古董了，家裡忙著上班的、忙著學業的，那電視連機上盒都沒有，一年到頭也就過年的時候開一回看看春節晚會，其他時候連電都不插，所以林清音對電視是充滿好奇的。

電視上在播放某臺的喜劇比賽，林清音第一次看這種類型的節目，頓時被逗得前仰後合的，笑得停不下來。

現代人真的是太有趣了，真好玩！

見林清音看電視開心得手舞足蹈的，鄭光燕收拾完碗筷後猶豫了下，最終還是沒叫她去寫習題。

雖說馬上就要上高三了，但是鄭光燕覺得林清音在學習上真的算是自覺的孩子了，再加上這個學期以來成績一直都很穩定，也該適當放鬆一下了。另外她覺得憑女兒那麼愛學習的態度，肯定看一會兒就會自己去唸書了，根本都不用她催。

林清音笑得打滾。「哈哈哈，真好笑！」

鄭光燕皺起眉。

過會兒還是適當提醒她吧！要不容易笑抽過去。

林清音看電視看得開心，此時琴島本地一個論壇上有一個帖子爆紅了，名字叫「我哥的魂魄被人送回來了」。

樓主苟富貴：活了這麼大第一次見到這麼誇張的事，前幾天我哥吃著飯突然昏迷不醒了，當時就把我嚇傻了，以為他腦溢血呢，趕緊送到醫院。檢查了一圈下來什麼毛病沒有，至於為什麼暈倒不知道，不過據說我哥不是唯一一個，最近琴島有好幾個這種病的，說專家正在研究呢。

我們當時也不知道專家什麼時候能研究出來，我媽一邊哭還一邊偷偷研究壽衣、骨灰罈之類的了，就在這時病房裡來了幾個看起來挺有錢的人，領頭的是一個小姑娘，也就十六、七歲，樣子特嫩特好看，那眼睛一瞅我，我連我哥姓什麼都忘了。

漂亮的小妹妹被跟隨她的人稱為「小大師」，聽這稱呼是不是覺得像算卦的半仙？哎你們別說還真是那種，半仙說我哥的魂魄被人拘走了，她今天救別的魂魄的時候，順便把我哥的魂魄也帶了回來，然後我看她掏出一把扇子做了幾個奇怪的動作，我哥就醒了！

現在算卦的半仙都這麼猛嗎？還有人居然有魂魄？我世界觀都要碎了！

一樓：樓主你是寫小說的嗎？水準也太差了，一點心意都沒有，不好看！

二樓：我覺得樓主就是算卦的吧？編的故事太假！

三樓：呵呵，不知道的以為我生活在小說裡呢！

看著一排的嘲諷，苟富貴不樂意了。明明就是真的你們憑什麼說我是編的？當即就和上面嘲諷他的人筆戰起來了。

就在兩幫人吵得不可開交的時候，忽然不知道從哪兒又冒出來一個叫起司榴蓮回覆了一條：請問替你們送回魂魄的大師是不是姓林？後面還跟著一個胖子、一個老頭和一個香港人？

苟富貴傻眼了，連忙回：你怎麼知道？

起司榴蓮：我妹的魂魄也丟了，就是這位林大師給送回來的，可神了呢，我舅媽當場就給她跪下了！

五十五樓：真是瞎扯，還開了小帳你累不累啊？

苟富貴怒了，打開手機截圖了一個昨天有昏迷照片的朋友圈，又對著喝粥的哥哥拍了張照片發到了論壇上。

哼！看這回誰還說我假！

苟富貴這張帶著時間的朋友圈截圖十分有說服力，畢竟一前一後就差一天的時間，但是看起來判若兩人。不過任何時候槓精、酸民都不少，尤其是在這種匿名論壇裡，隨即就有人替醫生抱不平，說苟富貴為了宣揚封建迷信置醫生的辛苦而不顧之類的，氣得苟富貴直翻白眼。

醫生很辛苦也很敬業是沒錯，但是這次的功勞確實是那位年紀輕的大師的。好在苟富貴不是一個人在戰鬥，起司榴蓮將表妹的臉打上馬賽克也張貼上來，同樣的病房格局，但是一張是綁滿了各種儀器的，另一張則是翹著二郎腿看手機的，前後差距之大足以讓人瞠目結舌。

一個人這麼說或許是假的，但是兩個人都這麼說，還都有照片為證，可信度瞬間就提升了大半，頓時就有質疑的人倒戈了，發出「居然這麼神奇嗎」的感嘆。

有人倒戈似乎刺激到了槓精，不但開始噴樓主順便還把新的人也噴了一遍，通篇都是「沒文化真可怕」。

苟富貴和槓精戰得風生水起的時候，一個叫「三座金山」網友出現了，發了一張在豪華病房的自拍，然後說明：我覺得苟富貴和起司榴蓮你們也應該謝謝我，因為我爹就是出錢請大師的人。另外大師去找我魂魄的時候我爹一直跟在身邊目睹了全部過程，現在他世界觀都顛覆了，看起來受的刺激有點大。

苟富貴和起司榴蓮頓時跪謝土豪，順便不忘問有沒有什麼精彩內幕。

三座金山迅速回了帖子：你問問你們家裡丟了魂的人，是不是都在新華街「淘古店」的一個小店裡買過東西，還被店主忽悠取了一滴指尖血。那個店主就和小說裡的邪修似的，靠殺人害命遮掩自己的氣數，大師把他的法術給破了，那老頭出去就被雷給劈死了。

一百零四樓：我靠，我說大冬天的怎麼突然打雷下雨了，原來是為了劈人！

一百零五樓：那個雷聲真的超級大，我當時在路上差點給我嚇尿了。

一百零六樓：我今天還和同事說，天氣預報明明是大晴天，也不知道是哪位道長渡劫沒和氣象臺打招呼，引了雷劫出來。現在一看，我居然猜對了一半，雖然不是道長，但確實是雷劫沒錯了。

一百零七樓：繼續吹，我翻遍手機也沒看到一條有人慘遭雷劈的新聞，要是真事，琴島網早就發新聞了吧？

一百零八樓：我去，我的店就在新華街上，我親眼看見那個老頭被雷劈死的全過程。對了，我家監視器應該拍到畫面了，我去回放一下看看影片，如果有清晰畫面的話給你們截圖。

帖子裡頓時熱鬧起來，大家從大師的話題順利轉移到被雷劈的老頭身上，討論得熱火朝天。很快一百零八的層主就發了一些影片截圖，雖然像素有些模糊，但是那道巨雷打到人身上的那一幕還真的被拍下來了。

就在槓精垂死掙扎的時候，琴島網也發布巨雷劈死路人的新聞，有人乾脆將新聞截圖貼了上來，並且重點標紅最後一句——據悉，該男子或許和一場殺人案有關，警方已介入調查。

頓時論壇裡熱鬧開來，這個帖子迅速爆紅，大家一個個的都來膜拜大師，剩餘幾個槓精無論怎麼上躥下跳都得不到旁人的認同。有人看不下去半開玩笑的說「你們這麼黑大師，萬一讓大師看到了這個帖子，呵呵，我覺得大師是能算出你是誰的」後，那幾個黑子立刻就消失了，甚至有人還偷偷回去把自己回覆的樓層默默刪除了，可見有多心虛。

琴島的某個別墅區裡，一個叫鄒寧的年輕人坐在舒適的沙發上搜索著關於大師的訊息。一開始看到苟富貴發的帖子時他有些嗤之以鼻，可是越往後看他的神情越嚴肅，等看到最後他的表情已經很凝重了。

鄒寧從沙發上站了起來，飛快地回到房間打開電腦，根據幾張圖片確認這三個人所在的醫院，打電話找人去證實。過了半個小時，鄒寧接到了電話。電話那邊的人不僅證實了這幾件事確實是和帖子說得一模一樣，甚至連碧海世家別墅區改風水的事也打聽到了。

鄒寧把帖子裡的幾張照片和重點的樓層都印出來，拿著幾張紙來到頂樓的陽光房，遞給正在看書的鄒海。「爸，我從論壇上看到了一個帖子，裡面說一個大師挺靈驗的。我剛才讓馬叔去核實了一下，裡面說的事情確實是真的。」

鄒海略微翻看了一下便把這幾張紙放到了一邊，有些無奈地看著鄒寧。「你想和我說什麼？」

「我想請她幫我找找媽媽的下落。」鄒寧放在腿上的手指微微顫抖。「活要見人死要見屍，我不相信我媽沒了。」

鄒海嘆了口氣。「可是你媽已經失蹤三年了，你知道我們家的能耐算是不小的，連我們都找不到你媽媽，我不覺得一個什麼大師能找得到。」

「不管怎麼樣我都想試試。」鄒寧手攏了起來，握成拳頭。「其實我本來想自己請大師的，但是陳家和魏家請這個大師都花了兩、三百萬，我沒有那麼多的錢。」

「你以為我有嗎？」鄒海站起來將報紙丟在搖椅上，轉身站在落地窗前看向窗外。「我們家就是看著光鮮，有公司、有別墅，可是我們真正能用的流動資金根本就沒有那麼多。你長大了我也不瞞你，我現在的帳戶裡就有兩百多萬，這是你在國外這幾年的學費和生活費，不僅是你，就連我也不會挪用。」

鄒寧眼眶發紅，他仰起頭看著窗口身材高大的父親聲音顫抖的問道：「你是不打算找我媽了？」

「如果能找到我當然願意找，可是你覺得真能找到嗎？你別忘了，你媽是出海以後消失的。」鄒海轉過頭看著鄒寧脆弱的樣子，聲音不由得緩和了幾分。「鄒寧，你已經二十了，不是離開媽媽就活不了的年紀，該學著長大了。」

鄒海說完轉身離開，鄒寧哆嗦著手從口袋裡拿出一張紙條，上面寫著林大師的住址，他不甘心的將紙條握在了手裡。

無論如何，他都要去找那位大師試試！

林清音帶到琴島的玉都用光了，魏鑫的母親楊冉冉表示可以帶她去朋友的店買玉墜，還能夠打八折。

說起來林清音自從來到這個世界以後每天都忙忙碌碌的，除了上學就是算卦賺錢，還真的沒有逛過街。但沒逛過不代表沒聽說過，畢竟她的兩個朋友張思淼和商伊都喜歡買買買，林清音經常聽到兩人因為學業太忙不能逛街發出的哀嚎。

林清音對於這種廣大女性最喜歡的休閒方式還是很期待的，為此她還特意問媽媽要不要一起去。

鄭光燕本來打算今天幫林旭把過年吃的刀魚和丸子都炸出來，一聽說逛街這件事，頓時把炸丸子拋到了腦後，興高采烈的回房間去換衣服。正在收拾刀魚的林旭不由得鬆了口氣，小聲地和林清音嘀咕。「幸虧妳把妳媽叫走了，要不然今天這魚和丸子都浪費了，妳們出去逛街玩久一點，等我炸完這些東西妳們再回來啊！」

林清音拿著手機看著某點評網的美食推薦，樂呵呵地答應了爸爸的建議。「我聽說琴島好吃的可多了，我們吃了晚飯再回來。」

女人逛街是最可怕的事，更何況是三個女人一起逛街，王胖子十分機智的打了電話請楊冉冉開車來接林清音，自己則躲到廚房裡幫林旭剁肉餡。

現在魏鑫的身體狀況非常好，在醫院再觀察兩天就可以出院了，正好趕得上過年。雖然請林清音所費不貲，但是魏誠和楊冉冉夫妻倆對林清音依然感激涕零，畢竟兒子的命比什麼都重要。

林清音今天主要是以買玉為主，而鄭光燕琢磨著要給林清音多買些衣服。林清音現在對美食很癡迷，對穿著卻沒有太多的要求。也幸好她隨著修為的提升皮膚越來越好，人看著也更加靈氣，在容貌的襯托下，即便是穿得再普通也不會覺得難看。

楊冉冉朋友的店是個比較小眾的玉石品牌，但因手工訂作的首飾十分精緻，所以在琴島本地頗受有錢人追捧，價格也比一般的玉石店要貴。

林清音對玉的要求比較特殊，因為不需要雕刻設計，所以價格也和店裡的要求不一樣。三個人到店裡的時間比較早，雖然已經開始營業了，但是只有店長和售貨員在，老闆還沒過來。

挑玉選玉要花較長的時間，楊冉冉讓林清音母女先在店裡稍微休息，她打算到商場裡一家很有名的甜品店買一些蛋糕和甜點回來，一會兒喝茶的時候正好配著吃。

鄭光燕坐在靠門口的一張椅子上看櫃檯裡的手鐲，她分不出哪種好哪種不好，不過光那種最普通的鐲子也不是她能消費得起的，隨便一個鐲子都夠把她的小超市給買下來。

鄭光燕看著玉，卻不知道一窗之外有一家三口正在看著她。

林旭的姊姊林覽看著店裡的女人，臉上滿是疑惑地問女兒祝千千。「妳看那個人，是不是妳舅媽？」

「倒是挺像的，不過怎麼可能？」祝千千嫌棄的撇了下嘴。「媽妳別忘了她家什麼條件？他們連林清音的生活費都快出不起了，怎麼可能到琴島來。就算是來了，也是掃地、端盤子，怎麼可能到這種店裡來逛？」

話剛說完，祝千千就看到了一旁的林清音，頓時眼睛瞪得溜圓。「難道真是她們，怎麼可能？」

祝付勇看著妻子和女兒一驚一乍的樣子也有些不耐煩地說道：「進去看看不就知道了？難道妳們還怕見她們？」

一聽這話，林覽登時就把眼睛瞪起來了。「笑話，我怎麼會怕她？」她摸了下身上的貂皮大衣，底氣十足地說道：「去就去，我倒要看看是不是那一家窮鬼！」

林清音坐在一邊的沙發上喝茶，打從林覽和祝千千停下來指指點點的時候她就注意到了他們。腦海中關於他們的記憶也自動浮現出來，林清音輕輕地冷笑一聲，臉上多了幾分興味的表情。

林清音想起姜維說過的話，世界上最痛快的事就是看別人打臉，心裡特別爽快，而更痛快的事就是親自打臉，啪啪的，最利於身心健康。

林清音今天非常想知道，最利於身心健康到底是什麼感覺！

只見林覽傲氣地一抬頭推開店門走了進來，鄭光燕聽到聲音下意識轉頭一看，正好和林覽四目相對。

林覽剛才在外面只看到了鄭光燕的側面覺得和她弟妹有幾分相像，可見到了正臉以後不由得愣了一下。她雖然有兩年沒見到鄭光燕了，但是印象裡鄭光燕因為常年勞累的緣故，看起來比實際年齡要老十幾歲，雖然衣著整潔、頭髮也梳得板正，但是衣服因為洗得發白、掌心都是老繭，看來就小家子氣，透著一股窮酸相。

而眼前坐在櫃檯前的鄭光燕臉頰豐潤飽滿，別說看不到一點皺紋，連皮膚也十分的白嫩，長長的手指擺弄著一只碧綠的鐲子，完全看不出以前的痕跡。

林覽下意識摸了摸自己的臉，她比鄭光燕要大上五歲，以前她除了嘲笑鄭光燕窮就是譏諷她長得老，可現在人家看著比她要年輕十歲，完全變了一個人。

林覽覺得一塊大石頭堵在了心口，特別憋悶，說起話來更加不客氣了。「我剛才還以為看錯了呢，原來還真的是妳？」她眼風一掃坐在沙發上喝茶的林清音，譏笑道：「難不成妳女兒又領獎學金了，趕緊出來見見世面？也不知道那兩個錢夠不夠當你們一家三口生活費，還敢出來混，真是狗窩裡存不住乾糧。」

鄭光燕和林家人就沒有一個能相處的，以前過年過節不得不去的時候，每回都一肚子氣，好不容易消停了兩年又一次見到厭惡的大姑姊，鄭光燕也毫不客氣地送了一對大白眼過去。「妳誰啊？」

林覽被這句話險些氣出個好歹來，扠著腰眉毛都豎起來了。「鄭光燕妳少裝蒜，我是誰妳不知道？在這裝什麼有錢人呢！」

第五十八章

鄭光燕呵呵了一聲，輕飄飄的嘲諷回去。「喔，原來是妳啊？老成這樣我都認不出來，我還以為是我老家的哪個阿姨呢。」

這是以前林覽最喜歡譏諷鄭光燕的一句話，今天鄭光燕拿這句話還嗆回去頓時覺得神清氣爽，委屈了十幾年的鬱氣都因此散開了。

林覽被自己常用的話打臉，頓時肺都氣炸了，一抹頭上的汗剛要罵街，店長就笑咪咪地走過來擋在她的前面。「女士，為了提升顧客的消費體驗，我們這裡不能大聲喧譁，如果有私事可以移步到店外解決。」

林覽在鄭光燕面前裝腔作勢，可在外面尤其是這種高檔的店裡就特別在乎面子。她見店裡面的工作人員都看著自己，不得不把火氣憋回去，可是這一憋她覺得更熱了。

把身上的貂皮大衣脫下來遞給老公，林覽把胳膊抱在胸前意有所指地和店長說道：「你們這種高級的店最應該擦亮眼睛，不能什麼人都當成是顧客。有的人就是不自覺，身上沒幾毛錢就什麼店都敢逛，妳以為她是來買東西的，其實她很可能是來應聘清潔工的。」

林覽說完還覺得自己挺幽默，用手背掩著嘴咯咯笑了起來，聽得林清音雞皮疙瘩都起來了。店長聽到這話，臉上的笑容絲毫沒有改變。「只要進了我們店的門，在我們心裡都是顧客，都是上帝。」

林覽被碰了一個不軟不硬的釘子臉上有些下不了臺，轉頭就朝喝茶的林清音發火。「妳都多大了，見人不知道打招呼？這麼半天了妳叫人了嗎？眼瞎了啊！」

「祝千千進來半天也沒管我媽叫一聲舅媽啊，我這是和她學呢。」林清音不緊不慢地扯了一下嘴角。「妳有心情教我，不如好好教教妳女兒，免得她長大了和您一個樣。」

將茶杯放到桌上，林清音走到櫃檯前看了一眼鄭光燕正在欣賞的鐲子，伸手點了一點。「幫我媽戴上試試。」

店長知道林清音是楊冉冉請來的貴客，就連老闆都一早打電話囑咐好好招待，她不敢怠慢地趕緊過來，親自拿著鐲子幫鄭光燕戴上。

「還挺好看的，媽，妳就戴著吧。」林清音笑咪咪地轉頭看著林覽說道：「這是自己花錢買的，戴著也安心，不像某些人，為了撐面子還花錢租了一件衣服。」

林覽的臉上紅一塊白一塊，卻一句話也說不出來，她這件衣服確實是租來的。林覽來琴島是為了參加今晚她老公祝付勇公司總部舉行的年度感恩酒會，為了充面子，她花錢租了一件貂皮。

這件貂皮一天租金要八百塊錢呢。林覽好不容易第一回穿貂皮想著要好好炫耀，所以一大早就叫著一家三口出來逛街，想把八百塊錢勻到每一分鐘上。可她沒想到這件事居然讓林清音給猜出來了，臉上不禁發紅，心裡有點羞恥。

祝千千看著林覽尷尬的樣子心裡直冒火。她從小比學習比不過林清音，每次見面就各種譏諷林清音家窮，她也為此在林清音面前十分有優越感。可今天那個只會埋頭死讀書、不愛吭聲的小窮鬼居然牙尖嘴利的譏諷她家，祝千千覺得這簡直是對她最大的羞辱，當即口不擇言地說道：「林清音妳怎麼和我媽說話的？妳家什麼情況當我們不知道嗎？是誰為了十萬塊錢獎學金連重點高中都不去了，跑去一個口碑最差的私立高中！」

她冷哼一聲，憤憤不平地說道：「拿了獎學金以後也不知道把錢孝敬給妳奶奶，怪不得家裡人都看不上妳家。妳還跑這來裝有錢？也不害羞。」

林清音托著下巴笑咪咪地看著她。「我不用裝，本來就是啊！畢竟我上個學都能拿十幾萬的獎學金，不像表姊妳，花十幾萬都沒學校想要。」

祝千千臉都綠了，她從小最討厭這個表妹就是因為她總是年年考第一，她在學業上贏不過她，只能在穿著打扮上打敗她。可即便是這樣，她也最怕別人說她花錢都上不了高中的事，這讓她覺得很丟人。

祝付勇看到妻女在林清音面前都沒討到好，臉色也不好看了，張嘴就是斥責。「林清音，妳爸怎麼教妳的，一點規矩都不懂？」

林清音臉上雖然帶著笑，但是眼睛卻十分冰冷。「我爸教我知恩圖報，不能做忘恩負義的白眼狼。」

祝付勇臉上閃過一絲狼狽的神色，嘴裡卻嘟囔著不可理喻，一副不屑和林清音攀談的樣子。

林清音看著這一家三口扭曲的嘴臉忍不住笑了起來，她用手敲了敲櫃檯，叫過店長來說道：「妳看抱著貂皮的那個女的，眼睛矇昧而無神，看東西虎視眈眈，這說明她作過賊，妳要小心店裡的貴重物品。還有那個下巴如錐子似的女孩也要當心，眼睛圓眼珠突出，這種人魯莽又怕事，小心會碰碎了你們店的玉首飾還不認帳。

「至於那個男的也不是什麼好鳥，妳看他睜眼時眼白外露，說明這人沒有良心，是俗稱的白眼狼。可能他自己都忘了，當初要不是他小舅子奮不顧身把他從火裡救出來，他早已經去見閻王了。其實，救他的人原本也沒打算讓他報答什麼，可這人轉身就把自己菸頭沒掐滅引燃了窗簾導致失火的事推到救他的人身上，還讓人家賠了一萬塊錢這就很噁心了。這種連救命恩情都可以踐踏在地上的人，也不用指望他替他老婆、女兒買單，出事他跑得比誰都快！」林清音看著這一家三口火冒三丈的樣子，笑咪咪地說道：「所以，這樣的人站在我面前影響我的心情，可以把他們請出去嗎？」

「好的，您稍等！」店長點頭，緊接著就在一家三口目瞪口呆中從櫃檯裡走了出來，客氣有禮卻又十分打臉地伸出了手，做了個請的姿勢。「很抱歉，你們打擾到本店的正常營業了，請離開好嗎？」

祝千千氣得什麼裝模作樣的姿態都忘了，扯著脖子喊道：「剛才誰說進來的就是顧客就是上帝的？你們就是這麼對待上帝的，誰是你們的老闆，我要投訴妳！」

話音剛落，一個四十多歲渾身上下帶著菁英味道的女人走了進來，身後跟著兩個身材健碩的工作人員，一人手裡提著一個大箱子。

「我是老闆，請問有什麼事嗎？」

祝千千趾高氣揚地說道：「這個店員三言兩語就攆我們走，你們開店不是做生意的嗎？就這個德行以後誰來？」

女老闆微微一笑。「抱歉，我們店是會員制，僅支持會員購買和訂製，請問兩位女士是我們家的會員嗎？」

祝千千的得意怔在了臉上，下意識重複。「會員制的？」

「繳五千元會費或者一次性購買二十萬的商品均可成為我們的會員。我們為會員提供玉石日常保養、維護、後期改款的服務。」女老闆臉上的笑容十分得體。「您要加入嗎？」

祝千千脫口而出。「我瘋了才花五千加這種會員……」

女老闆一伸手。「那很抱歉，您已經打擾到我們顧客的購物了，請吧。」

「就她？」祝千千不敢置信地指著林清音。「她家怎麼可能那麼有錢？」

女老闆笑了。「抱歉，我只知道她是我的貴客。」說完女老闆轉身朝林清音笑了笑。

「林小姐，您要的玉多，我調貨花了些時間，很抱歉今天來晚了。」

「來得不晚，時間剛剛好。」

林清音站了起來，這時楊冉冉也拎著一大盒甜點回來了，她將手裡的甜點遞給售貨員，笑著為女老闆介紹。「程總，這就是我和妳說過的林大師，她要的玉比較多，到時候妳可不要心疼折扣啊。」

「那是自然，我這兩天已經不只一次聽到林小姐的大名了。」程燁指了指兩名員工手裡提的箱子說道：「我特意調來很多精品的玉墜，另外還有剛剛打磨好還沒雕刻的原玉也帶來了，林小姐隨便挑就是。」

林清音神識在兩個箱子裡一掃，臉上的笑容更加燦爛了。「多謝程總了，不過借您的地方我還要處理一點私事。」

程燁笑得更燦爛了。「您是我們店的貴客，有事您先處理就好。」

林清音拿出手機看著祝付勇。「若是我沒記錯的話你是在一家高分子的新材料公司上班，老總叫陳大恆是吧？」

祝付勇看著林清音的動作不由得嗤笑了一聲。「是又怎麼樣？在一個小破店裡當個貴客，還真把自己當人物了，覺得打一通電話我們老總就能開除我是不是？來來來，妳打一個給我看看，我還真就不信了！」

「既然你這麼要求，我就不客氣了。」林清音撥出去一個號碼，臉上掛著淡淡的笑。「陳總，我是林清音。」

接到電話的陳大恆激動得險些把手機扔出去，一個鯉魚打挺從沙發上蹦了起來。「林大師您好您好，沒想到您會打電話給我，真的是太榮幸了！」

「您客氣了。」林清音笑了笑。「這次打電話給你主要是想問一下，你的公司在齊城分公司是不是有一名叫祝付勇的銷售經理？我今天剛好見到他了，這個人品行不太好，不太適合做銷售這行啊。」

陳大恆對這個祝付勇還是有點印象，以前覺得這人看著倒是挺實在的。不過現在林大師說祝付勇品行不好，那這人身上肯定有什麼問題，要不然林大師也不會親自打電話過來提醒。

再三和林清音道謝後，陳大恆給齊城的執行副總打了個電話，讓他暫停祝付勇的工作，開啟內部調查。

在掛上電話前，陳大恆想起一件事來。「對了，這個祝付勇是不是也是這次來琴島參加感恩酒會的管理人員之一？今天暫時別讓他去了，另外他的年終獎金也先別發，等調查結果出來再說。」

在祝付勇的眼裡，林清音打這個電話不過是裝模作樣，可他萬萬沒想到居然才過了兩分鐘，自己就接到了公司副總的電話，祝付勇當下就傻住了。

其實祝付勇家現在的生活條件，全都是因為他的薪水高、獎金多的緣故，在人均收入三千左右的小城市，他每個月能拿到一萬多塊錢，這在當地絕對算是高收入了。

乍一聽突然暫停工作，還要進行工作調查，祝付勇在傻眼之後就是心慌，他當銷售經理的時候手腳並不乾淨，吃差價、回扣、倒貨的事都幹過，這種事查出來往小了是開除，金額要是大了還涉及到刑事犯罪，到時候他就得坐牢了。

祝付勇此時完全沒有了剛才得意的嘴臉，慌亂的就想往貴賓室衝。保全早就提防著他，兩個人擋著門口，另外幾個人客氣有禮的把他們半請半攆的趕了出去。

若說之前林覽一家三口還在林清音面前趾高氣揚，這會兒就如喪家之犬似的，臉上全是惶恐，他們誰也想不到那個被他們全家都看不起的小丫頭，居然有了這麼大的能耐，一通電話就能讓人失業。

林覽抱著租來的貂皮不知所措地看著祝付勇，有些不安地問道：「老祝這到底怎麼回事啊？是不是你們副總對你有什麼誤會？要不你再打電話解釋解釋。」

「解釋個屁啊！」祝付勇氣急敗壞地說道：「副總已經在電話裡說了，這是陳總直接下的命令。妳說妳這個娘們也是沒事閒的，逛妳的街不就得了，非要去煩她們幹麼？我和妳說，不管妳是找妳媽還是找妳弟弟都趕緊給我想辦法，要是我工作真的沒了，我們倆就離婚，我真他媽養夠妳了！」

林覽眼睛含著淚不敢吭聲，從手機裡翻了半天也沒找到林旭的電話，只得趕緊給其他兄弟姊妹打電話。問了一圈才要到一個號碼，可是打過去已經停用了。林覽沒辦法，又打電話給自己親媽，讓她趕緊去林旭家看看林旭在不在家，若是不在家問問鄰居有沒有他的聯繫方式。

林老太是七十多歲的人了，自然是不愛動彈的，但是一聽女兒說要是打聽出來就給自己買海參吃，她頓時年輕十歲似的立刻出門了。林老太按照記憶中的地址找到了那個破舊的住宅區，才知道自己一直看不上的小兒子居然開了間超市，而且還在琴島有了大別墅，一家三口去琴島過年了。

林老太氣得直肝疼，覺得林旭這麼有錢居然都不孝敬孝敬她，每個月就給五百塊錢，打發叫花子呢！

老太太問鄰居要來林旭的電話氣呼呼的打了過去，可沒想到接電話的居然是林清音。面對老太太氣急敗壞的質問，林清音輕飄飄地說道：「我記得去年那時您又上法院、又去公證處和我爸解除母子關係，公證的錢還是我爸出的。不過贍養責任還在，按照當年簽署的協議，我爸每個月只需支付五百塊錢給您，若是生病啊、住院啊之類的您也甭擔心，您有四個兒女呢，我爸會出他那四分之一的。」

林老太一口氣差點沒憋過去，可是看著旁邊那麼大的超市，她又捨不得掛斷電話。再三衡量下，老太太擠出一個自以為慈祥的聲音，特別親暱地和林清音說：「妳這孩子不懂事，我和妳爸說。」

林清音擺弄著桌上的玉，挑出一塊靈氣充足的放到一邊。「您和我爸說沒用，我們家的資產都在我名下，就連超市也是。」

老太太一聽這話就裝不下去了，氣得一蹦三尺高。「妳個丫頭片子要什麼財產？妳以後還不是得嫁人。妳爸就是不聽我的話才落得今天和家人這麼疏離的下場，妳和他說，要是把超市轉到妳堂哥名下，我就立刻和他恢復母子關係。」

林清音笑了笑。「對不起，我爸說不稀罕！」

掛掉電話，林清音將林老太的號碼拉到黑名單，將林旭的手機放回包包裡，神清氣爽的伸了個懶腰。「這三十五塊玉我都要了。」

這些玉有的是品相好的玉墜，也有沒雕刻的原玉，程煒為了和林清音交好，一下子都快把庫存給清空了。

把POS機拿過來讓林清音刷了卡，程燁笑著說道：「林大師對玉的需求量這麼大，應該親自去滇省轉轉，買些原石回來能省下不少錢呢。」

林清音想了想開學以後的課程、作業還有考試，頓時鬱悶了。「看我暑假有沒有空過去吧，現在實在是走不開。」

程燁連忙說道：「我過完年會去滇省採購一批原石，如果林大師需要我可以幫您帶一些回來，雖然沒有您自己買的便宜，不過比從店裡買划算多了。」

林清音連忙道了謝，和程燁互相留了聯繫方式加了好友，走之前還親自幫程燁調整了一下店面的擺設，布了一個招財局，高興得程燁嘴都合不上了。

林覽一家三口一直在外面等著，看到林清音出來趕緊圍了過去。此時祝付勇的臉上滿是愧疚懺悔的神情。「清音啊，我剛才認真地反省了一下，曾經是我做錯了，是我對不起妳爸。不過清音我們都是一家人，我好歹是妳姑父，我們一家人怎麼生氣都行，可不能鬧到外面讓別人看笑話。」

「就是就是。」林覽臉上掛著虛偽又有點難堪的笑容。「一家人不說兩家話，妳和我們怎麼嘔氣沒關係，可不能拿妳姑父的工作開玩笑，要是讓妳爸知道了也會說妳的。」

林清音輕笑著搖了搖頭。「妳不用拿我爸壓我，在我和你們之間，他永遠都只會聽我的。」看著林覽的笑容有些掛不住了，林清音掃了她一眼。「看在親戚一場，我好意提醒妳一句，剛才我說妳『眼睛曚昧而無神，看東西虎視眈眈肯定作過賊』這句話是不是胡說，妳心裡有數，最好不要把我逼急了，否則……」

林清音笑了笑。「妳知道後果。」說完她還意有所指看了眼祝付勇。「你也是。」

林覽和祝付勇夫妻倆站在原地臉色煞白誰也不敢吭聲，只能眼巴巴地看著林清音和鄭光燕上了一輛豪華轎車。

一家三口孤立無援地站在馬路上，祝千千委屈得想哭。「爸、媽，我們怎麼辦啊？」

「問妳媽去！」祝付勇氣急敗壞地吐了口唾沫。「娘倆都是喪門星！」

就在此時一個帶著紅袖標的老太太不知道從哪裡鑽了出來，興高采烈的扯下來一張罰單。「隨地吐痰，清理乾淨並罰款一百！」

祝付勇氣得差點暈過去。

楊冉冉將林清音母女送回了別墅，略微坐一會兒就走了。林清音按了下大門警衛的視訊通話道：「我剛才回來的時候，看到有一個二十多歲的男孩在外面徘徊，還在嗎？」

保全隊長回道：「是有一位，在門口待了一上午，問他什麼都不說。」

林清音點點頭。「叫他進來吧，我在家裡等他。」

保全隊長雖然覺得林清音的要求挺莫名其妙的，不過一想到這個年紀輕輕的大師了不起的本事，他就不敢怠慢，連忙出了保全室叫住那個轉了一上午的男孩。「你是來找林大師的嗎？林大師讓你進去。」

鄒寧聽到保全隊長的話瞬間感覺到很驚喜，可很快他又想起了自己銀行帳戶裡的那點金額，頓時覺得手足無措。「我可能請不起林大師。」

保全隊長見鄒寧衣著也不差，猜測他可能遇到什麼難事了，便好言好語地安慰他一句。「林大師既然叫你進去肯定有她的用意，你先別擔心錢，先見了大師再說。」

鄒寧點了點頭，有些忐忑不安地坐上了接駁車，由保全隊長親自把他送到林清音家的別墅門口。

林清音已經換好了衣服到三樓的茶室沏茶，由王胖子給鄒寧開門，讓他換了鞋後指了指樓梯。「小大師在三樓的茶室等你。」

鄒寧輕聲道謝，低著頭走向樓梯，一步一步緩緩地上到了三樓。走出樓梯，映入眼簾的是間充滿陽光的茶室，一個年輕的女孩子盤腿坐在几案前慢條斯理地煮著茶。

「坐吧。」林清音指了指几案對面的蒲團說道：「剛才我回來的時候從外面看到你了，你是來找我的吧？」

「嗯！」鄒寧點了點頭。「我昨天從琴島論壇上看到有人提到您，所以冒昧的過來了。」

林清音煮茶的手一頓，微微的皺起眉頭。「琴島論壇是什麼？」

鄒寧趕緊掏出手機，打開被自己收藏的頁面小心翼翼地遞了過去。

林清音現在用手機已經十分熟練了，她飛快地翻看著帖子，從前面的質疑到後面各種的馬屁都看得津津有味。翻到最後，林清音掏出自己的手機下載了琴島論壇軟體，註冊帳號暗暗關注了這個帖子後，還在帖子後面回：剛好認識這個大師，大師年齡不大喜歡各種美食，所以給大師送年禮最好以特產美食為主，什麼名畫古籍之類的就不用了，大師對這些玩意兒真的不感興趣！

回覆完帖子重整了一下，很快就有人回覆林清音，有的說她蹭熱度，有的抱大腿求問大師的聯繫方式，有的則腦補給大師送什麼年禮才能博得大師的歡心，看得林清音笑個不停。

林清音覺得這個帖子自己能看一天，不過面前還有個等算卦的青年，林清音只能意猶未盡的將手機放到一邊，拿起茶壺給鄒寧倒了杯茶。「你來找我是想算卦？」

「是！」鄒寧臉上有些發紅，這還是他第一次為錢的事覺得窘迫。「大師，請問算卦多少錢？」

林清音喝了口茶，無所謂地說道：「放心，不需要兩、三百萬，我平時一卦只需要兩千五百塊錢就成了。」

第五十九章

「兩千五？」鄒寧猛然抬起頭，有些不敢置信地看著林清音，結結巴巴地說道：「真的只需要這麼少嗎？大師，我雖然沒有兩、三百萬，但是幾萬塊錢還是有的，您不用這麼壓價。」

倒還是個不錯的有為青年，林清音拿了一塊點心咬了一口說道：「到哪兒都是這個價，算卦兩千五，護身符從兩千到幾十萬不等，其他的事項根據情況單獨報價。」林清音腮幫子鼓鼓的看著鄒寧。「你不就是要算卦嗎？兩千五就可以了。」

鄒寧眼眶有些濕潤，他覺得大師一定是看出他的窘迫才說了這麼低的價格，要不然憑這位大師的能耐，再多加兩個零也不為過。

既然是大師好心，鄒寧也不矯情了，直截了當的說道：「我這一卦是為我母親算的，三年前她出去旅遊的時候突然失蹤，我爸爸當時報了警也派人出去找，但是一直沒有消息。我爸說我母親是出海的時候遇到了不測，可能早已屍沈海底了……」

林清音看著他。「你不願意接受這個結局，想算一算你母親是否還在人間？」

鄒寧點了點頭。「活不見人死不見屍的我心裡真的不甘，萬一我媽還活著呢？」

鄒寧說這句話的時候其實心裡很沒信心，他也知道若是人沒事的話怎麼可能三年不回家，可是他又不甘心就這麼接受母親已經離開人世的事。

林清音沒有起卦，而是端著一杯茶慢慢啜飲。「你有沒有想過，也許你母親回不來是因為另有隱情？」

鄒寧臉上露出了一抹痛苦的神色，可他依然沒有動搖想找母親的念頭。「我想過，我甚至懷疑我媽的失蹤是不是和我爸有關，但這不是我放棄我媽的理由。我寧願我爸恨我，也要將我媽找回來。」

林清音放下茶杯說道：「從你的面相上看，你的母親確實還在人世，我可以幫你起一卦算算她現在身在何處。」

鄒寧聽到這話猛然挺直了腰板，剛要開口就見林清音掏出了一個金色的龜殼，他頓時緊緊地閉上嘴巴，眼睛一眨不眨的盯著林清音搖卦。

其實林清音從鄒寧的面相上已經看出了七八成，不過為了確認鄒寧母親所在的具體位置還是起了一卦。連搖六次，林清音已經看出了結果，她伸手一抄將古錢收了起來。「你的家境不錯，祖上留下的產業是你母親那邊的吧？」

鄒寧點了點頭。「現在我家的外貿公司是我外公留下來的，我媽媽學的是美術，對商業的事一竅不通，所以這些年公司一直是我父親在打理。」

林清音對生意上的事不是很懂，她直接問道：「你外公留下來的公司，是直接給你媽一人還是分股份的？」

鄒寧對公司的事不是特別清楚，不過因為他外公的遺囑是由律師公布，所以他對這個還是記得的。「這個公司我外公有百分之九十的股份，另外的股份給了一些元老級的員工。我外公過世的時候把他手裡的股份一分為三，我媽占百分之三十五，我有百分之三十，另外的百分之二十五是我爸的。」

林清音微微皺起了眉頭。「這股份有什麼用處嗎？」

「以前每年都按股份分紅，不過我媽不管這些俗事，分紅的錢都匯到家裡的帳戶上，是誰的沒什麼差別，不過這兩年沒聽我爸說分紅的事。」鄒寧想了想補充道：「我聽他提過他想讓公司上市。」

鄒寧說完心裡越發不安了，他忐忑地看了眼林清音的臉色問道：「大師，我媽的失蹤和公司上市有關嗎？」

「是有些牽連的，不過我對這些商場彎彎繞繞不太懂，具體的得你自己去查。」林清音說道：「琴島最東面的位置有一家精神療養院，你母親在那裡面。」

鄒寧猛然站了起來，不敢置信地問道：「大師，您是說我母親根本就沒死，而是被關進了精神病院裡？」

林清音點了點頭，鄒寧的心宛如像是浸在冰水裡。就像他爸鄒海說的，他家現在雖然存款不多，但是在琴島做了幾十年的生意，也算是有門路的人家了。若是說別人幹的他肯定不信，有這個本事，並且做出苦苦尋找了許久才不得不放棄的假象的人只有一個，那就是他爸爸鄒海。

鄒寧雖然猜疑過自己母親的失蹤和他爸爸有關，可這件事情被證實了以後他依然覺得難以接受。記憶中他媽媽一直是很恬靜古典的美人，就像一個不知世事的小公主一樣每天都沈浸在自己畫畫的世界裡，既簡單又美好，對他也很溫柔。

而他父親鄒海雖然一直為了公司忙碌打拚，但是無論忙得多晚、在外面多累他回家都隻字不提，每天回家都樂呵呵的，無論母親相中了多麼不實用的東西，他都十分豪氣的買回來，只為哄母親一笑。

鄒寧一直覺得自己父母是恩愛的，要不是他父親說母親是出海失蹤的，他一定不會懷疑到自己父親身上。

因為他母親根本就不喜歡坐船，她曾經和鄒寧說過，無論多大的船，只要是漂浮在海上的都讓人心裡不安穩。她只喜歡靜靜的待在花房裡或者畫畫或者喝茶，若非必要，她連大門都不願意跨出，更何況是出海。

說到底，鄒海並不了解和他生活了大半輩子的妻子。

鄒寧抹了把臉，藉機把眼角的淚痕擦乾，他長吸了一口氣，十分平靜地說道：「其實我不太明白我父親為什麼會用這種手段。我媽根本不在乎什麼股份的，他如果想成為大股東、成為董事長，只要他開口說，我媽都會答應他。在我媽眼裡，這些錢啊股票啊都是俗物，根本就不值得她分神，她更不會去爭奪這些東西。」

林清音有些憐憫地看著他。「如果她知道你父親出軌了呢？再嚴重一點，若是她知道你爸還有一個私生女呢？」

鄒寧猛然吸了一口氣。「我爸出軌？還有孩子了？這怎麼可能？」

話剛出口鄒寧就想明白了問題的關鍵，像他媽那種心思單純、乾淨的人是不允許她的感情出現一點瑕疵的。若是她發現了他父親出軌，她不會考慮利益，一定會選擇離婚這條路。

雖然這些年他母親從來沒插手公司的事，可她畢竟是公司最大的股東，手裡是有決策權的。而他要是知道了父親出軌，也肯定會支持母親的做法，就他父親手裡的那點股份根本就不能幹什麼的。

而且這麼多年，他爸爸能力、關係、客戶都有，若是真離婚完全可以自己開一家公司，說白了他還是捨不得岳父留下來的這筆巨額資產。為了錢，他寧願把自己的結髮妻子送進精神病院。而他母親一旦被冠上精神病的名號，她只能享受股東的分紅，決策權自動轉移到監護人手裡。按照法律，他母親的監護人就是他的爸爸。

鄒寧忽然狼狽的痛哭起來，他的心裡充滿了絕望和痛苦。其實就是因為他爸爸不想離婚，又希望能獨占妻子手裡的股票，所以才捏造了妻子過世這個謊言吧？說白了這個謊言不是騙別人的，是專門為他捏造的。什麼報警、什麼苦苦的找尋了半年都是假的，鄒海只是不想讓他去追查母親的事。

鄒寧在哭的時候想起了很多事，他想起了鄒海這三年一直不願意他放假回家。在他本科還沒有畢業就多次和他強調一定要在國外繼續深造，甚至鼓勵他交往國外的女朋友，甚至在國外創業。

其實鄒海根本就不希望他回來，只要他不回來，就沒人管他母親是瘋了還是死了，他就可以心安理得的占有那一大筆的財產。

鄒寧第一次覺得原本熟悉的父親，居然像魔鬼一樣可怕。

鄒寧低頭擦乾淨淚水，等情緒平靜下來才問道：「大師，您能算出來我父親的小三是誰嗎？」

林清音給自己續了一杯茶。「你知道你父親的八字嗎？如果有照片也給我看看。」

鄒寧從手機裡翻出一張父子的合影遞給林清音，又把鄒海的出生日期說了出來。

鄒寧的手機畫素很好，林清音放大照片，可以將鄒海臉上的皺紋和斑點看得一清二楚。

「你父親這個人不簡單啊，若是在過去，差不多是梟雄一類的人物。他這個人野心很大，又心狠手辣，為達目的不擇手段。」

鄒寧點了點頭，曾經他一直以父親的這個特點為榮，覺得他有野心且行事果斷、雷厲風行，有上位者的風範。可鄒寧沒想過他爸爸會把這種手段用在家人身上。在出軌暴露的時候果斷捏造了妻子精神病史送進精神病院，欺騙在國外讀書的兒子，手段乾淨俐落，要不是鄒寧事隔三年依然不死心，只怕他媽媽會在精神病院待到死。

「你父親的情人和他淵源很深，應該是他的初戀情人。」林清音托著下巴說道：「從八字上看，他應該是在三十六歲那年出軌的，次年他的私生女出生。」

鄒寧此時連哭都哭不出來了。

他外公就是在他爸三十六歲那年去世的，原來岳父大人一死，鄒海就直接和舊情人破鏡重圓了。還真是夠迫不及待的！

鄒寧仰起頭將眼淚逼回去，他不能再哭了，眼淚救不了他媽媽，他現在必須堅強起來，成為母親的靠山。

深吸了一口氣，鄒寧端起面前已經冷掉的茶水一飲而盡，而後掏出手機。「大師，我轉帳給您。」

林清音再給他倒了杯茶。「錢的事先不著急，反正你也跑不了。重點是，你想好怎麼救你的母親了嗎？」

鄒寧愣了一下。「我直接去療養院，將我母親接出來不就得了？」

林清音笑著搖了搖頭。「本來我以為我已經夠缺乏生活常識了，沒想到你比我還嚴重。你就不想想那種高級療養院是隨便可以進去的嗎？若是你強行闖入可能你人還沒見到你媽媽，你爸爸就已經得到消息來抓你了。」

鄒寧臉色變得很難看，他比林清音更了解自己的父親，鄒海若真是不顧父子之情，狠毒起來說不定連他都能一起塞進精神病院。即便是鄒海沒有翻臉，但一口咬定鄒寧的母親就是有精神疾病，光靠他也沒辦法把人帶出來。

看著鄒寧瞬間頹喪的樣子，林清音取了一塊蛋糕放到他的面前。「我這兩天比較閒，又不想做習題，還非常想管閒事，正好就趕上你這個閒事了，既然有緣，就讓我摻和摻和吧。」

鄒寧心裡一暖，忍不住苦笑了下。「大師是心善，知道我拿不出多少錢來，又想幫我一把，才找這種說辭。」

「我是真不想寫。」林清音義正辭嚴地說道：「同樣類型的題目我都會了，做再多也沒用。」喝了兩杯茶，林清音見鄒寧的情緒平靜下來，這才說道：「你母親進去的時候精神肯定是沒有問題的，但是被關在那種地方足足有三年，健康的人也會被關出毛病來，何況你母親本身就心思纖細。」

林清音輕輕地嘆了口氣。「從你的面相上看，你母親的身體狀態不是很好，所以必須想個萬全的計策，直接把你媽媽帶出來才行。」

鄒寧的心裡像針扎似的疼，捏著杯子的手指關節已經發白，但情緒卻異常的冷靜。「我想這三年我爸肯定不會經常去看我媽，但是他那個性格又十分多疑，若是不派人時常去看一眼他肯定會不放心，所以他一定會讓他的助理兼司機馬華定期去醫院查看情況。」鄒寧沈吟了一下繼續說道：「我爸那麼多疑的人，他也不會放任馬華隨時去那邊，免得事情跳出他的掌控，所以馬華每次去醫院，肯定得拿著我爸簽字的單子才能進去。」

鄒寧述說的時候，林清音手裡在轉動著古錢，等鄒寧說完古錢正好旋轉到底躺在了桌上，林清音看了一眼古錢說道：「今天下午兩點，你到馬華辦公室，從他西裝外套的口袋拿到通行證。記住一定要在兩點整，不能早也不能晚。」

鄒寧沒想到林大師居然連這種細節都能算出來，趕忙點了點頭。「我記住了！大師，我拿到通行證後可以直接去療養院嗎？」

林清音搖了搖頭。「你拿到通行證後就離開你爸的公司，一直往東走，不要拐彎，等遇到第一個叫你名字的人就是你的貴人，你可以向他求助，然後明天我們三個人一起去療養院。」

鄒寧詫異了一下。「大師，您也要去？」

林清音翻了個白眼。「這不廢話？你母親只有精神和身體都正常的狀態下才能被救出來，哪一項有問題，你父親都能繼續行使監護人的權力，什麼貴人都沒用。」

幫他母親恢復正常可不是一個小的恩情，雖然林清音沒說要錢，但鄒寧心裡卻有自己想法，只是他銀行帳戶的那點零用錢確實不能幹麼。他索性把手機收起來，大大方方地說道：「先欠著大師的錢，等事情了了我再付帳。」

林清音擺了擺手。「行了，我就不留你吃午飯了。你下樓以後問王大師要一個聯繫方式，決定好去療養院的時間後打電話給我。」

鄒寧再三感謝後走了，林清音把喝得味淺的茶湯倒了，又重新煮了一壺新茶。茶壺咕嘟咕嘟的冒著熱氣，林清音在陽光裡伸了個懶腰。

不用做題的感覺可真好！

本來要在外面逛街一天的，但林覽一家三口的出現還是影響到了鄭光燕的心情，所以母女兩個早早的回來了。林清音在樓上給鄒寧算卦的時候，鄭光燕和林旭在房間裡把今天的事說了，末了強調道：「現在你姊夫的工作沒了，你媽又知道我們家開了超市，無論他們誰找你，你都不許搭理他們。」

「我知道！」林旭對此也有些無奈。「妳剛才不是說清音已經把我姊一家三口震住了嗎？他們三口倒不麻煩，麻煩的是我那偏心的老媽。」

鄭光燕一想到自己那個婆婆就沒好臉色。「她今天也好意思開口，說讓你把超市給你大姪子，你們家人怎麼就那麼厚臉皮呢？」

林旭對自己奇葩的老媽也無話可說，之前嫌棄他窮、嫌棄他沒本事、嫌棄他沒兒子、嫌棄他對妻子女兒好，反正怎麼看他都不順眼。現在他家的日子好起來，又嫌棄他沒把家裡的超市給他姪子。縱然林旭早就知道自己親媽是什麼人，還是覺得心裡發寒。

拍了拍老婆的手，林旭安慰她道：「早在我媽要和我斷絕母子關係的時候我心裡就發了誓，除了定額的贍養費和分攤的醫藥費，別的我一分錢不出。」

鄭光燕嘆了口氣。「我就怕我們過完年回去開業她會鬧，到時候她強行拎走東西，你說給還是不給？給的話她能把超市搬空了，不給的話她坐在門口撒潑一鬧，我們還會被鄰居指指點點。」鄭光燕越想越生氣。「這才藉著女兒的光過上好日子，誰承想倒讓他們知道了。」

林旭也有些沒轍，他想了想說道：「我們去問問清音吧，她肯定有辦法。」

林清音正和王胖子說鄒寧家的事，林旭夫妻上來了，有些不太好意思地問道：「打擾你們說正事了嗎？」

「別人家的事而已，不算正事。」林清音笑了笑，遞過去兩個蒲團讓她爸媽坐下。

林家人和王胖子相處這半年已經熟得像一家人似的了，林旭覺得也沒什麼見不得人的，直截了當的說道：「妳奶奶知道了我們家開了超市，我和妳媽擔心過完年，等超市開門她會去鬧。」

林清音回憶了記憶裡奶奶的面相，十分認同林旭的猜測，那老太太就長了一張貪得無厭的臉。不過林清音對此事也早有了主意。「爸，你的那間超市現在已經有四名售貨員了，你乾脆提拔那個三十多歲叫王燕的當店長，她性格雖然潑辣，但是為人忠心，也有一定的管理能力，以後店裡就讓她負責。現在超市有固定管道來送貨，你們一個月去盤點一次就行，還能輕鬆一些。」

林清音沈吟了一下說道：「另外回去的時候不要急著開業，你們先把超市過戶給王虎，等回頭奶奶要是去超市搬東西不給錢，就直接報警。」

鄭光燕一聽這招差點沒忍住笑出來，若是這店是自己家的，就是鬧到報警也依然是家務事，到頭來他們又得賠東西還要被罵。可這個店要是旁人的可就不一樣了，鬧得過火了就是進派出所，拘留一次就能讓那窩裡橫的老太太怕了。

不過老太太畢竟是林旭的母親，鄭光燕雖然心裡十分贊同這個主意，但是沒吭聲，把這事丟給林旭做決定，免得以後自己被埋怨。

林旭扭頭看了眼低頭不語的妻子，絲毫沒有猶豫地點了點頭。「這間超市能開起來都是清音的功勞，要不是清音出本錢盤店面、進貨，又布了聚財陣，就靠我們，這輩子也不可能有這間小店，也不可能把店經營得這麼好。這店說是我們的，但其實就是清音的，總不能把清音給我開的店最後變成我姪子的吧，那我這個當爹的也太沒用了。」

鄭光燕聽到這話臉上忍不住露出了笑容，也就是這些年林旭很拎得清大家和小家的關係，更沒長了愚孝的腦袋，否則她早就過不下去離婚了。

超市的事都想好主意，王虎乾脆建議直接把家也搬了，讓他們找都找不到。「我有一間房子正好租約到期了，剛好去年才重新裝修了一遍，用的都是好材料，還找了設計師設計過，家具、電器全部齊全，等過完年我叫人來打掃一遍你們就先搬到那裡去住。自己家的房子住得踏實，等過一、兩年張易的別墅區蓋好了以後你們再搬。」

林旭聽了不太好意思，王胖子家裡的房子面積都不小，又都帶著裝修，要是出租至少四、五千一個月呢。

王胖子最會察言觀色，一看林旭的表情就知道他想什麼，立刻笑著說道：「林哥您可別說什麼錢不錢的事，我和小大師學的本事真是多少錢也換不來的。再說平時我跟在小大師身邊也沒少拿紅包，就前兩天這別墅區的開發商還直接給了我二十萬的紅包呢！你和嫂子安心住著就行。」

林清音點了點頭。「老房子鎖上門先留著，過幾年也能趕上拆遷。雖然六間房是沒什麼指望，一間房還是有希望的。」

王胖子忍不住哈哈大笑起來。「當年我家院子大、儲藏室多、又是自建的三層樓，這才分了六間房和一個商鋪，一般人家還真分不了這麼多。」

林旭見女兒把這件事決定了便不再推辭，拍了拍王胖子的肩膀笑道：「你多費心了，我一會兒多做兩道好菜謝你。」

說起好菜，林清音猛然想起一件事來。「韓政峰不是說他做菜味道還不錯嗎？他什麼時候給我們嚐嚐他的手藝？」

王胖子忍笑說道：「這個我得下去問問他，可不能讓他在這裡光吃不幹活。」

第六十章

鄒寧離開別墅後直接開車到他爸的公司樓下，他也沒心情找地方吃飯，買了杯加芋圓奶茶坐在車裡有一口沒一口的喝，心裡亂七八糟的想著他爸爸的事。眼見著還有十分鐘到兩點，鄒寧拿著奶茶下車，直接從樓梯間走到十三樓。只要一出樓梯間往右拐，就是鄒海的助理兼司機馬華的單人辦公室。

鄒寧看著手錶等著，在還有半分鐘就到兩點的時候他果斷地推開門走了出去，到馬華的辦公室門口正好兩點整。

馬華的辦公室門關著，鄒寧心臟雖然緊張的怦怦直跳，但是手卻很穩地握住了門把手，輕輕一擰就將門推開了。

馬華辦公室不大，除了桌椅櫃子以外，還有一個單人的衣架，馬華的西裝外套就掛在衣架上。鄒寧顧不得多打量，快速地走到衣架前伸手往口袋裡一掏，果然摸到一張紙。他飛快地打開一看，是一張精神療養院的探視單，上面還有鄒海的簽名。

鄒寧緊張得心跳加速，他連忙把探視單放進口袋裡，轉身出了辦公室回到樓梯間，這才將一直憋在胸口的那口氣吐出。正在這時，鄒寧隱隱約約聽到馬華的說話聲。他偷偷打開一條門縫朝裡面望去，只見馬華從洗手間的方向走了過來，一邊甩著手上的水珠，一邊和辦公室的張主任說話。

「年禮還差十套嗎？」馬華皺起了眉頭。「成，這事交給我了，我開車再去買一趟。」辦公室主任聞言鬆了口氣。「多謝馬助理，離過年就這兩、三天，我實在是走不開。」

「只要別耽誤鄒總的事就行。」馬華說著推開辦公室的門穿上西裝套上羽絨外套，連衣服的拉鏈都顧不得拉上就拿著車鑰匙急匆匆地往電梯走去。

鄒寧看到這一幕悄悄鬆了口氣，馬華現在急著出門又沒整理好衣服，等他發現探視單丟了，也會以為是出門辦事的時候掉的，不會往其他方向想。按照鄒寧對馬華的了解，他也不會和鄒海說自己弄丟了探視單的事，反正去不去鄒海都不知道，除非馬華傻了才給自己找罵挨。

放心的從樓梯間下去，鄒寧到一樓的時候還特意等了十分鐘才出去，免得和馬華碰到。從公司大門出來，鄒寧也沒開車，直接埋頭朝東走去。他怕走得急「貴人」看不見自己，還特意放慢了速度，恨不得一步三回頭讓周圍的所有人都能看清楚自己的模樣。

就這麼走過三個路口，在鄒寧心裡有點不安的時候，路邊一家西餐廳的門被推開，一個穿著休閒西裝的男人看到他驚喜地喊了一聲。「鄒寧！」

鄒寧連忙轉過頭，可和這個男人四目相對後，他頓時有些尷尬了，他沒想到自己的「貴人」居然是媽媽曾經的追求者，被自己冷嘲熱諷多次的老熟人賀振偉。

看到鄒寧驚愕地望著自己，賀振偉想起他對自己的排斥，有些尷尬地笑了笑。「有兩、三年沒看到你了，所以和你打個招呼。」

鄒寧想到以前自己的幼稚行為有點羞恥，不過現在不是矯情的時候，若說有誰能幫助自己，也只有這個賀振偉了。

「賀叔叔能聊聊嗎？」看著賀振偉驚訝的眼神，鄒寧苦笑了一下。「現在只有你能救我媽了。」

聽到鄒寧提到自己的母親，賀振偉臉色頓時凝重起來。「這家西餐廳是我名下的，我們進去說。」

賀振偉和鄒寧的母親舒然是青梅竹馬，賀振偉一直很喜歡這個鄰居家像天使一樣純淨的小妹妹，可是舒然卻喜歡上了因為躲雨認識的鄒海。那時的鄒海身材高大，帥氣中帶著一絲痞味，與她認識的那些溫文爾雅的男人都不同，這種新奇感讓舒然迅速地墜入了愛河，一畢業就和鄒海領證結婚了。

賀振偉在舒然結婚後出了國，一直到五年前才回來。鄒寧不知道賀振偉在國外有沒有結過婚，但是那時剛剛成年的他很敏感，他察覺到賀振偉對自己的母親有超友誼的感情。即便賀振偉只是正常探望老朋友，但鄒寧每次都得替自己的父母秀一波恩愛，順便再對他冷嘲熱諷一番。

想起過去，鄒寧有些尷尬又有些後悔，早知道自己的父親是這種人，他當初還不如支持賀振偉把母親搶走呢，也好過母親被關在精神病院待了三年。

賀振偉看出鄒寧情緒不對，讓服務生給他上一份熱巧克力，再做一份牛排。鄒寧捧著熱可可喝了幾口，冰冷的胃暖和起來，情緒也緩和了許多。

「其實是一位大師指點我往這邊走的。」鄒寧看著賀振偉，語氣有些低落。「這三年我一直以為我母親已經不在了……」

和鄒海鳳凰男的出身不同，賀家在琴島也是十分有背景的家庭。他剛回國時，每隔一個月都會去探望一次舒然，可當他發現鄒寧對自己探望他母親這件事十分反感後，他便改成了半年一次，等再後來他就聯繫不上舒然了。他當時以為是舒然不喜歡自己的聯繫，出於紳士風度他沒有再打擾她，卻沒想到舒然居然是被鄒海關進了精神病院。

賀振偉心裡怒火中燒，牙齒忍不住狠狠地咬在一起。他沒想到自己從小保護大的女孩居然現在受到了這樣的欺負，若是讓地下的舒家老倆口知道，該會有多麼的心疼啊。

深深地看了鄒寧一眼，賀振偉冷靜地說道：「若事情是真的，我會把你父親送進監牢。」

「我知道。」鄒寧冷靜地說道：「這我不後悔，因為我也不能原諒我爸。從我有記憶以來，我爸就早出晚歸很少在家，我是在母親的陪伴和鼓勵下長大的。他不知道我媽對我的意義，他以為用我媽死了的藉口就可以搪塞我，但是他不知道我可以沒有父親，但我卻不能沒有媽媽。」

賀振偉眼神緩和了幾分，伸出手拍了拍鄒寧的肩膀。「你放心，一切由我去安排。明天接了那位大師後，我們去接你媽媽回家。」

感受到肩膀上的力度，鄒寧心裡一鬆，重重地點了點頭。

翌日一早，賀振偉開車載著鄒寧到碧海世家別墅區門口接林清音。這次去療養院只是為了救人，太多人去反而顯眼，因此林清音沒有帶王胖子他們，獨自一人上了賀振偉的車。

鄒寧和賀振偉詳細地說了自己請大師算卦的始末，這讓賀振偉直接忽視了林清音的年齡，對她十分恭敬。

鄒寧偷出來的探視卡上有療養院的名稱，賀振偉昨天也查了那家療養院的資料，另外通過一些管道證實了舒然確實就在裡面。

療養院的警衛十分嚴格，從一進門起就檢查了探視卡，登記的時候因為鄒寧三個人眼生的緣故又被攔住了。好在賀振偉的氣場很強，渾身上下又有一種惹不起的氣質，他眉毛一挑臉上露出了幾分怒氣，負責核對身分的工作人員頓時就不敢多問了，乖乖給他們放行。

也不知道是鄒海殘餘了點良心，還是怕苛待舒然讓人察覺出異樣，他給舒然安排的是VIP病房，有一室一廳一衛，雖然比別的病房要大上許多，但舒然的活動空間只能在這裡，不能出房間一步。

賀振偉看著被反鎖的房門，眼睛裡冒出怒火，強忍著才沒將拳頭揮出去。工作人員打開門，面無表情地看了眼時間說道：「你們有半個小時的探視時間，注意不能超時。」

鄒寧沒有吭聲，他將門關上以後反而不敢邁步了，他既怕看到的人不是母親，又怕看到的會是瘋瘋癲癲的媽媽，無論哪一種都讓他很難接受。

林清音伸手拉住了鄒寧的胳膊，拽著他穿過客廳推開房間的門。白色的床上，一個眉目溫婉的女人閉目躺在床上，因為常年待在室內不能活動的緣故，她的皮膚有些鬆弛蒼白，看起來十分憔悴。

鄒寧小心翼翼地走過去跪在她面前，把手覆在她的手背上，看到他原本以為早已逝去的母親還活生生的躺在自己的面前，鄒寧再也壓抑不住情感，將頭搭在她的胳膊上失聲痛哭。

鄒寧的哭聲吵醒了舒然，她有些驚慌失措的將胳膊收了回來，等看清楚鄒寧的面容後，又忽然癟起嘴哭了。「我不要作夢，我要寧寧！我要寧寧！」

「沒有作夢，媽我來了。」鄒寧緊緊地拉住她的手。「我來救妳了。」

舒然呆愣住了，過了好半天才小心翼翼地將手伸了過去摸摸鄒寧的臉，眼淚像珠子一樣掉了下來。

母子兩人抱頭痛哭，林清音也沒閒著，她雖然不會看病，但經由看相也能發現舒然的一些問題。舒然雖然是正常人進來的，但是被關在這個房間三年，再加上醫院給她做了一些「治療」，她的精神和身體已經出現了問題。

現在他們必須讓舒然精神恢復正常、身體恢復健康，這樣才能將鄒海定罪。

林清音這個時候也不藏了，她走過去將鄒寧推開，伸手將自己刻好的護身符給舒然戴上，然後握住了舒然的手。靈氣從兩人手掌交握的地方鑽進了舒然的體內，快速地修復她的肌肉、神經，最後靈氣消散在她的腦部，滋養著她的大腦。

賀振偉雖然看不懂林清音治病的方法，但是通過舒然肉眼可見的好轉就能判斷出林清音的治療確實是有效的。

大約十分鐘後，林清音鬆開手，原本多少有些渾渾噩噩的舒然終於恢復了清明。看著她又險些要哭的表情，賀振偉走過去伸手揉了揉她的頭髮，語氣溫柔地說道：「舒然別怕，哥帶妳回家。」

賀振偉掏出手機打了一通電話，五分鐘後幾個執法部門同時到了這家療養院進行聯合執法，對所有病人的情況進行核查。鄒寧藉機拿出戶口本，以舒然直系親屬的身分要求給舒然辦理出院手續。

在這種情況下，療養院的人不敢強行扣留，只能給舒然辦理手續，賀振偉直接將人帶到了省裡一家最頂級的醫院給舒然進行檢查，只要檢查結果沒有任何問題，就可以將鄒海的罪名直接扣死。

這個時候才剛剛接到通知的鄒海氣急敗壞，他拚命給鄒寧打電話，可是無論撥了多少次聽筒裡傳來的都是電話無法接通的聲音。還不等他想出好辦法，紀委調查組的人上門了，來調查鄒海給療養院負責人巨額行賄一案。

這件事並沒有就此了結，舒然在兒子的支持下，拿到健康的檢查報告後到派出所報案，同時訴請離婚，並對鄒海在婚姻期間給他小三房產、財產的贈與提起訴訟，要求小三返還所有財產。

因為舒然以前一直不在這些俗事上費心，鄒海給他情人買房給錢的時候連遮掩都沒做，是直接從他帳戶付錢轉帳，追查起來一目了然。經過法院核查，小三不但要把名下的一棟洋樓、一棟別墅、一輛豪車還給舒然，另外還要返還五百多萬的贈與款以及數十件奢侈品。

小三這些年就是靠著鄒海養，房子、奢侈品倒是都在，但是錢都是有多少花多少，根本就沒存下來。不過法院的判決已下，小三不得已只能把她父母留給她的房子變賣，湊了三百多萬出來，剩下的兩百萬只能先欠著。

看著房子被查封，小三連哭都哭不出來了，白折騰了十幾年，什麼都沒撈到還賠了個乾淨，此時的她腸子都悔青了。

比起小三來，鄒海更加的後悔，他沒想到的是他岳父在律師的地方還留了一份遺囑，若是鄒海在婚姻中出現背叛，或者與舒然離婚，舒然有權替他父親撤銷送給鄒海的全部股份及財產。鄒海出軌的事證據確鑿，將舒然強行送至療養院的事觸犯了刑法，舒然在離婚的訴訟中又提到了精神補償。

反正算起來，鄒海不但淨身出戶，還得被判個幾年的有期徒刑。

鄒海進去了，但是公司得有人管理才行，鄒寧沒有相關的企業管理經驗，若是貿然擔任總經理他還真無從下手。賀振偉在徵得母子兩個同意後替他聘請了一位十分有口碑的職業經理人管理公司，等鄒寧畢業以後可以先在經理人手下學習經驗，上手以後再將公司接管過來。

舒然雖然精神恢復了正常，但是心裡的創傷一時間很難痊癒。她離開療養院後沒再回她和鄒海的別墅，而是搬到了父母留下來的老洋樓裡，賀振偉見狀也搬回了自家的老房子，兩人像小時候似的各自在自家的院子裡曬太陽，隔著柵欄說話，做了好吃的互相叫一聲。

對於賀振偉和舒然的狀態，鄒寧沒有過多干涉也沒有詢問，兩人無論是一輩子當朋友還是喜結連理，他都報以祝福，只要母親幸福就好。

林清音在舒然出了療養院前往省城檢查的時候就回家了，之後的事她雖然沒有參與，但是鄒寧每隔幾天就會發訊息和她說一下進展，讓林清音吃了一個非常完整的瓜。

結束了鄒寧的事，終於迎來了春節。林清音上輩子入仙門前連吃飯都成問題，根本就沒有什麼過年的概念，入了仙門以後時間都成了浮雲，有時候閉關一次都幾十年，連年齡都得閉關完現算，更別說其他的了。所以這還是林清音兩輩子加起來第一次過年。

一家三口再加上王胖子、韓政峰和張七閂三個人格外熱鬧，過年那天，四個男人擠在廚房裡探討廚藝，林清音和鄭光燕兩個人盤腿坐在沙發上吃堅果、看電視。

林清音雖然才在琴島沒待幾天，但是認識的人卻不少，別墅的開發商張凱、已經出院回別墅過年的陳啟潤一家、被拘走魂魄的魏鑫一家陸陸續續都來拜年送禮。禮尚往來，林清音也沒讓他們空手回去，一人送了一張親手畫的轉運符，拜年的人都樂呵呵的走了。

林旭和韓政峰都做了不少好菜，可年夜飯最讓林清音驚豔的就是張七閂燉了一天一夜的佛跳牆。一掀鍋蓋，林清音眼睛都亮了，等嚐到那鍋裡的東西，林清音已經開始認真思索要不要收張七閂為徒了。

一大罈的佛跳牆，其他人吃了一半，另一半都進了林清音的肚子。等吃完晚飯幾個人邊看電視邊包餃子的時候，林清音忍不住敲了敲張七閂的肩膀問：「你是不是新東方畢業的？」

過年除了吃飯看電視，總得有點娛樂活動。王胖子不知道從哪裡摸出一副麻將來，張七鬥和韓政峰立刻坐到麻將桌上，都說自己是高手。

林清音還是第一次接觸這種娛樂活動，細細聽了規則後嘗試著玩了一把，瞬間就上癮了。她一上癮不要緊，此後的三個小時內另外三人根本就沒胡過，林清音又是槓又是自摸，都快把王胖子三人口袋裡僅有的那點現金贏光了。

遞出最後的十塊錢，王胖子無奈地看著林清音。「小大師，妳是不是偷偷算過下面是什麼牌了？」

「這還用算嗎？」林清音十分無辜地說道：「這牌一摸好，我就能感應到哪張有用哪張可以胡牌，根本就不用算啊！」她歪頭看了三人一眼。「你們感應不到嗎？」

王胖子伸手將麻將一推。

不玩了，這也太欺負人了！

麻將只在別墅存活了三個小時就被王胖子給扔了，至於撲克牌他連拿都沒拿出來，他怕再輸到懷疑人生。

沒有了娛樂活動，王胖子三人老老實實的圍著林清音坐了一圈，還是乖乖的學算卦、學看風水吧。

轉眼間到了初五，吃完破五的餃子後該各回各家了。

張七鬥和韓政峰走的時候簡直是一步三回頭，要不是林清音回去得以學業為主，他倆非得跟著回齊城不可。

不過跟林清音在琴島待的這幾天也讓他們受益匪淺，像對韓政峰來說，以前他對陣法都是死記硬背，會用的都是他記熟的那幾個。林清音把陣法的原理、作用以及五行八卦的運用揉碎給他說清楚，而後他用林清音講的知識再看自己會的陣法就有一種豁然開朗的感覺，原本記不住的那幾個陣法也都明白了大半。

比起風水陣法，命理算卦這方面更注重的是天賦，像林清音這種連天道都能感應得到，而張七鬥則連人的命數還有大部分看不通。命理算卦這方面不是一朝一夕就能教會的，於是林清音在張七鬥臨走的時候遞給他一本薄薄的小冊子，裡面十來頁紙，都是林清音親手寫的關於算卦推衍命數的心得。這在林清音看來不過是些皮毛的知識，可對張七鬥來說卻視若珍寶。

送走了韓政峰和張七鬥，林清音、王胖子他們也要回齊城了。把沒吃完的東西都塞在後車廂裡，床和沙發套上防塵罩。別墅的鑰匙放到物業，讓他們定期安排人打掃。

回到齊城以後，林清音一家沒急著回家，而是先到王胖子空著的房子看了看。這間房子和王胖子現在住的地方是一個區，只不過王胖子住的是頂樓複式，而這個是一樓帶院的三房平房。

房子去年剛剛重裝潢一遍，家具家電都是新款的。上一任租客使用得很小心，走的時候也將環境打掃得很乾淨，現在不過只有一些浮灰而已，鄭光燕一看也不用叫什麼清潔人員，她挽起袖子來一個人就把房子收拾得乾乾淨淨。

林旭開著他的廂型車一趟一趟的把能用的東西都搬了過來，其他的就放老房子裡一鎖。對門的鄰居聽到動靜還出來好奇地問了兩句，不過林旭想到自己的電話號碼都是這些嘴特鬆的鄰居洩露出去的，他除了應付兩句以外，新家地址和新換的手機號碼一概沒說。

不過鄰居嘴鬆也有嘴鬆的好處，不等林旭問，就聽鄰居噼哩啪啦說道：「有個老太太一天三趟的來敲你家的門，還在超市那裡瞅，問什麼時候開門營業，說家裡的油米麵都用光了，就等著從你那拿呢。」看著林旭的黑臉，對門王大媽笑得幸災樂禍。「那是你媽還是你丈母娘？」

林旭笑了笑。「不知道啊，我又沒見到。」

王大媽有些索然無味地嘟囔了兩句，關上了門。林旭輕輕地嘆了口氣，回頭看了眼自己住了十幾年的老房子，拎著東西下了樓。

辦了過戶手續，拿了新的營業執照後，林旭帶著王胖子來到超市任命王燕為店長，和她私下交代了一番會碰到的情況。

超市重新開門的第一天，林老太太就來了，一進門就嚷嚷著要找林旭。新上任的店長王燕早就被林旭私下囑咐過，客氣有禮地笑道：「不好意思，我們老闆換人了。」

「少他娘的騙我，過年前還沒換人呢，一開門就換人了？」林老太太一把推開王燕，推個購物車進去，見到什麼貴就往裡面裝什麼，除了米麵糧油、成箱的酒以外，一百多元一盒的巧克力就往車裡放了十幾盒，水果恨不得連筐帶盒都放車裡，光那一車的東西，目測至少要三千多塊錢。

林老太太推著車往外走，王燕一直盯著她，直接在門口攔下了。

林老太破口大罵說是自家兒子開的店，就應該隨便拿。鬧了十幾分鐘警察來了，看著林老太那麼一大把年紀，肯定是先勸她付帳。可是林老太就不是講理的人，正在僵持的時候，看熱鬧的人忽然指著停在路邊的一輛車說道：「老太太是從這輛車上下來的。」

警察上前敲了敲車窗，林旭的大哥林東這才不甘不願地從車上下來。警察讓他買單他不吭聲，讓他把老太太領走他也不樂意，明擺著就是要讓老太太打前鋒，自己占便宜。

見大兒子出來了，老太太氣勢更足了，推開王燕直接把車裡的東西全都塞到了車裡，扠腰朝王燕吐了口口水。「我兒子的店我就拿了，妳現在就讓林旭出來，妳看他能把我怎麼樣？」

林老太撒潑打滾的讓人沒臉看，林東抱著胳膊站在旁邊擋著不讓別人動裡面東西，話裡話外的意思就是，老太太拿自己兒子店裡面的東西沒毛病，讓他出錢門都沒有。

警察在旁邊都被氣笑了，在外面鬧也不像話，直接將兩人帶到了派出所。王燕跟著去做筆錄，並要求把那車東西也都帶著。

在家等了一早上的王胖子接到電話後，拿著營業執照喜笑顏開的來了，見到他以後不僅林老太傻了眼，就連林東也愣住了，轉頭問林老太。「妳打聽清楚了？那家超市真的是林旭開的？」

林老太可委屈了。「他家鄰居都那麼說的，那不是叫清音超市嗎？」

王虎將新換的營業執照放到了桌上，十分不客氣地說道：「老太太，我不管之前這個店是誰的，現在這超市的法人是我，妳這樣可違法了啊。」

林老太心裡有些怕，可是嘴上還不饒人。「你這是假的吧？那麼多鄰居都說是我兒子的店，那店名還叫清音超市呢，我孫女就叫林清音！」

王胖子呵呵了兩聲。「那妳是什麼意思？從超市拿東西就不花錢了是吧？」

老太太被一激，嘴就快了。「我們家的超市我就不花錢，你能把我怎麼樣？」

王胖子一攤手呵呵兩聲。「警察先生，這連盜竊都不是，是搶劫啊！」

——未完，待續，請看文創風1127《算什麼大師》4

吉刻開春
戀愛進行式

1+1 = Happy to get 樂

1/9(8:30)~ **1/31** (23:59)

2023
過年書展
狗屋

就是要你不二價75折

文創風 1131-1133 藍斕《金匠小農女》全三冊

文創風 1134-1136 丁湘《醫躍龍門》全三冊

你的一切我都要

- **7 折**。 文創風1087～1130
- **66折**。 文創風977～1086
- **5 折**。 文創風770～976（加蓋 狗頭 正）

小心經典很迷人 此區加蓋 狗頭 正

- **70元**。 文創風001～769
- **48元**。 花蝶/采花/橘子說全系列（典心、樓雨晴除外）

★**15元**。 Puppy463～546

★**10元**。 小情書全系列、Puppy001～462

※打★號書籍，滿30元現折10元

2023
過年書展
狗屋

藍斕 著

假千金玩轉身分，
烏鴉鳳凰誰知輸贏

1/10
上市

讀者期待度》》理科小能手＋驚奇發家事業＋詭譎靈魂附身 ★★★★★

怎麼剛剛還在溫暖被窩，醒來卻陷入生死一瞬間?!
接著又發現自己不但是個痴兒，還是不受待見的伯府假千金，
這尷尬身分如何是好？伯府待不下去，不如回農村過舒心小日子！

文創風 1131-1133《金匠小農女》全三冊

平平都是穿越，怎麼她一醒來卻是快被溺死之際，手裡還有武器?!
原來她不是剛穿越，而是已在這大晉朝以廣安伯府小姐身分活了十來年，
可她因記憶未融合，成了個痴兒，在伯府懵懵懂懂又不受待見地過日子；
如今真正的伯府小姐歸來，簡秋栩才知自己是被調包的假千金……
既然如此，她一刻也不想多待，包袱款款立馬跟著親生家人離開；
不過雖與廣安伯府斷得乾淨，展開了上山找木頭、下山弄竹子的生活，
另一方面，卻有人暗中監視，早已盯上她的一舉一動……

2023
過年書展
狗屋

丁湘㊢

初來妻到，
福運成雙

1/17
上市

讀者期待度》》落難千金逃荒＋未婚生崽養娃＋藥庫空間金手指 ★★★★★

她的醫身好本事可是專治有緣人的，
他的疑難雜症，統統包在她身上啦！

文創風 1134-1136《醫躍龍門》全三冊

因修行岔氣而穿越到古代的海雲初很頭痛，眼下這是什麼爛劇本啊——
原身乃堂堂官家千金，無奈老爹捲進朝堂之爭，只得委身豫王世子營救入獄家人，
孰料那混蛋下了床就不認帳，竟將她賣進青樓，幸虧奶娘相助才逃出生天。
可隨奶娘避居鄉下的原身已珠胎暗結，又因洪水和奶娘一家失散，最後難產而亡，
若非她醫術高超施針自救，及時讓腹中的龍鳳胎平安出世，才不致釀成一屍三命！
如今有隨身空間的藥庫傍身，此地不宜久留，她決定帶娃上路尋找奶娘一家，
投宿破廟卻遇見突發急症的神秘公子，見死不救非醫者所為，遂自薦診治。
這公子的來頭肯定不簡單，但病殃身子實在太弱，底子差便罷，還有難纏痼疾，
醫病也須看醫緣，既然有緣相遇，他的頑疾就交給她這個中醫聖手對症下藥吧！

2023
過年書展
狗屋

繞圈轉個 surprise

活動1 ▶ 狗屋2023年過年書展問卷調查活動

抽獎辦法　活動期間內，請至 f 狗屋天地 或是掃描下方QR Code，皆可參加問卷活動。

我是QR Code

得獎公佈　2/22(三)於 f 狗屋天地 公佈得獎名單

獎項
- 2名《醫躍龍門》全三冊
- 2名 文創風 1137-1138《一勺獨秀》全二冊

活動2 ▶ 下單抽好禮

抽獎辦法　活動期間內，只要在官網購書並成功付款，系統會發e-mail給您，並附上抽獎專用之流水編號，買一本就送一組，買十本就能抽十次，不須拆單，買越多中獎機率越大。

得獎公佈　2/22(三)於狗屋官網公佈得獎名單

獎項
- 2名 紅利金 666元
- 5名 紅利金 300元
- 3名《金匠小農女》全三冊

過年書展 購書注意事項：

(1)請於訂購後三日內完成付款，最後訂購於2023/2/2前完成付款才算有效訂單喔！
(2)寄送時間：若欲在過年前收到書，請於1/13前下訂並完成付款。
1/14後的訂單將會在1/30上班日依序寄出。
(3)購書滿千元(含)以上免郵資。未滿千元部分：
郵資65元(2本以下郵資50元)／超商取貨70元(限7本以內)／宅配100元。
(4)特賣書籍因出書時間較久，雖經擦拭、整理，仍有褪色或整飾痕跡，故難免不如新書亮麗。
除缺頁、倒裝外無法換書，因實在無書可換，但一定會優先提供書況較良好的書給大家。
若有個人原因需要換書，需自付來回郵資。
(5)各書籍庫存不一，若遇缺書情形可選擇換書或退款。
(6)歡迎海外讀者參與(郵資另計)，請上網訂購或是mail至love小姐信箱
(love@doghouse.com.tw)詢問相關訊息。

狗屋有權修改優惠活動的實施權益及辦法。

為流浪貓狗加油 和貓寶貝 狗寶貝

廝守終生(一定要終生喔！)的幸福機會

對人來說，貓寶貝狗寶貝只是生活的一部分，但妳（你）對牠們來說，卻是生活的全部，領養前請一定要考慮清楚——

▲ 任何角度都有型的帥哥 Jimmy

性　　別：男生
品　　種：米克斯
年　　紀：3歲
個　　性：害羞安靜、喜歡跟熟人撒嬌
健康狀況：已結紮，四合一血檢過關，預防針完成狂犬疫苗，
　　　　　體內外驅蟲完畢
目前住所：新竹縣關西鎮（關西浪巢狗園）

本期資料來源：Xin小姐

『Jimmy』的故事：

歷經三年五轉的孩子Jimmy重新找家中！瞧瞧這身乳牛似的斑紋，配上時不時露出微笑，一舉一動頗有明星的上鏡潛質，牠是電影「101忠狗」中哪一隻的後代呢？答案是，族繁不及備載，燒香問祖先才知道（笑）～～

據Jimmy的友人現身說法，牠親人親狗，不怕生，愛吃不護食，更不會亂吠，妥妥的優良模範生，不過剛到新家時，有時候會縮在角落獨處，看似缺乏安全感，其實是對新環境很茫然而無所適從喔，這時只要安靜地陪伴牠、等待牠，慢熟的孩子不是難以馴服，而是需要一點時間，一旦牠認定您，就會親暱得形影不離。

至於Jimmy的其他優點有待領養人發掘中，牠的一拖拉庫友人代表Xin小姐，提供了Line ID：0931902559，藉此窗口真心希望誠意的有緣人，快快展示您的完美認養資格，以家長身分帶Jimmy從狗園畢業！

認養資格：

1. 認養人須年滿25歲，有穩定的工作與自己的房子。
2. 不關籠、不放養、不鍊養，且具備愛心與包容心。
3. 須同意簽認養寵物切結書。
4. 須同意送養人日後之追蹤探訪，對待Jimmy不離不棄。

來信請說明：

a. 個人基本資料：姓名、性別、年齡、家庭狀況、職業與經濟來源等。
b. 想認養Jimmy的理由。
c. 過去養寵物的經驗，及簡介一下您的飼養環境。
d. 若未來有結婚、懷孕、出國或搬家等計劃，將如何安置Jimmy？

人生若只如初見，何事秋風悲畫扇／不繫舟

2022年10月出版

一妻當關

一賠二十的賭注，她是唯二押了六元及第的人，
另一個是她閨密，看她面子意思意思押了一百兩而已，
為什麼她敢玩這麼大？因為她下注的那人是她夫婿啊！
自個兒的男人她不挺，誰挺？
更何況，他的實力她是知道的，那是妥妥的殿試一甲啊！

文創風 1111 1

要不要這麼驚險刺激啊？沈驚春才穿來，就面臨再度領便當的逃命大戲！
原來原身是宣平侯府的假千金，當年被抱錯了，與正牌大小姐交換了身分，
如今真千金回府認親了，她這個本來就不得侯夫人疼愛的狸貓只得滾蛋，
不料那個送她返回沈家的侯府護衛，在途中竟想對她來個先姦後殺！
想當初她一路廝殺，連喪屍都不怕，而今又怎會怕他區區一個人類？
沒想到順利返家還沒認親呢，一進門就先看見她一家子被其他房的人欺凌，
而那被壓在地上打得鼻青臉腫的男人，竟跟她末世的親哥長得一模一樣！
親哥當年為了救她而喪命，莫非也早她一步穿來了？但……穿成個傻子是？

文創風 1112 2

老實說，沈家這些便宜親人她幾乎都不認識，要說多有愛那是睜眼說瞎話，
但打誰都行，獨獨要打她沈驚春的哥哥，得先問過她的拳頭！
如今的當務之急是想辦法攢錢治好傻哥哥，確認他和末世的親哥是不是同一人？
不過一下子拿出許多這世間沒有的種子太惹眼了，先種玉米就好，
待玉米豐收後，她又種起了辣椒，沒辦法，她這人嗜辣成癮、無辣不歡啊！
之後還有關乎百姓穿得暖的棉花、讓貴族們求之不可得的茶葉要種，
想想她一個農村姑娘卻擁有種啥皆可長得無比厲害的木系異能，
這不就是老天賞飯吃，要讓她妥妥地邁向致富之路嗎？

文創風 1113 3

這日，力大無窮的沈驚春上山想尋找些珍貴木材好砍回家做木工活，
哪知樹沒找到多少，卻在一座孤墳前撿了個發燒昏迷的漂亮男子回家，
經沈母一說，她才知道男子叫陳淮，是個身世坎坷、孤苦無依的讀書人，
留他在家養病的日子，他可能感受到了家庭的溫暖，竟自願嫁她當上門女婿！
但婚後她意外發現他身上明明有錢啊，那幹麼把自己過得這麼窮苦潦倒？
一個才學過人、顏值沒話說、身上又有錢的男子，為何甘願當贅婿？
莫非……他對她一見鍾情？嗯，這倒也不是不可能，
畢竟她這人雖貌美如花又武力值極高，偏偏腦子還挺好使的，誰能不愛呢？

文創風 1114 4 完

世上人無奇不有，比如這位嘉慧郡主就是奇葩中的奇葩、瘋子中的瘋子，
仗著皇帝外祖父的寵愛，即便死了兩任丈夫就沒再嫁人，宅中卻養了極多面首，
本來嘛，人家脾氣驕縱又貪戀男色跟她沈驚春也沒啥關係，
但壞就壞在瘋郡主這回瞧上了她家陳淮，丟出十萬兩要她主動和離啊！
先不說陳淮是個妻奴，更是妥妥的殿試一甲，未來官路亨通、前途無量，
光說她自己那就是臺印鈔機啊，才十萬兩而已，她自己隨便賺就有了！
不就是背後有靠山才敢這麼囂張嘛，她後頭撐腰的人來頭可也不小好嗎？
有她這個妻子當關，任何覬覦她夫婿美色的鶯鶯燕燕都別想越雷池一步！

文創風
1126

算什麼大師 3

國家圖書館出版品預行編目資料

算什麼大師 / 懿珊著. --
初版. -- 臺北市 : 狗屋出版社有限公司, 2022.12
冊 ; 公分. --（文創風 ; 1124-1128）
ISBN 978-986-509-385-3（第3冊 : 平裝）. --

857.7 111018681

著作者 懿珊
編輯 林俐君
校對 吳帛奕
發行所 狗屋出版社有限公司
地址 台北市104中山區龍江路71巷15號1樓
電話 02-2776-5889～0
發行字號 局版台業字845號
法律顧問 蕭雄淋律師
總經銷 知遠文化事業有限公司
電話 02-2664-8800
初版 2022年12月
國際書碼 ISBN-13 978-986-509-385-3

本著作物由北京晉江原創網絡科技有限公司授權出版

定價270元
狗屋劃撥帳號：19001626
網址：love.doghouse.com.tw E-mail：love@doghouse.com.tw